MON PLAN D

ANDREA
SMITH

MON PLAN D

Traduit de l'espagnol
par Anaïs Goacolou

hachette
ROMANS

Couverture : © Hachette Romans Studio
Visuel : © Rubberball/Mike Kemp ; Getty Images

L'édition originale de cet ouvrage a paru
en langue castillane chez Plataforma Editorial, sous le titre :
MI PLAN D

Hachette Livre, 58 rue Jean Bleuzen, 92170 Vanves.

CHAPITRE 1

Il y a des jours, c'est le ratage intégral. On pourrait les résumer en une phrase : « J'aurais mieux fait de rester au lit ce matin. » Parfois, on traîne cette sensation pendant des semaines entières. Enfants, ados, adultes… on a tous connu des périodes de galère qui durent une éternité.

Ce vendredi-là était bien parti pour entrer dans cette catégorie. J'ai poussé un énorme soupir en voyant toutes mes affaires étalées par terre dans le couloir. Le prof d'histoire venait de nous rallonger son cours d'un quart d'heure. Le *dernier* cours de la *dernière* journée de la semaine ! Après ce supplice, je n'avais pas trouvé les réflexes pour freiner l'avalanche de feuilles et de livres qui avaient dégringolé de mon casier. Au bout de cette longue journée, je n'avais qu'une envie : me noyer dans un seau de pop-corn devant la télé… Sauf qu'à tous les coups, mon pote Mason ne m'aurait pas attendue, ce qui allait m'obliger à rentrer chez moi à pied.

Pour commencer en beauté, j'avais dû me réveiller à une heure inhumaine pour assister à la réunion du club de presse. Présenté comme ça, ça fait sans doute hyperclasse, mais en fait, notre seule occupation, c'était d'écrire des articles ridicules pour le journal mensuel du lycée. Non, surtout rien d'intéressant. À moins de se passionner pour l'impact du tabagisme sur le travail scolaire ou, encore plus captivant, les résultats du questionnaire distribué aux élèves sur le thème du bal de fin d'année. Manque de bol, c'est moi qui ai eu droit à celui-là.

Pourquoi je m'étais laissé entraîner là-dedans, déjà ? Mason, sans doute. Il s'était mis en tête que j'avais besoin d'une activité pour faire bonne impression dans les dossiers d'inscription aux universités. Comme il me voyait toujours en train de remplir mon carnet, il s'était imaginé que je pourrais être journaliste. Seul problème : entre dresser des listes pour organiser la survie au jour le jour et rédiger des articles soporifiques sur des sujets d'un ennui mortel, il y a un monde.

Sans cesser de me lamenter à voix basse, je me suis accroupie pour empiler à l'arrache les feuilles volantes, les cahiers, les manuels... Un rideau de cheveux châtain m'est tombé devant les yeux. Je l'ai dégagé en vitesse pendant que Jane Tyler et une copine se chuchotaient à l'oreille en ricanant. C'est qu'elles se fichaient de moi ouvertement, ces sales vipères !

Je ne supportais pas les gens comme Jane et sa bande. Une fois, elles avaient réussi à faire pleurer une élève qui s'était présentée aux essais pour l'équipe de pom-pom-girls, tout ça parce qu'elle était un peu plus ronde qu'elles. Ces filles-là sont odieuses, tout en étant jolies à un point insultant. Là-dessus, j'étais jalouse malgré moi.

J'ai balancé en vitesse mes affaires dans mon casier. Ça ne m'enchantait pas de tout laisser en vrac, mais vu mon retard, je n'avais pas le choix. En dernier, j'ai repris le cahier où je note mes listes pour le mettre dans mon sac à dos.

Mason n'a jamais compris l'importance des listes dans ma vie. Pour lui, tout est très simple. Ses parents sont cool et affectueux. Rien qu'à entrer chez lui, on sent l'ambiance détendue. Pour moi, c'est tout l'inverse. Dans mes listes, je note tout : les menus pour chaque jour de la semaine, mes tenues pour aller en classe, la plage horaire pour faire mes devoirs, les émissions à ne pas rater... J'ai même noté le nom des mecs qui me plaisaient. Par ordre d'intérêt, évidemment.

Cette liste-là est toute récente. Pendant un cours d'histoire interminable, j'ai pris mon courage à deux mains et je me suis raconté qu'un jour, peut-être, je tenterais ma chance auprès de ces mecs. J'ai pensé à quatre garçons différents, depuis l'inaccessible jusqu'à l'interdit, mention « jamais de la vie », juste pour me souvenir de ne pas m'approcher de lui.

Au moment où je regardais mon portable pour voir si j'avais un message de Mason, quelqu'un s'est arrêté juste devant moi. J'ai relevé la tête, pour rencontrer des yeux d'un bleu ciel magnifique. C'était Derek Anderson. Mon plan A.

— Excuse-moi, tu pourrais te décaler ? J'ai besoin d'ouvrir mon casier.

Mon souffle s'est bloqué dans ma gorge et m'a laissée incapable d'agir. Le manque d'oxygène n'est pas spécialement recommandé pour le cerveau, c'est peut-être ce qui explique ma réaction navrante : je suis restée plantée là, comme une souche.

Derek Anderson était juste devant moi, grand et musclé. Il m'avait adressé la parole. Un mètre à peine nous séparait, j'avais même droit aux effluves de son parfum. Ultraviril, évidemment.

— Euh, tu parles ma langue ?

J'ai battu des cils et je suis revenue à la réalité. Derek me regardait avec inquiétude et il s'est mis à me faire de grands signes. Là, j'ai compris que j'étais restée scotchée trop longtemps sur sa perfection.

— Mon casier. Là. Derrière toi.

Il a mimé ses paroles en détachant bien les syllabes. OK, il me prenait vraiment pour une étrangère venue pour l'année scolaire ici. La honte.

— Je... Pardon. C'était pas... Au revoir.

Histoire d'arrêter de trébucher sur chaque mot, je me suis écartée pour filer aussi vite que mes jambes me le permettaient. Jane Tyler et sa copine se sont remises à glousser quand je suis passée à côté d'elles comme une flèche. Inutile de le préciser, elles n'avaient pas perdu une miette de ma prestation ridicule.

Si Derek Anderson apparaissait en première position sur ma liste, c'est parce que j'aimais commencer en force. Et rien que pour lui parler, j'avais besoin de réunir tout mon courage. Enfin, en imaginant que j'en avais. Derek était le mec parfait. Beau gosse, sportif, et plutôt doué en classe, ce qui ne gâchait rien. D'après les rumeurs, il était déjà accepté dans plusieurs universités. Seule ombre au tableau : j'étais tellement invisible pour lui qu'il ne s'était même pas rendu compte de mon existence… alors que nos casiers étaient côte à côte !

Humiliée, j'ai ouvert la porte vitrée pour foncer vers le parking. Ma contrariété s'est envolée dès que j'ai aperçu une voiture bleue dans la première rangée : en fin de compte, Mason m'avait attendue.

*

— Je veux juste dire que si tu y réfléchis deux secondes, ça se défend. On passerait un super moment, tu crois pas ?

J'ai monté le son de la musique pour tenter de noyer la voix de Mason. Il a détourné les yeux de la route pour me lancer un regard dépité, puis il a éteint la radio. Loupé…

— Allez, Kenzie ! On n'est en couple ni l'un ni l'autre. Aller au bal ensemble, c'est une idée… Je n'en ai jamais eu d'aussi bonne, tiens !

Je me suis retenue de sourire, parce que je ne voulais pas entrer dans son jeu. Typiquement, Mason finissait toujours par obtenir ce qu'il désirait. Un vrai fils unique.

— Tu n'as jamais de bonnes idées, ai-je répliqué.

— N'importe quoi. C'est toi qui ne sais pas les apprécier à leur juste valeur.

J'ai évité de répondre. Plus que quelques minutes à l'ignorer. Ensuite, on arriverait chez moi et je serais libre.

Le pire, c'est qu'en fait, il avait raison. Avec zéro mec en vue, aller au bal en compagnie de mon meilleur ami, c'était une idée brillantissime. Pour Mason, c'était l'évidence : on s'entendait bien, on n'aurait pas de problème pour assortir nos tenues, parce qu'on avait les mêmes goûts et mieux encore, il pourrait danser avec d'autres filles sans avoir peur de vexer sa cavalière vu que… ben, j'étais juste une copine.

Et voilà pourquoi je refusais d'aller au bal « entre amis ».

J'étais amoureuse de Mason depuis mes six ans, quand la maîtresse nous avait assis l'un à côté de l'autre, notre premier jour d'école primaire. On avait tout de suite commencé à parler. On était fans des mêmes dessins animés et on adorait tous les deux les sandwichs jambon-fromage. À mesure qu'on grandissait, nos points communs s'affirmaient aussi. On est devenus accros aux séries et on s'est retrouvés au journal du lycée.

Je l'ai observé du coin de l'œil pendant qu'il tournait dans ma rue. Difficile de ne pas craquer pour Mason Carter. Pas très grand pour un garçon, il me dépassait quand même nettement. Ses yeux étaient simplement marron et ses cheveux couleur sable avaient bien besoin d'une coupe, mais il était loin d'être laid. Au contraire, avec ses traits fins, il avait un genre de beauté que les mecs détestent, alors que moi, j'y suis très sensible…

— Je vais t'interdire de me regarder comme ça si tu t'acharnes à refuser ma proposition.

J'ai sursauté et vite tourné la tête, ce qui a fait rire Mason. Il s'est garé devant chez moi, mais avant que je puisse détacher ma ceinture, il est revenu à la charge :

— Pourquoi tu n'es pas d'accord ? Tu as commencé à voir un mec sans me le dire ?

J'ai halluciné de sa question. Déjà, mon historique amoureux allait de pas grand-chose à rien. J'avais tout juste embrassé un seul garçon, et c'était pendant une colonie de vacances. Côté avenir, faut pas rêver, les élus de ma liste ne sauront jamais qu'ils m'intéressent, mais alors ja-mais. Surtout pas. S'il faut, je déménage à l'étranger avant.

— « Voir un mec » ? ai-je répété. C'est comme ça que ça s'appelle, de nos jours ?

J'ai tenté une moue amusée, mais Mason ne m'a pas permis d'esquiver.

— C'est Derek Anderson ? a-t-il insisté.

— Arrête, dis pas n'importe quoi, l'ai-je interrompu en levant les yeux au ciel. Derek Anderson, c'est… Derek Anderson !

— Et donc… ?

Mason m'a dévisagée d'un air demeuré. Vraiment, les mecs ne comprenaient rien au sujet complexe des relations amoureuses. Il n'imaginait même pas que face à Derek, j'étais à peine capable de prononcer deux syllabes à la suite sans me mettre à bafouiller lamentablement.

— Et donc, c'est le plus populaire des terminale. Sportif, beau gosse, intelligent… Tout le monde veut sortir avec Derek Anderson ! Les filles du lycée, les profs, les mecs gays, les mecs hétéros…

Mason a froncé le nez, ce qui ne l'empêchait pas du tout d'être hypermignon. Au contraire.

— Moi, j'ai pas envie de sortir avec lui, et je suis hétéro.

Comme pour donner du poids à son affirmation, il a tapé du poing sur son torse, style Tarzan.

— La question, c'est qu'il pourrait avoir n'importe qui. Qu'est-ce qui te fait penser qu'on pourrait « se voir », lui et moi ?

Il a planté ses yeux bruns dans les miens pendant de longues secondes et m'a observée avec le plus grand sérieux. Je me suis empourprée sous l'intensité de son regard. Quand il s'est remis à parler, j'ai senti la température monter à l'intérieur de l'habitacle.

— Tu es très jolie, Kenzie. Tu devrais arrêter de te dévaloriser.

Pendant un temps de silence qui a duré une éternité, nous sommes restés incapables de détacher les yeux l'un de l'autre.

Finalement, c'est lui qui a remis la radio en marche et s'est retourné vers l'avant.

— Alors, tu viens avec moi au bal ?

Je n'ai pas pu m'empêcher de rire. Mason avait le don de faire disparaître la gêne, encore une des raisons qui le rendaient si parfait. J'ai fait non de la tête avant de sortir de la voiture.

— C'est une question sérieuse ! a-t-il crié en se penchant vers le siège passager. Si tu dis oui, je te promets de ne plus rigoler quand je te verrai écrire ta trente-sixième liste de la semaine.

Mason se fichait tout le temps de moi, avec toutes mes journées structurées par mes listes et mes horaires bien calés. Pour lui, comme pour la plupart des gens que je connaissais, c'était inconcevable de vivre comme ça.

J'ai encore secoué la tête, mais ça ne l'a pas découragé. Il s'est étiré au maximum vers moi en posant la main sur le siège vide.

— Promets-moi au moins d'y réfléchir !

J'ai ajusté les bretelles de mon sac sur mon épaule. Je n'allais pas avoir la paix avant de lui accorder un espoir.

— OK, j'y réfléchis. Allez, rentre chez toi, maintenant !

Il a souri, ses yeux se sont plissés et j'ai essayé de ne pas remarquer comme ça me faisait fondre. Arrivée à la porte d'entrée, je l'ai entendu me crier :

— Mackenzie Sullivan, choisis-moi, tu ne le regretteras pas ! On sera les Bella et Edward de la fête !

Avec un dernier éclat de rire, je me suis retournée à temps pour le voir m'envoyer un baiser avant de s'éloigner. Il trouvait toujours les mots pour me faire rire. Encore une des raisons pour lesquelles je l'aimais tant.

CHAPITRE 2

Chez nous, le rituel du week-end, c'était les courses du samedi matin. Pour certains enfants, c'étaient les dessins animés, les jeux ou la grasse matinée. Dans ma famille, on se levait atrocement tôt pour aller tous ensemble au supermarché. Mais quand mes parents ont divorcé il y a deux ans, tout a disparu en fumée avec le départ de mon père. Comme ma petite sœur, Leslie, était trop paresseuse pour se tirer de sous la couette, j'étais la seule à maintenir la tradition.

Bon, quand tu es une ado sans voiture, c'est tout de suite plus compliqué de faire les courses, alors j'ai remplacé le supermarché par une petite épicerie à quelques rues de chez moi. On fait ce qu'on peut, hein.

C'est là que j'ai commencé à remarquer Eric Pullman. Le magasin appartient à ses parents, un joli couple formé par une Japonaise et un Anglais. Ils ont longtemps vécu à Londres, ce qui fait d'Eric le combo parfait : un vrai gentleman anglais, y compris l'accent british craquant, et des traits doux, légèrement asiatiques. Trop mignon, lui aussi.

— Bonjour, Kenzie, m'a-t-il saluée avec un sourire. Tu es tombée du lit, aujourd'hui !

J'ai posé sur la caisse les quelques produits que j'avais choisis dans les rayonnages.

— J'étais pressée, mais je parie que tu t'es levé encore plus tôt que moi.

— Ah, je suis grillé.

Tout en cherchant mon porte-monnaie, hop, j'ai discrètement poussé une mèche de cheveux devant mes yeux cernés. Eric n'avait pas besoin de connaître ma vraie raison d'être si matinale. Ma mère avait fait du bruit à son retour de boîte. Le soleil était déjà levé et elle était un peu ivre. J'avais dû sauter du lit pour éviter qu'elle réveille Leslie.

Au moment du divorce, maman sortait beaucoup, rentrait tard en ayant trop bu et négligeait la maison. Comme le problème s'était résolu dans les mois qui avaient suivi, je pensais que ça ne se reproduirait plus… jusqu'à aujourd'hui. Pourvu que ça ne redevienne pas une habitude !

— Douze dollars quatre-vingts, s'il te plaît, m'a demandé Eric en rangeant les achats dans deux sacs en papier. Tu vas te débrouiller ? C'est lourd.

Les deux bouteilles de jus d'orange destinées à remettre maman sur pied pesaient, c'est sûr, mais je n'allais pas m'en plaindre à Eric. Je lui ai adressé un sourire forcé et j'ai payé.

— Oh, j'ai des muscles, tu sais !

— Mais bien sûr, Wonder Woman.

Il a mieux réparti le contenu des sacs avant de me les tendre. Le magasin ne manquait pas de clients matinaux, surtout des petits vieux qui achetaient du lait écrémé et des mères aux fins de mois difficiles qui s'étaient retrouvées sans céréales pour le petit déjeuner ; pourtant, Eric a quand même pris la peine d'abandonner la caisse quelques secondes pour m'ouvrir la porte.

J'en étais là avec Eric Pullman, un garçon vraiment sympa, qui ne se faisait pas remarquer, mais avec qui il était facile de se sentir à l'aise. Voilà pourquoi c'était mon plan C. Lui, et pourquoi pas, tous les mecs qui me feraient le même effet.

— À lundi au lycée, Mackenzie.

— À lundi, Eric.

Les cent premiers mètres à la sortie de l'épicerie ont été supportables, les dix suivants, compliqués… Sur les deux derniers, c'était chaud bouillant. Un pot de confiture menaçait de valser d'une seconde à l'autre et j'avais déjà les bras en compote.

— Mais c'est que je vois une demoiselle en détresse !

Les yeux ronds, j'ai aperçu une voiture bleue bien connue.

— Mason ! Qu'est-ce que tu fais là ?

Il me suivait, la vitre baissée. Il s'est arrêté pour m'aider à charger les sacs à l'arrière.

— Oh, comme d'hab', tu te doutes. Je revenais de chez une de mes conquêtes du week-end.

J'ai refermé la portière et lui ai adressé un regard sceptique.

— Mase, tu n'as pas de conquêtes du week-end.

Avec son sourire, ses fossettes ressortaient. Il les détestait, mais moi, je les trouvais adorables.

— Touché en plein cœur, Sullivan.

J'ai secoué la tête pour me retenir de rire et je suis allée m'asseoir sur le siège passager. La radio jouait tout bas un vieux succès pop des années 1980. Bizarre que Mason n'ait pas pris le temps de mettre de la musique qu'il aimait.

Je l'ai regardé plus attentivement. Il n'était pas peigné et portait le jean de la veille avec son tee-shirt vert au logo de série télé, celui qu'il mettait pour dormir quand les nuits étaient fraîches. Si je me penchais un peu, j'allais découvrir qu'il était en chaussons !

Du coin de l'œil, il a vu que j'avais compris.

— Attache ta ceinture, m'a-t-il lancé en mettant le clignotant pour tourner dans ma rue.

N'importe quoi, le trajet était presque terminé. Je n'ai pas mis ma ceinture. Il avait sorti ça pour éviter le sujet, et on le savait tous les deux. J'ai attendu qu'il se gare devant chez moi pour protester :

— Mais tu te lèves juste ? Pourquoi tu es venu ?

Il a détourné la tête et s'est gratté la nuque, puis s'est avoué coupable. Ce mot ne m'a pas plu : il n'avait rien fait de mal, au contraire.

— C'est Leslie qui m'a appelé, a-t-il reconnu en me regardant enfin dans les yeux. Elle m'a dit que votre mère était rentrée tard et que tu étais allée faire les courses seule.

Ah bon, ma sœur était réveillée ? J'avais dû faire plus de bruit que je ne le pensais.

— Merci, ai-je soupiré, tout en me demandant si je devais parler avec Leslie de ce qui s'était passé.

— Tu vas bien ?

Un silence pesant a suivi sa question. Mason m'avait toujours soutenue dans les moments difficiles. Heureusement, le temps avait passé et ma mère s'était reprise, mais il connaissait les problèmes qu'on avait eus et, comme toujours, il s'en faisait à mon sujet.

— Oui, oui, ai-je répondu sans développer.

Ce qui pouvait être vrai, du moment que ce matin restait bien un cas isolé.

Sans trop savoir quoi dire, je suis sortie de la voiture et j'ai récupéré les courses sur la banquette arrière. Mason avait laissé la vitre descendue sans couper le moteur, et je ne pouvais pas partir comme ça. J'ai réparti le poids des sacs dans mes mains et je me suis rapprochée de son côté.

— Tu es un super pote, Mase. Je ne sais pas comment je peux te remercier.

— Facile : viens au bal avec moi.

Je n'ai pas pu m'empêcher de rire. Évidemment, il fallait qu'il profite de l'occasion. Je savais qu'il ne me lâcherait pas.

— Ah, mais ce que tu peux être lourd !

Je me suis dirigée vers la porte d'entrée et, avant de s'éloigner, il m'a crié :

— Je passe du super pote au lourdaud de service ? Tu me fais mal, Sullivan !

CHAPITRE 3

Le lundi matin, j'attendais devant chez moi, tremblante de froid. Je me dandinais d'un pied sur l'autre et je me frottais les bras, sans résultat. N'importe qui m'aurait conseillé de retourner à l'intérieur pour enfiler un gilet, mais pas moyen. Je venais de m'engueuler avec ma mère et le ton avait tellement monté que j'étais sortie avant d'avoir fini mon petit déj. Je ne m'étais même pas embêtée à réveiller Leslie pour le collège. De toute façon, nos cris avaient dû suffire.

Je ne me disputais pas souvent avec ma mère. Pas plus que dans les autres familles, en tout cas. Je dois avouer, cette fois, c'était ma faute. J'avais perdu une liste que je n'arrivais pas à retrouver et, du coup, j'étais à fleur de peau. Ma mère, qui n'était pas au courant, avait commencé à me chercher en me demandant si mon planning détaillé des menus de la semaine était prêt. Comme j'avais répondu par un grognement agacé, elle avait ajouté que je devrais peut-être aussi organiser mes humeurs, et ne pas me montrer aussi susceptible. Là, on était passées aux cris et elle avait fini par me dire que je dramatisais tout le temps.

Le truc, c'est que ce n'était pas un papier comme un autre qui me manquait, et ça me donnait bien le droit de dramatiser tout ce que je voulais. J'aurais pu égarer n'importe quelle liste arrachée de mon cahier : celle des fringues à porter pendant la semaine, des menus, des séries à enregistrer… Mais non, il a fallu que je perde LA liste, celle des quatre mecs qui me plaisaient. Et comme toutes les feuilles de mon carnet, elle était signée de mon nom.

J'avais passé en revue dans ma tête tous les endroits où j'aurais pu la perdre, et c'était la cata : le seul qui collait, c'était au lycée, devant mon casier, depuis vendredi après-midi. Pourvu que Mason vienne vite me chercher ! Il fallait absolument que j'arrive dans les couloirs avant que quelqu'un soit intrigué par cette feuille volante.

Une porte a claqué chez les voisins. J'ai fermé les paupières en priant : « Pourvu que ça ne soit pas lui. Pas lui… »

— Eh, miss Glaçon ! Tu t'es fait planter là ?

J'ai serré les dents, puis je me suis retournée avec un sourire venimeux. Difficile d'être hypocrite en présence de James Smith.

— Ça te regarde pas, mister Obsédé.

En réalité, j'étais sortie largement trop tôt, mais je pouvais compter sur la manie d'arriver en avance de Mason. Avec un peu de chance, il serait là d'ici deux ou trois minutes. Mais je n'avais pas l'intention de raconter tout ça à mon voisin.

Je détestais James Smith pour une simple et bonne raison : ses blagues à la con.

Dans chaque classe, il y a un clown. Certaines ont droit à un modèle sympa et marrant. D'autres, à celui qui veut juste se faire remarquer. Nous, on avait James. Son humour n'avait rien de drôle, et pour ce qui est de se faire remarquer… Disons qu'à ce niveau-là, c'était réussi. De toute manière, avec ses yeux verts, son visage très pâle constellé de taches de rousseur et ses cheveux roux, il avait du mal à passer inaperçu.

Ce que je ne supportais pas, c'est qu'il fasse des blagues de mauvais goût. Au début, il balançait des réflexions drôles et bien placées avec, j'avoue, un super sens de la repartie et une inventivité impressionnante. Mais avec les années, il était devenu blessant, et il adorait se moquer des autres, ce qui me faisait enrager. Le pire, c'est qu'à la longue, il avait réussi à se constituer une certaine aura. Les autres élèves se sont mis à parler de lui et à rire à ses pitreries, même quand elles n'avaient rien de comique. Le succès lui est monté à la tête. Aduler un mec qui se la pète, ce n'est vraiment pas mon truc.

L'incident qui a déclenché ma haine s'est produit en seconde. À quinze ans, la plupart des ados se comportent encore comme des gamins en cours d'éducation sexuelle et utilisent les préservatifs comme des ballons de baudruche. Ce que James a trouvé tordant, c'est d'en coller un dans le dos de quelqu'un qui ne lui avait rien fait, et il a estimé que sa voisine serait la victime idéale. J'ai donc passé toute une matinée avec mon bout de latex dans le dos, à me demander pourquoi tout le monde riait quand je passais dans les couloirs, jusqu'au moment où j'ai retrouvé Mason dans le bus. C'est le seul à m'avoir signalé ce qui se passait.

Ma réaction, paraît-il disproportionnée, a été de me rendre chez mes voisins, capote à la main, pour tout raconter aux parents de James. Ensuite, j'ai aussi répandu la rumeur qu'il était allé consulter pour herpès génital. Depuis, il m'avait surnommée miss Glaçon, à quoi je répondais par mister Obsédé. C'est clair que ces surnoms ne convenaient ni à l'un ni à l'autre, mais on s'en fichait.

— On dirait que ton petit copain est en retard, a lancé James en se dirigeant vers sa voiture. Je t'inviterais bien à venir avec moi, mais je ne peux pas me permettre qu'on nous voie ensemble, tu comprends bien.

J'ai esquissé un sourire factice.

— Tu m'étonnes, ce serait l'horreur si les autres savaient qu'il m'arrive de parler avec des débiles comme toi.

Loin d'être vexé, James a éclaté de rire avant d'ouvrir sa portière. Ce qu'il pouvait m'énerver !

— Je suis content qu'on se comprenne aussi bien, Sullivan.

Je l'ai laissé partir sans prendre la peine de répondre.

Heureusement, comme je l'avais calculé, Mason n'a pas mis plus de cinq minutes à apparaître. Je me suis installée en vitesse à côté de lui.

— Je rêve, ou Kenzie, la retardataire chronique, est sortie à temps de chez elle ?

Je lui ai balancé un coup de poing sur le bras en guise de réponse, et il a ri avant d'enchaîner :

— Allez, attache ta ceinture, je vais redémarrer.

— À vos ordres, monsieur Sécurité routière.

Pendant tout le trajet, j'ai gardé l'œil sur le compteur. D'un coup, je trouvais très lent de circuler dans les petites rues à cinquante à l'heure, et chaque coup de frein, j'avais l'estomac qui se retournait. J'allais arriver trop tard pour retrouver ma liste. Quand j'ai demandé pour la troisième fois à Mason d'arrêter de traîner, il s'est exclamé :

— Eh ben, quelle motivation pour aller en cours ! C'est distribution de bonbons, aujourd'hui ?

Je l'ai ignoré superbement. Raconter à mon meilleur ami que j'avais dressé une liste de mecs potentiels ne figurait pas dans mes projets. Surtout sachant qu'il y figurait.

On est arrivés au parking dix minutes avant le début des cours. Il y avait déjà des voitures garées et certains élèves s'avançaient vers le lycée sans se presser. J'ai jailli du véhicule alors que le moteur n'était pas encore coupé et j'ai couru vers l'entrée.

— Kenzie !

Je ne me suis pas retournée vers Mason. Je devais aller vérifier mon casier aussi vite que possible. La liste était peut-être dedans, ou alors, par terre… J'ai doublé un mec de première et j'ai filé dans les couloirs, sans prêter aucune attention à ce qui m'entourait. Mon casier, c'est tout ce que j'avais en tête. En passant au coin de la classe de maths, il m'a semblé entendre Eric Pullman m'interpeller, mais je devais délirer. En général, on ne se parlait pas en dehors de l'épicerie.

Arrivée aux casiers, j'ai pilé, et c'est là que j'ai tilté. J'avais retrouvé ma liste. Ou plutôt, mes listes. Des tas de photocopies scotchées aux murs, tellement serré qu'il ne restait plus un coin de libre.

Mon cœur s'est arrêté. Là, je tombais d'une falaise en me raccrochant à des épines pour atterrir sur un lit d'éclats de verre. *Impossible...*

Mais c'était vrai. Mon nom, Mackenzie Sullivan, en gros et souligné, était suivi de ceux de Derek, Mason, Eric et James.

Mon esprit tournait à mille à l'heure : comment faire disparaître ces papiers ? Malheureusement, je savais bien que rien ne suffirait. Les photocopies étaient partout, étalées sur tous les murs. Mon pire cauchemar devenu réalité.

— Kenzie ?

Oh, non !

Je me suis retournée avec lenteur, comme si, par miracle, toutes les feuilles allaient disparaître et mon angoisse avec.

— Kenzie ? Qu'est-ce que c'est, tout ça ?

Quand j'ai croisé le regard de Mason, les larmes ont commencé à me piquer les yeux. Il tenait à la main un papier chiffonné parfaitement reconnaissable.

J'ai reculé d'un pas. Mon corps arrivait enfin à réagir après le choc. *C'est pas vrai...* Mason cherchait à me parler, mais je ne l'écoutais plus. J'ai tourné les talons et couru vers les toilettes en repoussant du coude les curieux.

J'avais une certitude : ma dernière heure était venue.

CHAPITRE 4

Vous avez déjà eu la sensation que ce n'est pas vous qui vivez votre propre vie ? Quand il vous arrive un truc traumatisant et que vous assistez aux événements en simple spectateur, de très loin ?

Ben voilà, c'est comme ça que s'est passé mon truc traumatisant.

J'ai senti la douleur, la honte, j'ai vu les pièces du puzzle de ma vie se détacher, en produisant un bruit tellement honteux que c'était une horreur. Mais ce n'est que quand je me suis enfermée dans les toilettes que la réalité m'a frappée.

Non seulement j'avais perdu ma liste, mais en plus, quelqu'un l'avait trouvée et s'était chargé de la rendre publique d'une manière si humiliante et voyante qu'aucun mec du lycée ne pourrait la louper. Ils allaient tous lire le nom des quatre garçons et tout le monde serait écroulé de rire à mon passage. Comment aller à mon casier la tête haute, si je trouvais Derek à côté ? Comment faire mes courses à l'épicerie et soutenir le regard d'Eric Pullman ? Comment me remettre à insulter James Smith s'il savait que je l'avais inscrit sur ma liste ?

Et Mason... J'ai sangloté encore plus fort en revoyant son air perplexe dans le couloir. Il avait lu la liste et voulait me demander des explications. Il priait sûrement pour que ce soit une mauvaise blague. Je ne lui avais jamais rien dit de mes sentiments, de peur de le perdre. Je ne saurais pas quoi faire sans mon meilleur pote. Comment j'allais affronter tout ça, maintenant ?

J'ai passé les deux premières heures de cours enfermée dans la cabine, et j'ai pleuré des litres. Des hectolitres. Tout le rouleau de papier y est passé. C'est possible, de mourir de déshydratation par excès de larmes ?

À un moment donné, j'ai commencé à réfléchir à qui pouvait m'avoir volé ma liste. Qui pouvait me détester à ce point ? J'étais une élève normale, pas une célébrité. Est-ce que ça pouvait être Jane Tyler ? Bof, quand elle se fichait de moi, elle le faisait en face.

Pendant la troisième heure, j'ai entendu des pas s'approcher de ma porte. Des chaussures à talons se sont arrêtées juste devant. J'ai serré les dents et retenu ma respiration, dans l'espoir de mettre mes pleurs en pause.

Évidemment, ça n'a pas marché.

— Mackenzie Sullivan ? Tu es là ?

J'ai hésité entre la surprise et la panique. Que faisait Mme Gomez dans les toilettes des filles ? J'avais loupé son cours d'arts plastiques en première heure, mais j'avais cru que ça passerait inaperçu.

— Mackenzie, je sais que tu es là. Je veux te parler.

Il aurait pu y avoir un cataclysme en ce moment même, ça ne m'aurait fait ni chaud ni froid. En plus de voir les couloirs décorés par ma liste, j'allais me faire exclure pour absentéisme. Ce qui serait du plus bel effet dans mon dossier pour la fac.

Avec un soupir résigné, je suis sortie pour affronter ma prof. J'ai bien pris soin d'éviter les miroirs, histoire de ne pas voir ma tête affreuse, et je ne voulais pas la regarder non plus. Pour l'instant, mes chaussures étaient très intéressantes.

— Ça va aller ?

J'ai haussé les épaules. Est-ce que je pouvais répondre autre chose que « NOOOON » ? Pas évident.

— J'ai entendu parler de ton… incident.

Un incident. Quelle façon polie de dire que ma vie était foutue !

— Je suis collée ? ai-je osé demander.

— Collée ? C'est toi qui viens de subir une blague de très mauvais goût, et tu as peur d'être collée ?

J'ai fini par relever les yeux.

— Alors, pourquoi… ?

— Je venais voir comment tu allais, m'a-t-elle expliqué, bienveillante. Tu veux appeler chez toi pour qu'on vienne te chercher ? Je pourrais justifier ton absence aux autres professeurs.

Je n'étais pas idiote, je n'allais pas laisser passer l'occase. Je l'ai suivie dans le couloir, qui, à quelques minutes de la fin de l'heure, était encore désert. Si je me dépêchais, je ne croiserais aucun des mecs de ma liste. Ni personne, d'ailleurs.

En arrivant à mon casier, j'ai vu le concierge en train de décoller les papiers des murs. Mais vu les trous au milieu, certains élèves avaient déjà dû en embarquer. Fabuleux…

— Madame…

— Appelle-moi Silvia, s'il te plaît. Je déteste qu'on soit aussi formel avec les profs, ça me fait me sentir vieille.

Elle devait avoir à peine trente ans, il aurait fallu y aller fort pour la faire paraître vieille.

— Euh, Silvia, alors. Comment vous avez su que j'étais là ?

J'ai accéléré pour rester à côté d'elle. Silvia a essayé de retenir un sourire.

— Mason Carter est venu me voir. Il m'a raconté pour la liste, et il m'a dit que tu t'étais cachée aux toilettes. Sérieusement, Mackenzie, tu le mets seulement en B ? Ne le prends pas mal, mais Derek Anderson, parfois, il est en plein dans le cliché du sportif qui n'a rien dans le crâne…

Je suis restée glacée. Mason était allé lui parler ? Ça voulait dire qu'il ne trouvait pas la situation trop gênante ? Ou alors, il avait envoyé quelqu'un d'autre aux nouvelles parce qu'il ne voulait plus me voir ?

On est arrivées à la vie scolaire juste avant la fin de la troisième heure de cours. Il n'y avait personne, mais d'ici trois minutes, les élèves circuleraient dans les couloirs.

— Assieds-toi, je vais appeler ta mère.

J'ai préféré m'appuyer au mur et m'essuyer les joues avec une manche. Parler avec Silvia m'avait aidée à m'occuper l'esprit à autre chose qu'au traumatisme de ma vie. Je devais tenir au moins jusqu'à mon retour chez moi, si possible saine et sauve.

À ce moment, quelqu'un est entré dans le bureau.

— Ah tiens, coucou !

Ç'aurait pu être n'importe qui : le proviseur, un prof, un élève que je connaissais pas, un chien, un cambrioleur, un tueur en série... et il fallait que ce soit lui ? Ah, non, j'allais l'ignorer jusqu'à ce qu'il m'oublie.

— Salut, James.

Bon, OK, je ne suis pas connue pour ma force de volonté.

Il a croisé les bras et s'est placé à côté de moi. Je me suis décalée sans m'en cacher. La façon dont il m'a scrutée de ses yeux verts... J'ai pas apprécié du tout. Pour avoir l'air occupée, j'aurais fait n'importe quoi, alors j'ai sorti mon téléphone.

Mauvais choix : seize appels en absence de Mason, plus quatre SMS.

Heureusement, Silvia est revenue :

— Je suis désolée, Mackenzie, je n'ai pas pu avoir ta mère. Il n'y a personne qui peut venir te chercher ? Oh, James, qu'est-ce que tu as fait, cette fois-ci ?

— Prise de parole non autorisée en cours d'histoire, a-t-il répondu sans détacher les yeux de moi. Silvia, je peux la ramener chez elle, c'est ma voisine.

Je me suis retournée vers la prof en lui faisant signe de refuser. Malheureusement, c'est lui qu'elle regardait.

— Ce n'est pas forcément une bonne idée, tu vas rater un cours.

— C'est l'heure de la pause, maintenant. Je peux faire l'aller-retour et revenir à temps pour le prochain cours.

— Mais tu as été envoyé à la vie scolaire.

— Bah, c'est la routine. Notez-le sur ma fiche et je viendrai à ma colle en fin d'après-midi.

Mon regard allait de l'un à l'autre. Personne ne trouvait cette situation surréaliste ? Mon plan D, mention « jamais de la vie », le mec que je déteste à mort et qui me le rend bien, insistait pour me ramener chez moi. C'était forcément mauvais signe. Une blague, peut-être. Ou plutôt, sûrement.

Quand Silvia s'est enfin tournée vers moi, la confusion avait réussi à remplacer mon expression horrifiée.

— C'est bon pour toi, Mackenzie ?

Pas bon du tout. Elle était folle ? J'aurais préféré devenir souris de laboratoire géante !

Juste à ce moment, la sonnerie de la pause a retenti. Je manquais de temps.

— Merci, James, c'est sympa de me ramener.

Voilà qui promettait d'être un voyage intéressant.

*

Je suis sortie de la vie sco, James sur les talons. Les autres élèves commençaient à apparaître et remplir le couloir de leurs conversations futiles. On voyait bien qu'aucun d'eux ne venait de vivre sa mort sociale.

J'ai baissé la tête pour passer inaperçue, mais malheureusement, ça ne fonctionnait pas avec James Smith.

— Je suis assez curieux, j'avoue. Ton option D ?

J'ai froncé le nez. Dès qu'on disparaîtrait du champ visuel de Silvia, je devais me débarrasser de lui. C'était humainement impossible de monter dans une voiture avec un être aussi abject.

— Je vois pas ce qui te surprend.

James a ri. Voilà, je devenais une fille drôle. Et Leslie qui me disait toujours que j'étais la personne la plus chiante du monde…

Arrivés aux casiers, on a accéléré le pas, mais je n'ai surtout pas relevé les yeux. Plus que quelques secondes pour être sortie de là.

— Je suis sur ta liste, Mackenzie. Ça veut dire que je suis important pour toi.

Sérieux, je ne pouvais pas supporter cette créature venue droit de l'enfer. J'ai fait volte-face pour qu'il saisisse bien que je n'étais pas d'humeur. J'ai continué de marcher à reculons. Ma mission : sortir du bahut sans être vue. Délai pour l'accomplir : dès que possible.

— Important dans le mauvais sens du terme, mister Obs…

Et c'est là que… Mais qu'est-ce qui m'avait pris, de ne pas regarder où j'allais ? J'étais tellement à fond que je n'ai pas pu éviter de heurter un truc que quelqu'un avait dû mettre là exprès. Il est tombé et quand je me suis retournée, j'ai senti tout mon sang se retirer de mon visage.

C'était Derek Anderson.

Ma mâchoire inférieure s'est décrochée pendant que ma langue tournait et virait, tâchant de formuler une phrase. Déjà qu'au départ, j'avais du mal à lui parler, là, je n'arrivais même pas à relever les yeux. C'était une situation désespérée.

— Pardon, je t'avais pas vue, s'est-il excusé en ramassant le cahier que j'avais fait voler.

J'avais toujours le cerveau vide comme un portefeuille en fin de mois. Dommage, ça ne m'a pas empêchée d'entendre un rire à côté de moi, et ce n'était pas celui de James.

— C'est comme ça que tu dragues ton plan A, Mackenzie ?

Mais Jane Tyler était un genre d'appendice de Derek Anderson, ou quoi ? Chaque fois que je tombais sur elle, elle était près de lui, et ça ne donnait jamais rien de bon.

Les yeux bleus troublés de Derek se sont dirigés d'abord vers Jane, puis vers moi.

— Mais c'est toi, Mackenzie Sullivan ? La fille de la liste ?

Non seulement pour lui, j'étais une étrangère, mais en plus, j'étais aussi une sans-nom. Quoique, ç'aurait été mieux que je le reste…

Une main m'a attrapée par le bras avant que je puisse répondre et m'a entraînée plus loin dans le couloir.

— Elle-même en personne, a confirmé James. Elle regrette, mais elle n'est pas disponible à l'heure actuelle. Je verrai un autre jour si je te la prête.

Je n'ai pas remis en question les méthodes discutables de James. Il venait de me sauver d'une situation franchement pas confortable. Mais, avant même qu'on arrive au parking, quelqu'un d'autre m'a interpellée.

— Kenzie, attends !

J'ai halluciné en voyant Eric Pullman courir vers nous dans le couloir déjà noir de monde.

— Eh merde, me suis-je lamentée.

James m'a serré plus fort le bras et s'est encore une fois chargé de me tirer d'affaire.

— Elle est occupée, Pullman, a-t-il crié en accélérant pour arriver au parking. Une autre fois !

J'ai juste pu voir un Eric contrarié s'arrêter en plein milieu du couloir, puis la porte du lycée s'est refermée derrière nous. Une fois devant sa voiture, James m'a lâchée.

— Qu'est-ce que tu as pour les attirer tous comme ça ? Tu es un aimant, Kenzinette.

Je l'ai regardé avec mépris.

— Ne m'appelle pas Kenzinette. Jamais. Sinon, je te tue direct.

James a levé les yeux au ciel.

— Waouh, j'ai peur ! Allez, entre dans la voiture.

Voilà, on arrivait au moment où je me débarrassais de lui.

— Non.

— Non ? a-t-il répété, pas convaincu.

— Tu pensais quand même pas que j'étais d'accord pour que tu me ramènes ? Gomez ne m'aurait jamais laissée partir si j'avais dit que je rentrais seule.

— Et à pied.

— L'exercice physique, c'est bon pour la santé.

— On est à au moins cinq kilomètres, Kenzie.

— Beaucoup d'exercice physique, c'est très bon pour la santé.

— Il va pleuvoir d'une minute à l'autre.

— S'exposer à des conditions climatiques extrêmes, c'est sûrement excellent pour la santé.

James s'est pris la tête entre les mains.

— Incroyable. De toute façon, je sais même pas pourquoi je t'ai proposé.

Ah, je ne me souvenais pas qu'énerver James, c'était aussi rigolo !

— Parler avec toi, c'est mauvais pour la santé.

— Oh, fait chier. Tant pis pour toi, Mackenzie. Rentre bien chez toi.

Ouf, enfin libre !

— Au revoir, mister Obsédé.

Au moment où je m'éloignais, James m'a rejointe à toute vitesse et m'a saisie par le poignet.

— Ça suffit, Kenzie, entre dans cette voiture.

J'ai soupiré. Il ne se déclarait jamais vaincu ?

— Fiche-moi la paix, James ! Je peux très bien rentrer à pied, je suis pas invalide.

— Et si tu te fais enlever ?

— Je plains celui qui devra entendre mes hurlements suraigus. Laisse-moi.

— Non, tu viens avec moi.

James m'a de nouveau entraînée vers la voiture, mais je résistais. C'était du grand n'importe quoi.

— Arrête ! Lâche-moi tout de suite.

— Non.

— Si.

— Non.

— Si.

— Si.

— Non. Euh, attends, qu'est-ce que j'ai dit ?

Ses lèvres se sont étirées pour révéler des dents blanches et parfaites, à l'exception des incisives supérieures légèrement de travers, détail injustement séduisant.

— Tu m'as dit de ne pas te lâcher, alors viens, maintenant.

J'ai cligné des yeux, perdue. Il avait réussi à me faire dire le contraire de ce que je pensais ? Petit malin…

— Sérieux, laisse-moi. Je peux…

Je n'ai pas eu le temps de protester davantage. Une ombre est apparue derrière moi et s'est mise à parler à James.

— Tu l'as entendue, Smith. Lâche-la. Elle veut pas partir avec toi.

Mon rythme cardiaque s'est affolé, jusqu'à atteindre une allure mortelle.

Mason.

CHAPITRE 5

James m'a regardée longuement et n'a pu déchiffrer qu'un message dans mon expression : éloigne-moi de lui aussi.

— En fait, Carter, je pense qu'elle veut venir avec moi. Elle allait justement dire le mot magique : oui.

J'étais incapable de relever les yeux vers Mason – je sentais mon corps fourmiller rien que du fait de sa présence –, et je me suis laissée entraîner par James jusqu'au véhicule.

— J'aimerais bien que ce soit elle qui le dise, a contre-attaqué mon pote.

J'ai dégluti. J'étais encore tétanisée par le choc. C'était trop tôt pour affronter Mason. Tant pis si je passais pour une grosse trouillarde. C'était peut-être mon meilleur ami, mais là, je ne pouvais pas.

— Tu crois pas qu'elle m'aurait déjà foutu une baffe, si elle ne voulait vraiment pas venir ? a rétorqué James. Tu sais bien, je suis son plan D…

C'était comme ça qu'il volait à mon secours ? J'étais en train de foudroyer mister Obsédé des yeux quand la main de Mason s'est posée sur mon bras pour me retourner vers lui. En dehors du fait que je me sentais comme une poupée que se disputaient deux petites filles – enfin, deux grands dadais –, j'étais incapable de regarder Mason en face.

J'ai donc baissé les yeux. Là où il avait sa main, la peau me brûlait. Le changement qui s'était produit entre nous en quelques heures était irréel. Elles étaient loin, les blagues sur le bal de fin d'année…

— Kenzie, faut qu'on parle.

J'ai serré les lèvres avec tant de force que j'ai senti le goût du sang dans ma bouche. Beurk.

— Merde, Kenzie, regarde-moi…

— Laisse-la, Carter. Tu vois pas qu'elle n'a pas envie de te parler maintenant ?

Pourquoi James devait-il être aussi direct ? Ce mec avait besoin d'un filtre, et d'urgence. Mais ça m'a donné l'impulsion nécessaire pour relever le visage.

Mason avait les yeux rivés sur les miens et il paraissait surpris que je finisse par me confronter à lui. Il me connaissait tellement bien…

J'ai soutenu son regard aussi longtemps que possible. D'habitude, j'adorais me plonger dans ses prunelles sombres et suivre les plis qui se formaient chaque fois qu'il souriait, juste au-dessus de ses fossettes. Mais là, chaque seconde qui passait me tuait à l'intérieur.

Il a été le premier à détourner la tête. Il s'est adressé seulement à moi, comme si James n'était pas là.

— C'est bon, il n'a qu'à te ramener chez toi. Mais on doit parler, tu le sais.

Il m'a lâché le bras et j'ai eu froid à cet endroit-là.

— Quand tu seras prête, tu sais où me trouver, a-t-il ajouté en s'éloignant, fâché.

Il est rentré dans le lycée, en claquant la porte tellement fort que certains élèves ont sursauté.

— Et maintenant, tu veux bien que je te ramène ?

Je me suis retournée vers James, qui avait ouvert la portière passager et attendait ma réponse. J'étais vidée après avoir vu Mason, donc j'ai grommelé :

— J'ai un autre choix ?

Avec un soupir théâtral, je me suis assise sur le siège du copilote et j'ai attaché ma ceinture, avec un pincement au cœur en repensant à Mason, qui me rappelait toujours de la mettre.

James a démarré. J'ai attendu qu'il entame une conversation, qu'il se moque de moi ou même qu'il me fasse descendre au milieu du trajet. Tout était possible. Mais rien de tout ça n'est arrivé. Frôlant la limite de l'irréel, James Smith a conduit en silence jusqu'à notre quartier. C'est seulement devant chez moi qu'il a ouvert la bouche :

— Ta mère ne va pas rentrer avant ce soir et ta sœur est au collège. Tu es sûre que tu veux rester seule chez toi ?

Je l'ai observé sans répondre. Ses cheveux roux rebiquaient au niveau des oreilles et semblaient crier à une bonne âme de les recoiffer.

— Arrête, Sullivan. Ta grimace ne me plaît pas, a-t-il fait en s'éloignant de moi pour s'appuyer à la vitre. Je ne serai plus sympa avec toi.

J'ai soupiré. Il repartait dans ses délires.

— Ben, ça va pas me poser de problème. Merci de m'avoir ramenée, en tout cas.

James a haussé les épaules, une lueur dans ses yeux verts.

— Pas de souci. Grâce à toi, j'ai évité de passer toute la pause avec le CPE à parler de tous les troubles pathologiques qui me rendent aussi irresponsable.

De suite, c'était plus logique que de vouloir m'aider de façon désintéressée. Je suis sortie de la voiture avec un demi-sourire et James a baissé sa vitre.

— Tu es sûre que ça ira ? Tu n'as pas besoin de glace, ou des trucs que prennent les filles quand elles ont le moral à zéro ?

De la glace ? Je ne pourrais plus aller en chercher à l'épicerie d'Eric. De nouveau déprimée, j'ai répliqué avec une sacrée dose de mauvaise foi :

— C'est que dans les films, espèce de débile.

— Je voulais juste être sympa.

Cette fois, j'ai vraiment souri.

— Tu avais dit que tu ne le serais plus avec moi.

Touché. James a ouvert la bouche, mais j'ai couru jusqu'à la porte et je suis montée m'enfermer dans ma chambre, aussi vite que je le pouvais. Je me suis écroulée sur mon lit, j'ai mordu l'oreiller avec force et sorti toute la rage que j'avais à l'intérieur, et puis je me suis souvenue des messages sur mon téléphone.

Quatre SMS, tous de Mason. Mes larmes s'étaient enfin taries et je devais agir dès que possible. J'avais déjà perdu Mason, mais je n'allais pas me laisser abattre. L'espoir fait vivre. Et puis, j'étais curieuse de savoir ce qu'il me disait.

Je me suis redressée, j'ai débloqué mon portable et pris une profonde inspiration.

MASON : Réponds ! Je suis inquiet, merde !

MASON : Il faut qu'on parle, Kenzie. Dis-moi au moins si ça va.

MASON : Je vais pas te mentir, tout le monde parle de toi. Je crois que nous aussi, il va falloir qu'on parle. Je suis inquiet, vraiment.

MASON : J'arrive pas à croire que je te demande ça, mais... tu es amoureuse de moi ? Kenzie ?

Et là, je me suis mise dans une mouise pas possible, toute seule. Poussée par l'adrénaline, la peur, l'hystérie et… le désespoir, j'ai serré le portable entre mes mains et j'ai tapé à toute vitesse le mot magique.

KENZIE : Oui.

*

À peine avais-je envoyé le message que j'aurais voulu l'effacer. Mes mains se sont mises à trembler et j'ai jeté mon portable à l'autre bout du lit, prise de panique.

Qu'avais-je fait ?

Il était trop tôt ! Je le savais, pourtant !

Mon téléphone m'a signalé un message et j'ai couru voir.

MASON : Maintenant, il faut vraiment qu'on parle.

Simple et direct. Mason savait ce que je ressentais et il voulait en discuter. Quoi qu'il arrive, les choses ne seraient plus jamais les mêmes entre nous.

J'ai enfoui la tête dans l'oreiller en gémissant. Du coup, le fait que Derek, Erik, James et tout le lycée se soient rendu compte de mon existence m'était complètement indifférent. La moitié des élèves ne mettraient pas de visage sur mon nom.

Non, ce qui me souciait, c'était Mason. Que faire ? Je pouvais enclencher le mode fantasme et imaginer que lui aussi m'aimait en secret et que tout se terminerait comme dans un conte de fées. Mase n'est pas du genre à être fou d'une fille. Il aime bien sortir, s'amuser, lire des livres et des BD, et regarder des matchs de football américain. Il est déjà sorti avec une ou deux filles, mais jamais rien de sérieux.

Depuis qu'il est devenu mon meilleur ami (et inversement), on fait ensemble la plupart des choses. Je l'ai traîné faire du shopping et il m'a obligée à regarder des vidéos débiles sur Internet. On s'est déguisés en Harry et Hermione pour aller voir le dernier *Harry Potter*. Pour mon treizième anniversaire, on a piqué une bouteille d'alcool dans le placard de ma mère et on a bu nos premiers shots. Ensuite, la gorge en feu, on a couru vomir aux toilettes. La vodka pour commencer, ça devait être un mauvais choix.

Je n'ai pas bougé du lit jusqu'au moment où, quelques heures plus tard, j'ai entendu la porte d'entrée s'ouvrir. Un peu assommée par tout ce qui s'était produit, j'ai laissé mon portable sur ma table de nuit et je me suis forcée à sortir de ma chambre, pour chercher quelque chose à manger.

Dans la cuisine, Leslie était en train de fouiller le frigo.

— Tu sais s'il reste des lasagnes d'hier soir ? J'ai comme l'impression que non.

— Je peux préparer des burritos, si tu veux, ai-je proposé en venant fermer le frigo. Ne laisse pas ouvert, sinon ça consomme.

— Bien, mada… a commencé Leslie, avant de se figer. Tu as vu un fantôme aujourd'hui ?

Je l'ai poussée pour rouvrir le réfrigérateur, mais elle s'est plantée devant moi pour me scruter. Je ne me trouvais pas si mal. Je n'avais pas changé de fringues et je ne m'étais pas coiffée depuis ce matin, mais l'ensemble devait juste être un peu chiffonné.

— Tu as loupé une interro ? Ton jean préféré s'est déchiré ? Ne me dis pas que c'est à cause de la dispute avec maman ce matin !

J'ai sorti un poivron rouge et un vert, que j'ai posés à côté de la sauce tomate.

— Non, ce n'est pas pour maman, et je n'ai pas envie d'en parler, Les.

— N'importe quoi, t'as toujours envie de parler. Allez, dis-moi !

Mince, pas de poulet au frigo ! Et le seul magasin accessible à pied était celui des parents d'Eric… Pas moyen que j'y retourne.

— On peut pas faire de burritos, y a pas de poulet.

— Va en chercher, a répliqué ma sœur, évidemment très logique.

— Tu n'as qu'à y aller, toi ! ai-je fait, un peu plus sèche que nécessaire.

— J'ai onze ans, Kenzie. Je ne sais même pas où maman garde l'argent.

J'avais mal à la tête, comme si une grenade avait explosé dans mon crâne et que ma cervelle ensanglantée me sortait par les oreilles. Miam, l'image mentale délicieuse.

— Si je te donne des sous, tu iras l'acheter ?

— Seulement si je peux aussi prendre des chocolats au caramel.

Je n'avais pas envie de discuter.

— OK.

Je suis allée dans ma chambre piocher deux billets dans mon portefeuille, et j'ai mis mon téléphone dans ma poche de pantalon avant de retourner voir Leslie. Au moins, elle ne poserait plus de questions. J'aimais beaucoup ma sœur, mais je n'avais pas envie de lui raconter les détails les plus atroces de ma vie. J'espérais que son adolescence à elle serait plus tranquille.

Une fois qu'elle est partie, j'ai constaté que j'avais reçu deux appels en absence et un nouveau message. Je me doutais de l'expéditeur, mais n'empêche : quand j'ai vu son nom sur l'écran, mon cœur a fait un bond.

MASON : Je viens chez toi.

Et juste à ce moment, la sonnette a retenti.

J'ai glissé en chaussettes dans l'entrée et j'ai donné un coup de talons pour freiner à quelques centimètres de la porte. Qu'est-ce que je faisais ? J'étais terrifiée, mais en même temps, j'avais envie de savoir ce qui allait se passer. Je ne suis pas une fille patiente, à la base.

Je me suis vaguement recoiffée, j'ai fermé les yeux et pris une grande inspiration avant d'ouvrir.

— Comment va celle qui m'a listé en dernier ?

— Qu'est-ce que tu fais là ?

J'avais parlé en même temps que James. J'ai secoué la tête, ce qui m'a remis les cheveux en vrac, et j'ai cligné des paupières avant de répéter ma question.

— Je t'apporte les devoirs de maths. Silvia m'a intercepté quand j'allais en colle et elle m'a dit de venir te voir à la place. C'est la deuxième fois de la journée que tu m'épargnes un ennui profond, Sullivan. Tout ça, alors que je suis seulement ton plan D.

J'ai soufflé un bon coup et pris les deux photocopies qu'il me tendait. J'ai jeté un coup d'œil derrière son épaule : Mason allait arriver d'une minute à l'autre.

— Tu attends quelqu'un ? s'est enquis James en regardant lui aussi dans la rue. Quand je suis sorti du bahut, je suis passé à côté de Mason Carter, il parlait avec Eric Pullman. Il avait l'air très pressé de partir.

Je ne sais pas pourquoi, mais je pensais que ma liste n'y était pas étrangère...

— Je peux te demander quelque chose ? a ajouté James.

Je me suis balancée d'un pied sur l'autre. Ça faisait trop de conversations avec mon voisin pour la journée.

— Ce n'est pas déjà ce que tu fais ?

— Qu'elle est drôle... (James a froncé le nez de manière assez comique, ce qui encore rapproché ses taches de rousseur les unes des autres.) Je peux entrer ?

— Ben, vas-y, tant que t'y es...

Si je commençais à protester, il partirait encore plus tard. Là, avec un peu de chance, j'arriverais à l'expédier. Avec James Smith, on ne savait jamais à quoi s'attendre. Ses humeurs pouvaient changer à une vitesse alarmante.

Quand il a posé une main dans l'encadrement de la porte et s'est approché de moi, j'ai poussé un soupir. J'avais envie de reculer, mais je me suis retenue. Il ne faut jamais montrer sa peur à l'adversaire.

— Pourquoi tu m'as choisi comme plan D ?

Si je n'avais pas été suffisamment ridicule pour la journée, je me serais mis une gifle. Il n'allait pas oublier si facilement, impossible.

— Plutôt mourir que de sortir avec quelqu'un comme toi. Il fallait que je te note sur la liste pour m'en souvenir. Tu es content ?

Ce n'était quand même pas si difficile à comprendre ? Il me paraissait beau physiquement, je m'étais autorisée à l'inscrire pour reconnaître qu'une partie de moi pouvait être attirée par lui, mais son attitude, au secours.

— Pas du tout. (Il s'est encore rapproché, l'air sûr de lui, et cette fois, j'ai fait un pas en arrière.) Ce que je voulais savoir, c'est… pourquoi tu ne sortirais pas avec moi ? Qu'est-ce que tu as contre moi, Mackenzie ?

C'était comme s'il avait lu dans mes pensées. Je n'allais surtout pas le lui avouer, donc j'ai préféré maintenir ma barrière mentale invisible. J'ai secoué la tête et cligné des yeux plusieurs fois.

— Tu sais que je n'ai toujours pas oublié le coup du préservatif dans mon dos.

— De quoi ? Ah, oui, la blague…

Évidemment il ne s'en souvenait pas. Encore une raison à ajouter à ma liste des motifs pour lesquels James Smith était insupportable.

— Oui, la blague. Ta mémoire est affectée par ton manque de maturité ?

J'avais envie de lui donner une baffe, mais juste à ce moment-là, sa mimique fâchée a découvert ses dents blanches. Je n'ai pas pu éviter de me fixer sur la petite irrégularité de ses incisives, c'était anormal que ce soit aussi adorable.

— J'avais oublié pourquoi je t'appelais miss Glaçon.

Cette fois, je l'ai poussé dehors. Il a perdu l'équilibre et ne l'a retrouvé que quelques mètres en arrière. J'aurais préféré qu'il morde la poussière.

— Et tu te demandes vraiment pourquoi tu es mon plan D, James ? Jamais je ne me mettrai avec toi.

Ça ne m'a pas plu du tout de voir un sourire réapparaître sur ses lèvres.

— C'est un défi, miss Glaçon ?

Oh, non !

— Je ne...

James m'a coupé le sifflet en revenant vers moi d'un pas agile.

Il a repris la même position que tout à l'heure, a appuyé l'épaule au chambranle et a penché son visage vers le mien. Mon cerveau ordonnait à mon corps de bouger, mais sans obtenir de réaction. Je suis restée paralysée devant James. Je pouvais compter les taches de rousseur sur son nez, ce qui me déconcentrait. Un garçon criblé de taches ne pouvait pas être beau. Ni avec les incisives de travers. Ni avec des cheveux roux en bataille.

Sauf qu'il l'était, lui.

Ses yeux verts m'ont transpercée, de tout près, et son sourire se moquait de moi.

— Défi accepté, Mackenzie Sullivan. Avant que tu puisses dire ouf, je serai devenu ton nouveau plan A.

Et il m'a donné un baiser hésitant sur la joue. J'ai subi un court-circuit corporel. Je ne pouvais rien faire à part le regarder se diriger vers chez lui. Une fois qu'il a disparu dans la maison, mon alarme interne a retenti. J'étais tombée dans son jeu et il était clair que ma fameuse barrière mentale n'était pas si solide.

— Ce n'était pas un défi, pauvre nul ! Tu es un abruti !

— Cette insulte ne m'était pas destinée, j'espère...

Je me suis retournée vers Mason, exaspérée.

— Mais non, je...

Je n'ai pas pu terminer la phrase.

Mason. Là. Devant moi. La liste.

Tout à coup, j'ai oublié toute la conversation avec James, comme si j'avais mis un fichier à la corbeille sur mon ordinateur : je pouvais le récupérer à tout moment, mais pour l'instant, il ne m'intéressait pas.

Mon ami de toujours m'a souri, mal à l'aise, et a ajusté machinalement les boutons de son gilet. Il me fixait de ses yeux sombres, qui prenaient des éclats dorés à la lumière.

— Tu comptes m'inviter à entrer ?

J'ai hoché la tête comme une automate et je me suis serrée contre la porte pour le laisser passer. J'ai eu la chair de poule au moment où son bras a frôlé le mien.

La discussion promettait d'être un tout petit peu tendue.

*

Mason s'est assis sur un tabouret dans la cuisine. Il avait appuyé les coudes sur la table et posé le menton sur ses mains. Impossible de me concentrer pour couper mon oignon, mais Leslie était revenue avec du poulet et elle exigeait son repas avec véhémence.

— Tu as besoin d'aide ? m'a-t-il proposé pour la quinzième fois.

— Non, c'est bon, ai-je décliné pour la quinzième fois.

Silence inconfortable.

Encore du silence inconfortable.

Encore plus de silence inconfortable…

L'un de nous devait dire quelque chose !

— Finalement si, tu pourrais couper les poivrons.

— Alors, c'est vrai ?

Sinon, on pouvait aussi parler tous les deux en même temps.

Nerveuse, je me suis mordu la lèvre, tic que je devais bannir de ma liste d'habitudes exécrables. Oui, j'avais aussi une liste là-dessus. En tête, ma consommation de chocolat. Et sincèrement, il paraissait clair que je n'allais jamais éliminer celle-là.

— Bien sûr, pas de problème, a déclaré Mason en secouant la tête.

Il s'est levé et attrapé un couteau dans le tiroir. Quand il s'est placé à côté de moi, j'ai retenu ma respiration. Je ne m'étais pas rendu compte que nous devrions utiliser la même planche à découper. Ça n'aidait pas spécialement d'être en larmes à cause de l'oignon.

Le silence est retombé entre nous de longues secondes, puis il a répété :

— Alors, c'est vrai ? Tu es… ?

Sa voix n'était plus qu'un murmure. Il était incapable de terminer sa question. J'ai avalé ma salive et j'ai regardé mon oignon, les yeux pleins de larmes, en me concentrant pour ne pas me couper un doigt.

Sois forte, Kenzie !

C'était facile de le penser, mais difficile à dire. Écrire trois lettres et appuyer sur envoyer ne demandait pas tant d'efforts. Pour prononcer la même monosyllabe à voix haute, dans la même pièce avec un couteau à la main, j'avais un peu plus la pression. Mais il fallait que je le fasse. C'était moi qui nous avais mis dans cette galère et moi qui allais nous en sortir. J'ai pris mon souffle pour répondre et…

— Ça ne sent pas le brûlé ?

J'ai regardé Mason sans comprendre. Ça ne sentait pas… Mais si, une odeur de brûlé montait dans la cuisine. Alors… ?

— La poêle !

Je me suis écartée de l'oignon en lâchant le couteau, avec si peu d'adresse qu'il a formé des cercles sur le plan de travail avant de tomber par terre et de rebondir, pointé droit sur moi. J'ai poussé un cri, bondi et l'ai esquivé d'un cheveu. J'ai de nouveau pu me concentrer sur la poêle, qui fumait tellement que j'étais étonnée de ne pas voir de flammes en jaillir.

— Mais sors-la ! a crié Mason à côté de moi.

À la limite de la panique, j'ai attrapé le récipient par le manche pour le retirer du feu. Oui, enfin, j'ai dû le faire trop vite, parce que l'huile bouillante s'en est échappée par jets. Le point positif, c'est qu'elle s'est arrêtée sur le plan de travail qui entourait les plaques, et en petite quantité. Mason s'est approché pour me prendre la poêle des mains et la poser dans l'évier.

Leslie est entrée en courant, attirée par l'animation. Elle nous a regardés, puis a regardé la nourriture. Enfin, elle a poussé un soupir.

— Bon, sinon, on peut commander une pizza.

L'air dégoûté, elle est retournée devant la télé.

Mason et moi avons été pris d'un fou rire.

— Elle a raison, t'auras beau essayer, tu as toujours été et tu seras toujours une cuisinière déplorable.

— Tu peux parler ! Tu te souviens de l'œuf au plat ?

— Et comment je pouvais savoir qu'il ne faut pas mettre de couvercle pour faire frire des œufs ?

Je riais tellement que j'en avais mal aux joues.

— C'était l'année dernière, Mase. Tu avais seize ans !

— Oh, ça va, hein !

Il a fallu encore plusieurs secondes pour que mon souffle retrouve un rythme normal. J'étais affalée sur le carrelage de la cuisine, appuyée au lave-vaisselle. Mason s'était assis juste devant moi, nos pieds se touchaient. Il a été le premier à se calmer et à revenir à la conversation de départ.

— Si c'est ce que tu ressentais, pourquoi tu ne m'as rien dit ?

Mon sourire a disparu à vitesse grand V. Je me suis agitée, mal à l'aise. Soudain, j'ai remarqué que le sol était froid et dur sous mes fesses.

— N'évite pas mon regard, Kenzie.

J'ai forcé mes yeux à retrouver les siens. J'ai ouvert la bouche, mais je n'arrivais à rien dire. Finalement, j'ai choisi de hausser les épaules et de me mordre les lèvres, encore une fois. Saleté d'habitude.

Mason s'est penché, a croisé les jambes et appuyé les coudes sur ses genoux.

— Je sais pas, Kenz, c'est bizarre. J'avais jamais imaginé que tu… Tu es la seule fille à m'avoir vu en caleçon Spider-Man.

J'ai tordu la bouche en une imitation de sourire. Ça datait d'il y a des années.

Mason parlait beaucoup pour essayer de dissiper un peu mon malaise. Le nôtre. Je devais y mettre du mien et être courageuse, autant que me le permettait mon trouillard de cerveau.

— J'avais peur que ça devienne bizarre entre nous, comme maintenant, et que tu t'éloignes de moi.

Une ride est apparue entre ses sourcils.

— M'éloigner de toi ? Il faut que je le répète ? Tu es la seule fille à m'avoir vu en caleçon Spider-Man. On ne rejette pas aussi facilement une personne qui nous connaît aussi bien.

Je ne voulais pas le perdre, c'était une partie trop importante de ma vie. Mason s'est mis debout et m'a tendu la main. J'ai accepté avec joie et mes doigts ont fourmillé à son contact.

— De toute façon, ça nous amène à un nouvel épisode de SuperKenzie et BatMason.

J'ai ri. SuperKenzie et BatMason étaient des superhéros que nous avions inventés étant petits. Chaque jour, on créait un nouveau chapitre d'aventures étranges. Un jour, on est même allés sauver le chat d'une vieille dame qui était monté dans un arbre et n'arrivait pas descendre. Évidemment, Mason est tombé de la branche et s'est tordu la cheville. Résultat, ses parents l'ont puni pendant une semaine.

— Ne fais pas cette tête, Kenzie. On a une nouvelle mission qu'on est obligés d'accepter.

— Laquelle ?

— Trouver le méchant qui a volé la liste secrète de SuperKenzie. Celle-là, ils vont en faire un film, tu verras.

Cette fois, j'ai vraiment souri. J'étais rassurée : on continuerait à être amis et rien ne changerait à cause de la liste. Malgré tout, au fond de moi, je n'étais pas si heureuse. Même si on essayait de revenir en mode normal, il y avait quelque chose que Mason avait soigneusement évité de me dire : à l'évidence, il ne ressentait pas la même chose pour moi.

CHAPITRE 6

Le jour suivant, pelotonnée sur le siège passager, les genoux contre la poitrine, j'observais avec une légère panique (d'accord, une panique absolue) l'entrée du lycée. Les élèves s'approchaient du bâtiment, prêts à vivre une nouvelle journée banale de cours. Pour moi, ce n'était pas le même topo...

— Quel est le plan, commandant ?

J'ai regardé à côté de moi et haussé un sourcil.

— Se fondre dans le décor et passer aussi inaperçue que possible, capitaine.

Mason a serré les lèvres avec désapprobation.

— Tu me rétrogrades, Kenzie, se plaignit-il, pince-sans-rire. Je croyais qu'on était égaux.

Maintenant, il me perdait. C'était encore la même conversation, là ?

— Mais qu'est-ce que tu me racontes ?

— Commandant, c'est un grade supérieur à capitaine. Je suis à tes ordres. C'est pas que ça me dérange, mais je refuse d'être ton subordonné. Nous sommes tous les deux égaux.

Cette discussion absurde était exaspérante. Si c'était une manœuvre de Mason pour me faire enfin sortir de la voiture, ça allait fonctionner.

— Mais j'essayais juste de suivre le jeu ! Qu'est-ce qu'on en a à faire, si...

Et il s'est remis à m'interrompre.

— Quel est le plan, commandant ?

J'ai soufflé un coup et j'ai fini par lui accorder une réponse.

— Se fondre dans le décor et passer aussi inaperçue que possible… idiot.

Ensuite, j'ai pris ma respiration, j'ai posé mon sac à dos sur mon épaule et…

Rien. Je n'ai pas réussi à ouvrir la portière.

Je ne pouvais pas. J'étais incapable d'y retourner. Tout le monde allait se ficher de moi. Et si je retrouvais ma liste placardée aux murs ? Ça représenterait beaucoup de travail pour l'artiste, mais c'était toujours possible.

En même temps, arriver après la sonnerie histoire d'être la cible de tous les regards, ça ne figurait pas sur ma liste de choses à faire le lendemain de mon humiliation publique. D'accord, cette liste n'existait pas, mais j'aurais dû l'écrire.

Allez, c'était l'heure d'affronter la réalité.

— On y va ? ai-je demandé à Mason.

Il n'a pas répondu. Il me fixait, mais avec l'air de penser à autre chose. Il avait oublié de faire ses devoirs de géo ? J'avais quelque chose sur le visage ? Cette pensée m'a horrifiée et aussitôt, je me suis passé la main sur la figure afin d'effacer des traces de petit déjeuner inexistantes.

Mason a enfin réagi. Il a secoué la tête, puis m'a dévisagée longuement.

— On y va ?

— C'est ce que je viens de te dire il y a deux secondes !

— Quoi ?

Là, c'est moi qui ai secoué la tête.

— On va en cours.

Il m'a fallu une grande dose de self-control pour circuler dans les couloirs grouillant de monde du lycée sans m'enfuir en courant. Et même s'il n'y avait plus aucun signe de ma liste ni personne qui me montrait du doigt, j'ai évité mon casier à tout prix.

Je suis arrivée saine et sauve à mon premier cours et, encore mieux, j'y ai survécu. Bien sûr, j'ai eu droit à quelques coups d'œil inhabituels, mais rien de grave. J'avais peut-être exagéré. Ou alors, il fallait que j'arrête de regarder des séries télé. Au fond, les gens n'étaient sans doute pas si malveillants.

Bon, en sortant de cours de musique, j'ai bousculé une fille sans le faire exprès, et elle a réprimé un rire avant de partir en sifflotant. Au moins, elle s'était retenue…

Pour ma plus grande joie, Mason m'attendait à la sortie de ma classe à la pause. Il a pris mon sac sur son épaule sans me laisser protester et m'a accompagnée jusqu'à mon casier.

— Sérieux, qu'est-ce que tu transportes ? m'a-t-il demandé pendant que je composais mon code sur le cadenas. Les dix commandements gravés sur la pierre d'origine ?

— Ah, grillée ! Moi qui voulais les revendre sur eBay…

— Ça pourrait financer nos entrées au bal.

Le sang s'est glacé dans mes veines. Ou plutôt, il s'est figé et a refusé d'atteindre mon cerveau, qui est resté inopérant durant de longues secondes, sans pouvoir donner les ordres adéquats à mon corps. Je ne vois que cette raison pour expliquer que mon bras gauche ait bougé à la place du droit, mettant un grand coup à la porte de métal du casier et me l'envoyant en pleine face.

Oui, je suis un aimant qui attire les coups. J'ai été masochiste dans une autre vie, ou quoi ? Je sais que ça peut paraître drôle, mais ça m'a fait tellement mal que je n'ai pas pu éviter de crier. J'ai vacillé. Comment une simple porte de casier pouvait-elle devenir une arme aussi redoutable ?

Mason m'a rattrapée, même si en fait, je ne serais sans doute pas tombée. Il m'a attirée contre lui.

— Tu vas bien ?

J'ai cligné des yeux vers la voix grave et séduisante qui s'adressait à moi. Car ce n'était pas Mason, qui était dans mon dos. Quand j'ai réussi à discerner la personne qui me parlait, le sang s'est remis à circuler dans mes veines. Trop vite, cette fois, parce que j'ai senti mon visage s'enflammer. Qui avait allumé le chauffage ?

— Mackenzie ? C'est bien toi, Mackenzie, non ? Ça va ?

OMG ! Derek Anderson ! Il me parlait ! Il connaissait mon nom.

— Je...

J'ai revu les murs tapissés de ma liste au pire moment possible. J'avais tellement la honte que j'étais incapable de prononcer un mot.

Derek m'a posé une main sur le bras, ce qui m'a ramenée à la réalité. Mason, inhabituellement muet depuis que je m'étais pris la porte, m'a encore attirée vers lui. J'avais presque oublié qu'il était derrière moi. Comment c'était arrivé ?

— C'est bon, Anderson. Je m'occupe d'elle.

Derek ne paraissait pas convaincu.

— Tu es sûr ? Elle saigne pas mal, quand même.

Il avait parlé de sang ? Je me suis retournée vers Mason, effarée. Il savait que je gérais mal les blessures, mais avant qu'il puisse l'éviter, j'ai posé une main sur mon front. Mes doigts ont rencontré un liquide tiède.

— Kenzie, non !

Il a voulu m'arrêter, mais c'était trop tard.

Le rouge sombre de mon sang m'avait taché les doigts et les ongles. Quand j'ai vu ça, mon estomac s'est retourné. En même temps, j'ai senti l'humidité descendre sur mon front.

— Non, ne tombe pas dans les pommes !

C'est la dernière chose que j'ai entendue avant de m'effondrer en plein milieu du couloir.

Journée post-traumatisme parfaite.

Bizarrement, ma première vision quand j'ai rouvert les yeux a été un visage familier encadré de cheveux roux, tout près, trop près du mien.

J'ai poussé un hurlement qui aurait pu rendre sourd n'importe qui à un kilomètre à la ronde. James a vite reculé, un sourire moqueur aux lèvres.

— Je t'ai réveillée ?

— J'ai crié assez fort pour qu'on doive t'envoyer à l'hosto, histoire que je ne revoie pas ton visage hideux pendant quelques années ?

Au lieu de s'indigner comme l'aurait fait n'importe quelle personne normale, il a souri de plus belle avant de s'asseoir tranquillement sur le lit d'à côté.

Comment ça, le lit ? Je me suis redressée si vite que la tête m'a tourné.

— On est déjà à l'hôpital. T'es tellement chochotte que tu t'es évanouie en voyant ton propre sang. Tout le monde ne parle que de ça.

La chambre surchauffée, les draps rugueux et l'odeur de produit nettoyant m'ont confirmé ce que me disait James. J'ai inspecté ma tenue : je portais toujours mes vêtements enfilés ce matin, ce qui m'a rassurée. Si ç'avait été grave, on m'aurait mis une immonde chemise de nuit pastel.

— Si tu continues d'attirer l'attention sur toi comme ça, c'est sûr que les blagues sur ta liste ne vont pas durer, a rigolé James, complètement étranger à mon inquiétude. C'était tordant de voir Derek et Mason essayer de te transporter jusqu'à la voiture de Gomez. Je n'imaginais pas que tu étais aussi lourde.

J'ai froncé les sourcils, partagé entre la perplexité et la honte. Derek et Mason ? Je me suis mordu l'intérieur des joues pendant que James me racontait que Silvia m'avait elle-même emmenée à l'hôpital. Sauf que pour lui, c'était une histoire drôle.

— Et toi, comment tu es arrivé là ?

James a froncé le nez.

— En fait, Silvia a un peu flippé en voyant la bagarre entre Mason et Derek, et elle les a envoyés chez le proviseur. Du coup, j'étais le seul prêt à me sacrifier pour l'accompagner.

— La bagarre... ?

Je l'ai regardé, les yeux plissés. Maintenant que j'y voyais net, je pouvais apprécier ses cheveux en bataille, les boucles fauves transformées en un amas qui aurait constitué un défi pour un coiffeur. D'ailleurs, si je m'approchais un peu...

Je suis descendue du lit d'un bond, ce qui n'était pas précisément intelligent, vu que ma tête a recommencé à tourner. Je me suis accrochée comme je pouvais et enfin, je me suis penchée vers James. Il a reculé avec une terreur feinte complètement surjouée.

— Mais tu as du sang sur ton tee-shirt, ai-je dit sur le ton d'une question.

D'une question posée par un chat aphone qui se serait fait marcher sur la queue. Avec une chaussure de plomb. Géante, la chaussure.

Il y avait eu une bagarre, à cause de moi ? L'horreur ! Était-il arrivé quelque chose de grave ? J'ai regardé autour de moi en quête d'une autre présence, mais non, on n'était que tous les deux.

— Te bile pas, Kenzie. Ton petit Mason est sain et sauf, en classe. C'est gentil de t'en faire pour moi, même si je ne me suis battu contre personne.

Incapable de dissimuler mon soulagement, je me suis retournée vers lui. Le sang était étalé sur la partie droite de son tee-shirt qui, comme par hasard, était blanc. Et il faut dire que le blanc lui allait bien. Le vert aussi, sûrement, aurait fait ressortir ses yeux.

— C'est ton sang, en fait, m'a expliqué James pour rompre le silence. Silvia a eu peur et m'a obligé à rester au cas où ce serait grave. Alors je n'allais quand même pas refuser de louper un cours en toute légalité. En plus, on n'arrive toujours pas à contacter ta mère, donc je suis le mieux placé pour te ramener chez toi si elle ne refait pas surface.

Ma mère faisait beaucoup d'heures sup pour payer l'hypothèque sur la maison, les factures, la nourriture… Notre père lui versait une pension, mais ça ne suffisait jamais. Lui, il était plus qu'à l'aise, apparemment, mais elle, elle joignait tout juste les deux bouts en suivant les promos et les soldes. Ce n'était donc pas surprenant qu'elle ait coupé son téléphone.

— Et je peux savoir comment mon sang a atterri sur ton tee-shirt ? Tu n'étais pas là quand… ahem, quand je me suis cognée à mon casier. (C'était encore plus ridicule dit à voix haute.) Et pourquoi c'est Silvia qui m'a emmenée ?

James a haussé les épaules.

— Elle nous a emmenés tous les deux. Je t'ai dit, elle ne voulait pas perdre de temps à appeler une ambulance. Et dans l'intervalle, elle a crié à Eric Pullman d'aller avertir la principale et puni Mason et Derek d'avoir cabossé ton casier en se battant. Même si à mon avis, ça, c'est toi qui l'avais fait.

J'ai serré les lèvres. Je n'avais toujours pas assez d'infos sur la bagarre, et bien que l'idée que mes plans A et B se soient battus pour moi paraisse romantique à un point surréaliste, elle impliquait aussi un certain danger. J'ai demandé à James comment ils en étaient arrivés là.

— Je t'ai vue au moment où Mason et Derek essayaient de t'emmener à l'infirmerie, et j'ai voulu les aider. Mais là, ton petit chéri m'a poussé, avec sa main pleine de ton sang, et ils ont continué à s'engueuler. Silvia est arrivée et a envoyé les deux autres à la vie scolaire. Mais franchement, il avait aucun tissu à dispo ? Qui a l'idée d'essayer de comprimer une plaie à la main ?

Mason, évidemment. Mais je n'allais pas répondre à sa question oratoire. Sans m'en rendre compte, j'ai porté la main à mon front, et j'ai eu la surprise de rencontrer une surface irrégulière.

— Ils t'ont fait des points, mais c'est de la rigolade. En fait, tu as beaucoup saigné pour pas grand-chose. Tu as envisagé de donner ton sang ? Je suis sûr qu'ils pourraient te prendre cinq litres et il t'en resterait encore assez.

Le sang, ce n'était pas mon sujet de conversation préféré, et James me fichait mal au crâne.

— Mais pourquoi tu as voulu aider à m'emmener à l'infirmerie ? T'es pas spécialement pote avec moi…

— Derek Anderson non plus.

J'ai levé les yeux au ciel. Mais où était Silvia, si c'était elle qui m'avait transportée ?

James s'est mis debout et s'est approché. Je me suis sentie intimidée, à le regarder depuis en bas.

— Je te dis, Mackenzie. Je vais devenir ton plan A et, pour y arriver, je ne peux pas laisser d'autres mecs te protéger, surtout si l'un d'eux est déjà amoureux de toi.

Premièrement, James était très sérieux, ce qui me laissait perplexe. Deuxièmement, si l'un d'eux… quoi ?

— Mais que font les malades debout en train de parler ?

J'ai sursauté quand Silvia, que je n'avais pas entendue entrer, a parlé. James, lui, n'a même pas cillé. Qu'il se fasse renverser par un camion, il arrêterait peut-être d'être aussi calme !

— Je vous ai dit que je n'étais pas malade, c'est le sang de Kenzie.

Sans lui accorder plus d'attention qu'à un insecte nuisible – ce qui était très proche de la réalité –, Silvia s'est approchée de moi et m'a examinée avec le sourire.

— Tu seras contente de savoir que c'était juste une frayeur. Tu peux rentrer chez toi si tu veux. J'ai réussi à avoir ta mère.

Rentrer chez moi, ce n'était pas une mauvaise idée. Bon, j'avais déjà loupé les cours hier, mais j'étais trop sous le choc pour retourner au lycée. Silvia m'a posé une main sur l'épaule.

— Selon le médecin, tu vas bien, mais on dirait que ce n'est pas ta semaine. Tu mériterais un peu de repos. Ah, et la proviseure veut te parler, ajouta-t-elle, comme si c'était la meilleure nouvelle du lot.

— Et ça ne m'étonnerait pas si le psy scolaire voulait la voir aussi, murmura James. Se fracasser le crâne sur son casier, ça compte comme tentative de suicide ?

— C'est pas drôle du tout, Smith, l'ai-je rabroué.

— Tu me blesses, Sullivan.

Il a posé une main sur son cœur et penché la tête en arrière, la bouche ouverte et les yeux clos. Il ne lui manquait plus que d'imiter la demoiselle en détresse qui s'évanouit et j'aurais la totale. Il se croyait à une audition pour un rôle, peut-être ? Je me suis adressée exclusivement à Silvia :

— Je vais bien, je peux tenir pendant ce qui me reste de cours.

Je regrettais ces paroles tout en les prononçant, mais je voulais être une fille courageuse et éliminer tous les problèmes d'un coup. J'ai ajouté :

— Comme ça, je pourrai passer au bureau de la proviseure.

Et si Mason et Derek y étaient toujours, je pourrais savoir ce qui s'était produit entre eux.

— D'accord. Je termine avec les papiers pour l'assurance médicale du lycée et on peut y aller, conclut Silvia.

Une fois la prof sortie, James m'a pris la main, ce qui m'a fait sursauter.

— Tu es sûre que tu veux retourner au lycée ?

Son visage reflétait une légère préoccupation. Seulement légère, parce que mon esprit rationnel me signalait qu'il était impossible que James Smith soit conscient que la préoccupation existe.

J'ai dégagé ma main avec dégoût.

— C'est bon, je vais m'en tirer. Comme ça, je pourrai expédier la conversation avec la provo.

James m'a tendu mon blouson.

— Vu ta chance, elle sera sûrement en train de punir ces deux débiles.

« Ces deux débiles » devaient être Mason et Derek, mais j'ai préféré ne pas commenter.

— C'est pas ma faute. La malchance est ma meilleure amie, elle m'accompagne partout où je vais.

— Je te crois. Pareil pour la maladresse. Je dirais que c'est une concurrence serrée entre les deux.

Je l'ai regardé d'un air soupçonneux.

— Je dois me sentir insultée, ou… ?

— Pas du tout, les filles maladroites sont très drôles. Et jolies. Tu es très jolie.

Euh, à quel moment la conversation avait-elle dévié ? Le visage en feu, je suis descendue du lit et j'ai vite tracé jusqu'à la sortie, en essayant désespérément de dissimuler que j'avais un vertige. J'étais une experte pour esquiver les situations inconfortables.

Sauf que la sortie, c'était une porte en verre. Fermée. Et que j'ai foncé dedans.

James se tordait de rire derrière moi. Je lui ai adressé un regard haineux pendant qu'il m'ouvrait la porte.

— Évidemment… Mackenzie, tu es unique.

Il chuchotait pour lui-même plus qu'il ne me parlait. Alerte, alerte.

— C'est positif ou c'est négatif ?

Il s'est mis à rire encore plus fort, ce qui m'a totalement prise au dépourvu. Et là, il m'a passé un bras sur les épaules et m'a attirée contre lui.

— On va dire que c'est… spécial.

J'ai serré les lèvres et je me suis laissé guider. Quelque chose en moi s'est retourné à ce moment. Quel con, ce mec !

Je ne sais pas ce qu'avait fumé l'architecte du bâtiment, mais entre les portes en verre et la mauvaise aération, c'est clair qu'il a dû changer de métier après. Silvia nous a rejoints juste avant qu'on arrive à la sortie.

— Mais c'est que j'ai failli vous perdre ! s'est-elle écriée avec le sac tombé sur l'avant-bras et un amas de papiers en désordre à la main. Je devais vous retrouver dans la chambre, c'était clair, non ? Je ne veux pas avoir encore plus de problèmes parce que j'ai perdu deux élèves dans un hôpital.

Je n'avais pas envie de discuter. J'avais mal à la tête, je ne sais pas si c'était à cause du coup ou du déroulement catastrophique de la matinée. Je doutais de plus en plus d'avoir pris la bonne décision, mais c'était fait. De toute façon, je n'avais pas non plus envie de rentrer chez moi et de rester à ruminer. J'ai donc fait un signe d'excuse et suivi Silvia vers sa voiture.

*

On ne peut pas dire que l'entretien avec la proviseure se soit bien passé. Quand ton pire cauchemar se réalise, le dernier truc auquel tu t'attends, c'est un être inutile et stupide qui a l'aplomb de te demander si c'est toi qui as tapissé les murs de la liste de mecs qui te plaisent. Et non, l'être inutile, c'est pas James.

Apparemment, la liste serait une façon très efficace d'attirer l'attention dans un monde où je suis invisible. Rien que ça.

Mais bien sûr. Et la prochaine fois, je me poste à l'entrée pour distribuer des photocopies de mon journal intime.

Je suis sortie du bureau avec de la fumée qui s'échappait de mes oreilles. Silvia m'a souri avant d'entrer à son tour. Il restait des histoires de papiers à résoudre.

Ma mère m'a appelée à ce moment-là, pour vérifier que tout allait bien dans ma tête et en dehors. Elle m'a fait promettre qu'on irait consulter ensemble dès qu'elle pourrait s'évader du boulot.

Grâce à ce n'importe quoi en barres, j'avais quasiment gâché toute la pause déjeuner. Perdre connaissance, ça donne faim, en ce qui me concerne, en tout cas, et il me fallait un sandwich jambon-fromage de toute urgence. En plus, je n'avais pas eu l'occasion de me renseigner sur l'affaire Mason-Derek. Quand j'ai voulu poser la question, la provo m'a fait taire.

L'estomac rugissant, j'ai couru vers la cafétéria. Mais de toute évidence, le destin avait d'autres projets pour moi : Eric Pullman est apparu en travers de mon chemin vers le paradis.

— Mackenzie ! m'a-t-il saluée d'une voix beaucoup trop joyeuse. J'essaie de te voir depuis hier.

Je me suis arrêtée à contrecœur. Je n'étais pas spécialement d'humeur, mais Eric avait toujours été sympa avec moi et il ne méritait pas que je le jette. Plutôt que je m'excuse, en fait.

— Désolée, c'est que j'ai pas su où donner de la tête.

Eric a souri, ce qui m'a soulagée.

— Je comprends. Hier, c'était une journée de dingues.

Tu m'en diras tant… Je me suis balancée sur mes pieds en sentant le malaise arriver.

— Mason est venu me parler.

En une phrase, il est arrivé à transformer mon cœur en mitraillette. J'avais complètement oublié.

— Qu'est-ce qu'il t'a dit ? ai-je demandé, avec l'anxiété qu'on imagine.

— Rien d'important, a-t-il répondu, avec une lueur de sympathie dans le regard qui démentait ses propos. Il m'a conseillé de parler avec toi quand tout ça serait calmé.

Mon estomac a grondé contre le mauvais traitement que je lui faisais subir. J'ai essayé de dissimuler les gargouillis en toussant et je me suis à moitié étranglée. Super idée, Kenzie, bravo.

— Donc ça s'est calmé.

— En fait, pas du tout, a-t-il reconnu en détournant les yeux. Bizarre. Je vais te laisser manger, hein. Tu dois avoir faim, d'après ce que dit ton ventre.

J'ai grimacé. Évidemment, qu'il avait entendu.

— Je veux bien, oui. (J'ai pris mon courage à deux mains.) Euh, je suis désolée.

Eric a haussé les épaules.

— C'est pas grave. Je suis content de savoir qu'il y a des filles à qui je plais.

C'était gentil.

— Du coup, je regrette encore plus, ai-je avoué.

— De quoi ?

— De ne pas t'avoir mis en premier.

CHAPITRE 7

— Vous vous êtes jamais dit que j'ai besoin d'une alimentation saine et équilibrée pour bien grandir ?

Mason et moi avons échangé des regards amusés. Leslie critiquait la nourriture industrielle qu'on mangeait la plupart du temps, ce qui ne l'empêchait pas de dévorer tout ce qu'on lui donnait. Je savais qu'elle avait raison – hier, c'était pizza, et ce soir, hamburgers –, mais ma mère n'avait pas le temps de cuisiner, Leslie était trop jeune pour bien gérer dans la cuisine, et moi, vraiment trop maladroite.

J'ai mordu dans mon burger au poulet avec appétit et regardé la télé. C'était un truc trash de téléréalité. On n'était pas fans de ce genre d'émissions, mais c'est ma sœur qui avait choisi. Mason et moi, on aurait préféré des dessins animés, mais ma cadette entrait dans un âge difficile, et avait besoin de nous faire croire qu'elle était trop grande pour ça.

Je me suis assise en tailleur sur le tapis du salon.

— J'aime bien ta frange, Kenzie, a commenté Leslie. Je pensais que ça t'irait pas, mais le résultat est surprenant. On ne voit plus ta plaie moche sur le front.

Je lui ai tiré la langue et j'ai continué mon repas. Ce soir, après le récit que m'avait fait Mason de l'heure de colle donnée par la proviseure, j'avais récupéré des ciseaux dans la cuisine et je m'étais coupé une frange droite pour cacher la bosse laissée par ma porte de casier. C'était rigolo de voir Mason essayer de m'aider en mesurant les cheveux au millimètre près pendant que Leslie prenait des photos sous différents angles.

— Je vais juste la garder le temps que ça ne se voie plus. Après, je la retiendrai avec des épingles, j'aime pas avoir les cheveux qui tombent dans les yeux.

— Bof, les épingles à cheveux, je suis pas fan. Qu'est-ce que tu en penses, Mason ?

Ma sœur et moi nous sommes retournées vers lui. Il avait les yeux fixés sur moi.

— Mason ? a répété Leslie.

Son regard a rencontré le mien et il m'a envoyé un petit sourire compatissant. Mon cœur s'est mis à battre plus fort.

— J'en pense… que tu as du ketchup sur le visage.

Lui et ma sœur ont ri, et il m'a tendu une serviette, que je me suis passée en rougissant sur la bouche, les joues et le menton. La honte…

La porte d'entrée s'est ouverte et ma mère est apparue quelques secondes plus tard.

— Montre-moi tout de suite !

J'ai été contente de m'être lavé la figure, parce qu'en un instant, les cheveux blonds de ma mère et son parfum me cachaient du reste du monde, pendant qu'elle écartait ma frange. Elle a examiné mes points de suture en détail.

Finalement, elle s'est redressée et m'a laissée respirer.

— C'est moins grave que je ne croyais, a-t-elle dit, malgré un air soucieux. La frange te va bien, comme quand tu étais petite.

Et voilà pourquoi je n'aimais cette coupe. Ça me rappelait le temps où j'étais une petite boule, avec les couettes et l'appareil dentaire. Je suppose qu'on est toutes passées par une phase dans ce genre.

À part ma sœur. Elle, c'était un mannequin d'Instagram. Et le pire, c'est qu'elle le savait.

Ma mère s'est laissée tomber à côté de moi sur le canapé et a commencé à se détendre.

— J'ai passé une journée horrible. J'ai mal à la tête, aux bras, et j'ai envie de plonger mes pieds dans de la glace. Vous croyez que ça se verrait, si j'entrais chez Mme Fitzgerald et que je lui piquais son jacuzzi ? Oh, Mason, je t'avais pas vu ! Bonsoir.

J'ai fermé les yeux et je me suis redonné un coup de serviette sur le visage, au cas où il serait resté une traînée rouge. Ma mère était une mitraillette humaine quand il s'agissait de parler, qualité dont j'avais peut-être hérité, et qui ressortait quand j'étais stressée.

— Tu ne manges pas ? a demandé Leslie en regardant ce qui restait de burgers sur la table basse.

Elle a secoué la tête avant de relever ses cheveux en chignon haut. C'est ma sœur qui avait eu droit au gène cheveux blonds. Elles se ressemblaient beaucoup. Leslie allait sûrement dépasser mon mètre soixante prochainement.

— Tu peux me faire une tresse avant de dormir ? lui a-t-elle demandé. Comme ça demain, j'aurai les cheveux ondulés.

Je lui ai lancé un regard. Elle savait qu'elle ne devait pas l'embêter quand elle rentrait tard et fatiguée du travail.

— Oui, je te la fais tout de suite, parce que je ne vais pas tarder à m'écrouler, et même un tremblement de terre ne me réveillera pas.

Elles sont montées et nous ont laissés seuls.

— Ta mère va mieux, on dirait, a remarqué Mason en me piquant une frite. Tu lui as parlé de la liste ?

Tout de suite, mon burger est devenu moins appétissant. Je l'ai remis dans le sac en papier et j'ai fini de me nettoyer avec la serviette.

— Je ne veux pas l'inquiéter. Elle a d'autres chats à fouetter.

Mason n'a pas insisté et je n'ai pas cherché à approfondir le sujet.

On a changé de chaîne pour regarder des dessins animés et on a passé la demi-heure suivante à rigoler des bêtises qui apparaissaient à l'écran. Ensuite, j'ai raccompagné Mason dehors.

— La prochaine fois, on pourra essayer de cuisiner, a-t-il suggéré. Il paraît que l'omelette, c'est facile.

— Tu es sûr ? J'ai entendu dire qu'il fallait commencer par casser les œufs…

— Ah ah, très drôle.

Sans prévenir, Mason a tendu la main pour m'ébouriffer les cheveux. C'était un geste qu'il avait déjà fait avant, mais c'était très différent cette fois-ci. Depuis hier, tout était différent. C'était ma faute. Il essayait de faire revenir les choses à la normale, mais je ne pouvais pas m'empêcher de penser qu'il était au courant de mes sentiments…

J'ai avalé ma salive : son regard s'est dirigé vers ma gorge. Il avait encore la main dans ma chevelure et a remonté les yeux vers les miens. Je ne savais pas quoi dire. Il a emmêlé la main dans mes mèches jusqu'à la pointe. J'en avais la chair de poule. Il ne m'avait jamais touchée de cette façon avant.

— Ta sœur a raison, la frange te va bien.

Pourquoi j'avais l'impression que l'air était lourd, alors qu'il faisait un froid hivernal ? Nerveuse, j'ai commencé à me mordiller la lèvre. Le regard hésitant de Mason s'est posé dessus.

— Depuis quand tu ressens ça ?

J'ai manqué de m'étouffer avec ma propre salive.

— Quoi ?

Il a retiré sa main, puis reculé d'un pas en secouant la tête. Quand il a relevé les yeux vers les miens, il affichait un nouveau sourire et il fourrageait dans ses propres cheveux.

— Rien, faut que je rentre, a-t-il dit d'une voix enrouée avant de s'éclaircir la voix. Je passe te chercher demain, OK ?

— D'accord.

Je suis restée appuyée contre la porte, à le regarder partir. Je n'ai bougé que quand les phares de sa voiture ont disparu au coin de la rue. Que venait-il de se passer ?

Je me suis retournée pour rentrer, et c'est là que j'ai aperçu James. Il était à mi-chemin de sa maison, une veste en jean sur l'épaule, les yeux rivés sur moi. Quand il a réalisé que je l'avais capté, il a secoué la tête et a continué vers chez lui.

Encore une fois : que venait-il de se passer ?

*

Cette fois-ci, Mason était vraiment en retard. Je guettais mon téléphone, plantée devant ma porte. Le short, ce n'était pas la meilleure idée de tenue avec le mauvais temps qui menaçait. Je sautillais sur place pour essayer de me réchauffer quand j'ai entendu la porte de la maison d'à côté. La mère de James a crié :

— Continue comme ça, et je t'envoie chez ton père. Chaque jour tu lui ressembles davantage !

— Tant mieux, ça peut pas être pire que toi !

— C'est une façon de parler à ta mère, peut-être ? Je ne t'ai rien appris ?

Je n'ai pas pu entendre la fin de la phrase, parce que James a claqué la porte. Comme mes parents, les siens avaient divorcé, mais largement plus tôt. Ce qui fait bizarre aujourd'hui, c'est une famille traditionnelle. Hyper énervé, James a balancé sa veste en jean par-dessus son épaule, comme hier soir, et s'est dirigé vers sa voiture d'un pas précipité. Ou en tout cas, jusqu'au moment où il m'a aperçue en train de le regarder, bouche bée. Comme hier soir aussi, sauf que cette fois, il s'est approché.

— T'es pas un peu en retard, là ?

Pour quelqu'un qui venait d'avoir la dispute du siècle avec sa mère, il était plutôt cool. Étonnant. James m'étonnait toujours. Voilà ce que j'avais découvert récemment, depuis qu'il avait décidé de s'accrocher à moi comme une ventouse et devenir mon plan A.

— Toi aussi, ai-je rétorqué. Et tu es à l'heure, d'habitude.

Il a froncé le nez, ce qu'il faisait autant que je me mordillais la lèvre. Il avait idée comme c'était adorable ? Sûrement, et c'était pour cette raison qu'il le faisait. À tous les coups, c'était pour attirer l'attention sur ses yeux vert sombre.

— Tu veux que je te rapproche ? Après tout, on va au même endroit.

Arriver en cours dans la super voiture moderne de James Smith ? C'était une offre tentante, sachant que c'était la première fois qu'il me le proposait.

— Merci, mais Mason va arriver d'une minute à l'autre.

— Tu es sûre ? S'il vient, vous allez être en retard tous les deux. Tu n'as qu'à lui envoyer un SMS.

J'ai plissé les yeux.

— Qu'est-ce que ça peut te faire, James ? Tu ne m'avais jamais proposé avant.

Il a haussé les épaules et de nouveau froncé le nez. Moi, je me mordais la lèvre quand j'étais en stress, mais lui, qu'est-ce que ça signifiait ? Je ne pouvais pas m'imaginer James stressé par quelque chose.

— Tu n'en as jamais eu besoin. Mason n'est jamais arrivé en retard et il a eu le permis avant moi. Ce qui m'oblige à te rappeler qu'aucun de vous deux n'a jamais offert de m'emmener non plus.

J'ai inspiré profondément. De la patience avec James, de la patience.

— Bref, merci, mais tu peux y aller.

— J'insiste, ce serait un plaisir.

J'ai regardé la rue avec impatience. Mais quand Mason allait-il se décider ? J'étais partagée entre la déception et l'inquiétude. J'ai décidé de déverser ma colère sur James, ce qui a rendu ma question suivante plus accusatrice et froide qu'elle n'aurait dû.

— Pourquoi tu insistes autant ? On vit côte à côte depuis des années, on a toujours été dans les mêmes cours, et jamais, mais alors, jamais, on n'a été plus que des voisins qui se disent bonjour et s'envoient des vannes. Sincèrement, je comprends pas. Quelle mouche t'a piqué, d'un coup ?

Je pouvais même dire à cette mouche d'aller piquer quelqu'un d'autre, mais j'ai gardé ce commentaire pour moi.

Évidemment, il n'a pas sourcillé.

— Je t'ai dit, Mackenzie, je vais devenir ton plan A. Comment j'y arriverai si je reste éloigné de toi ?

Argh, il était trop é-ner-vant !

— Oui, mais pourquoi ? Tu ne t'étais jamais intéressé à moi, n'essaie pas de le nier.

— Ah, tu as toujours été ma voisine bizarre et extravagante. Mais avec ta liste, tu as réussi à attirer mon attention. Maintenant, je dois entrer en concurrence avec un autre pour te conquérir. Et en plus, il a de l'avance sur moi.

James délirait complet. Il avait déjà fait allusion à ça, mais franchement, je n'y croyais pas une seconde. Tous mes autres plans m'avaient rejetée. Je le lui ai redit : je n'avais aucun admirateur. Ni public ni secret.

James a poussé un soupir devant ma dénégation.

— Vraiment, t'es aveugle ! J'ai du mal à croire qu'il faut que ça soit moi qui te le dise. Je parle de Mason. Tu lui plais, ça crève les yeux.

Euh, tu me repasses le film, là ?

— Mason ? Celui qui vient de me mettre un râteau et qui essaie de tout faire revenir à la normale ?

J'ai soufflé et je me suis écartée. À paroles idiotes, il faut faire la sourde oreille. Bon, ce n'est pas le proverbe, mais c'est pratique de les transformer pour qu'ils collent à la situation. Je suis passée devant James pour me diriger vers le trottoir, mais c'est là qu'il s'est mis à me courir après !

— Je suis sérieux : tu lui plais, et à mon avis, beaucoup.

James était un clown, OK, mais jouer comme ça avec les sentiments des gens, c'était dépasser les limites.

— M'énerver contre toi, ça ne va pas te transformer en plan A, Smith.

Ces mots sonnaient étranges dans ma bouche. Ils sous-entendaient que James me désirait, ce qui me donnait une impression de puissance. Me sentir désirée par un mec, c'était tellement bizarre et nouveau que je n'étais pas près de le croire.

Il a mis les mains sur sa tête en un geste désespéré et a tiré sur ses boucles rousses.

— Pourquoi tu me crois pas, Mackenzie ? Je te dis que tu plais à ton meilleur ami ! Je vois pas pourquoi je mentirais, surtout que ça m'apporte rien.

— Et comment tu le sais, tu le connais même pas !

— Parce qu'il m'arrive la même chose ! Avant, tu n'étais que sa pote, et que ma voisine. Mais depuis ta liste… j'ai commencé à te voir, c'est tout. Et lui aussi.

N'importe quoi.

— Parce que je suis invisible ? Tu me le dis, que je puisse rentrer gratuitement au ciné.

James a poussé un grognement exaspéré et s'est caché le visage dans ses mains. Il a écarté les doigts pour me regarder.

— Pas littéralement. Tu as toujours été là, mais tu n'attirais pas l'attention plus qu'une autre. Et puis là, vlan ! On se rend compte qu'on te plaît.

— Tu me plais pas !!

— … Et on commence à ne plus te voir pareil, a-t-il continué comme si je n'avais rien dit. D'un coup, je suis plus conscient que tu attends tous les matins qu'on vienne te chercher ou que tu te mords la lèvre quand tu es nerveuse. Tu es partout où je vais, y compris dans mes pensées. Je n'arrive pas à te sortir de ma tête, tout ça à cause de cette fichue liste. Il arrive la même chose à Mason, tu comprends. Il commence à te voir autrement que comme une amie. Et moi, autrement que comme une voisine.

Je suis restée silencieuse sous le choc. C'était une folie, mais c'était logique. J'en avais des fourmis dans les doigts.

— Tu veux dire que… Mason m'aime bien ?

— Mason, évidemment, a-t-il fait avec un rire sans joie. Tu n'as même pas écouté ce que je t'ai dit sur moi. Oui, il t'aime bien. Je parierais même que ça fait un moment, mais qu'il ne s'en rend compte que maintenant. C'est comme ça, avec mamzelle Caramel.

— Mamzelle Caramel ?

James avait des expressions trop zarbi. Il a fait signe derrière moi.

— Tiens, voilà ton petit amoureux. Va le rejoindre, maintenant que je t'ai ouvert les yeux, et tu verras que j'ai raison.

Sans un mot de plus, il est parti vers sa voiture.

— Qu'est-ce qu'il te voulait, ce débile de Smith ? m'a demandé Mason quand je me suis assise à côté de lui.

Tension, vous dites ? Non, aucune tension, tout va bien.

— Il m'a proposé de m'emmener au lycée dans sa bagnole de luxe, et j'ai refusé.

— Bon.

OK, c'était un peu sec. Mason n'a pas ajouté un mot jusqu'au lycée. Là, il m'a regardée fixement, avec un sourire plus détendu.

— S'il a une bagnole de luxe, ça veut dire que la mienne est pourrie ?

Depuis la conversation avec James, je passais par des montagnes russes d'émotions, donc je n'avais aucune envie de blaguer là-dessus.

— J'ai préféré venir avec toi, non ? Alors c'est bon.

— Donc tu m'as choisi, moi et pas lui ?

— T'es impossible ! Oui. Et maintenant, on va en cours.

CHAPITRE 8

— Tu as entendu parler du projet JS ?

J'ai arrêté d'écrire dans mon carnet pour regarder Alia. C'était la rédactrice en chef du journal numérique du lycée. Je m'étais réfugiée au CDI pendant une heure d'étude, dans l'espoir d'avoir un peu d'intimité, mais dans ce bahut, c'était mission impossible.

— Le projet quoi ?

Alia m'a souri, satisfaite, et s'est assise en face de moi. Faut pas me demander, surtout… Elle a balancé ses longs cheveux noirs sur son épaule, puis elle a ouvert une chemise et commencé à sortir des tas de feuilles imprimées qu'elle a posées devant moi.

— Depuis un moment, notre lycée participe à des actions solidaires pour faire don de fournitures scolaires à des collèges plus démunis. L'entreprise JS s'est jointe à l'initiative il y a deux ans et nous a donné le financement nécessaire pour qu'on envoie des stylos-billes, des cahiers et même des vêtements. Leur seule condition, c'est que les élèves s'impliquent, mais… si même toi, tu n'es pas au courant, imagine l'aide qu'ils ont reçue.

Je me suis mordu la langue pour ne pas sourire de son indignation. C'était un sujet sérieux et j'avais un peu honte. Mais la question, c'était pourquoi elle me racontait tout ça. Malgré ce qu'elle insinuait, je ne m'intéressais pas à ce qui se passait dans le lycée. Pas terrible de ma part, mais c'est comme ça. Je ne participais au journal que pour les bonus sur les notes, je savais pour quel jour je devais rendre mes articles, mais ça s'arrêtait là.

Si j'ai accepté la proposition de Mason de m'y inscrire, c'est à cause du divorce de mes parents. J'avais besoin de me changer les idées, de faire quelque chose loin de chez moi, de la tristesse de maman, des appels peu encourageants de papa… C'est à cette période aussi que j'ai commencé mes listes. J'avais toujours aimé m'organiser, mais cette année-là, l'ordre est devenu une obsession, d'après le psy où j'ai été envoyée avec Leslie les premiers mois de la séparation.

À mon avis, c'était de la connerie pure et simple.

— Ils ont organisé une fête d'entreprise ce week-end et ont demandé des élèves volontaires pour participer à la décoration, au service et au nettoyage après. Si tout se passe bien, ils continueront à financer les projets.

J'ai commencé à lire entre les lignes. Soyons claire, c'était non.

— J'espère que ça se passera bien, mais je dois…

— Tu dois participer au nom du journal du lycée et rédiger un reportage qui attire l'attention pour qu'il y ait plus de participation à la cause.

Génial, comme si je n'avais pas d'autres problèmes.

— Alia, je sais que j'ai écrit des articles, mais en ce moment, je suis pas d'humeur à servir des toasts et du champagne à une fête de chicos.

— Mais c'est pour une bonne cause ! Imagine le nombre d'élèves que tu pourrais aider grâce à tes paroles magiques !

Comme si quelqu'un lisait le journal du lycée. À part les profs, évidemment.

— Désolée, mais non.

Avec un soupir, Alia a refermé la chemise d'un coup, sans récupérer les feuilles. Ça ne m'a pas plu du tout. Ses yeux sombres se sont plantés dans les miens avec sérieux, ce que j'ai encore moins apprécié.

— Mackenzie, je ne voulais pas en arriver là, mais tu n'as pas le choix. Nos lecteurs ont très envie d'avoir des infos sur ta liste et tes relations avec les garçons. Tu as deux possibilités : ou détourner l'attention en saisissant cette occasion, ou écrire un beau papier sur ta liste et en quoi elle affecte ta vie. Qu'est-ce que tu en dis ?

Je suis restée ahurie. Elle a enchaîné :

— Bon, il y a une troisième option : laisser Jane Tyler rédiger un édito sur ta liste, mais... J'ai supposé que tu préférerais être avertie avant.

Elle me faisait du chantage. Je savais qu'Alia était une militaire des causes perdues, genre l'environnement et compagnie, mais je n'aurais jamais pensé qu'elle en arriverait à ce point pour mobiliser du monde. Résultat, la cause perdue, c'était moi.

— Je devrai porter un tailleur ?

Le visage d'Alia s'est éclairé, tandis que je m'enfonçais dans un cercle vicieux de désespoir et d'appréhension. Pourquoi c'est à moi qu'il arrivait tout ça ?

— Viens comme tu te sens à l'aise, JS te fournira un uniforme. (Elle s'est levée de sa chaise et m'a regardée avec fierté, comme si j'étais une petite fille qui avait obéi sans rechigner.) Je suis contente de pouvoir compter sur toi.

— Bien sûr...

Alia s'est arrêtée de sourire, puis s'est approchée en mettant les coudes sur la table.

— Je suis désolée pour tout ça, hein, Mackenzie. La liste, je veux dire... Les élèves parlent dans ton dos.

Ça, je m'en doutais. Je n'avais pas eu droit à des remarques en face, mais les regards en coin n'étaient pas passés inaperçus. J'ai joué les dures.

— Bah, ça leur passera bien un jour.

Alia a approuvé, même si on savait toutes les deux que cette histoire ne serait pas oubliée demain. Les murs du couloir retapissés, ce n'était pas tous les jours.

— Je sais que ce ne sont pas mes affaires, a-t-elle ajouté en baissant la voix, mais… c'est vrai que tu aimes bien Mason ?

J'ai rougi et j'ai incliné la tête pour recouvrir mon visage de mes cheveux. Un, c'était effectivement pas ses oignons. Deux, je n'allais pas dire oui alors qu'il m'avait repoussée. Il fallait que les choses reviennent à la normale et une façon rapide d'y arriver, c'était de me faire à l'idée que…

— On est juste amis.

— Dans ce cas, pourquoi il était sur la liste ?

Réfléchis vite, Kenzie.

— Parce que… c'est un garçon bien. N'importe qui voudrait sortir avec lui. Et devrait.

Et là, c'est Alia qui a piqué un fard. Mais… ?

— Tu as raison et, en plus, il est beau gosse. Bon, je dois y aller, sinon, je vais être en retard en histoire. Souviens-toi, la fête, c'est samedi.

Comme elle s'éloignait, j'ai dû la rappeler, pas trop fort pour ne pas me faire jeter du CDI.

— Attends ! Je dois aller où et à quelle heure, exactement ?

— Ah, je t'ai pas dit ? Parles-en à James Smith, c'est lui le responsable du projet.

— James Smith ? me suis-je étranglée.

— Oui. Tu le connais, non ? Il était sur ta liste et il paraît que vous vous entendez plutôt bien.

Catastrophe. J'étais un phénomène de foire.

*

— Je savais qu'à un moment ou à un autre, tu viendrais vers moi. Ça y est, Kenzinette, je suis ton plan A ?

James s'est assis sur le capot de sa voiture et a rangé son portable dans sa poche. Je n'arrivais pas à croire que j'allais sacrifier plusieurs minutes de mon temps à parler avec ce mec. Le monde était devenu fou.

— Je t'ai déjà dit de ne pas m'appeler Kenzinette, espèce de débile. Jamais.

Ce que ça m'a énervée, qu'il sourie en montrant les dents. J'aurais voulu avoir des allumettes pour le faire griller en enfer ! Est-ce que je serais exclue si, au passage, je faisais aussi brûler le lycée ? Ce n'était pas la faute du bâtiment, mais cet établissement était la cause principale de ma mauvaise humeur. Plus le chantage d'Alia.

— « Débile », c'est un mot très fort de ta part, Kenzinette.

OK, c'était aussi la faute de James. J'ai décidé de ne pas tenir compte de sa stratégie ridicule pour m'agacer et de terminer la conversation aussi vite que possible.

— Je dois être où et à quelle heure, samedi ?

— Samedi ?

Il a plissé les yeux avec méfiance. J'ai commencé à avoir peur qu'Alia m'ait fait une mauvaise blague.

— Pour le projet JS, je sais pas quoi.

Il s'est remis à sourire. C'était normal, d'avoir autant envie de le frapper ?

— Alors tu t'es portée volontaire pour notre petit projet. Je ne savais pas que tu t'intéressais à ces choses-là.

— Remplace « tu t'es portée volontaire » par « on t'a obligée », et tu as bon.

— Alia t'a fait du chantage.

J'ai croisé les bras.

— Qu'est-ce que tu sais de ça ?

Il a froncé le nez, pour changer. Il fallait vraiment que je sache ce que signifiait cette mimique pour lui.

— Ce matin, elle est venue me parler pour me demander si elle pouvait faire venir un élève du journal pour publier un article. Je n'ai jamais cru que ce serait un journaliste acquis à la cause. Maintenant, je vois pourquoi. Et elle a utilisé quoi, comme argument ?

— La liste.

Il m'a observée à travers ses cils en plantant ses yeux dans les miens. La journée était nuageuse et ses iris verts prenaient des reflets ambrés hallucinants, comme un écho aux taches de rousseur sur sa peau. Pendant quelques secondes, il n'a rien dit, comme si tout à coup, il était mal à l'aise ou, encore plus étonnant, qu'il était triste pour moi. Venant de lui, je ne voulais qu'aucune des options soit vraie.

— Donc, quelle heure et quel endroit ?

— Et ta blessure, ça va ?

On avait parlé tous les deux en même temps. Ça devenait ma spécialité. Il a souri de nouveau et, cette fois, je n'ai pas eu envie de le carboniser.

— Elle me gêne, ça tire, mais je survivrai, je pense.

— Si tu te remets pas à tomber, a-t-il remarqué en tendant la main vers mon front et en écartant ma frange pour regarder la cicatrice. Tu es hyper maladroite.

Il m'a effleuré la peau à côté, ce qui m'a provoqué un frisson pas sain du tout. J'ai reculé d'un pas et j'ai secoué la tête pour remettre mes cheveux en place. Sa main est restée en l'air, orientée vers moi.

— Et tu as mauvaise mémoire. C'était contre mon casier, pas au sol.

Il m'a contemplée attentivement, puis il a éclaté de rire. Il a sorti ses clés de son blouson en jean. J'ai toujours trouvé que ça faisait cow-boy sur les garçons, mais à lui ça lui allait bien. Franchement bien.

— Mackenzie, j'adore causer avec toi, mais je dois rentrer et ça fait un moment que ton petit amoureux nous mate depuis sa caisse.

J'ai regardé l'emplacement où Mason s'était garé ce matin. Effectivement, il était là, les mains sur le volant et les yeux rivés sur nous.

Quand je me suis retournée, James était déjà monté dans sa voiture.

— Attends ! ai-je crié en me rapprochant. Tu ne m'as toujours pas donné le rendez-vous.

James m'a fait un clin d'œil et j'ai senti un petit frémissement me parcourir. Sans doute d'horreur.

— Sois prête à quatorze heures. Je t'emmènerai.

Même pas en rêve. J'investirais plutôt toutes mes économies pour me payer le trajet en navette spatiale – au prix d'une course en taxi, ça devait se valoir.

— Mais...

— On va au même endroit depuis le même endroit, a-t-il signalé d'un ton désapprobateur. Tu ne vois pas le rapport ?

— Franchement, non.

— C'est pour le bien de la planète. Tu ne veux pas polluer encore plus alors qu'on peut faire du covoiturage ? (Il a fait rugir le moteur en me souriant avant de sortir à toute vitesse du parking.) À bientôt, Kenzinette !

Je suis restée à le regarder avancer au milieu des files d'élèves sans pouvoir effacer son rire moqueur de ma tête. Cet être immonde que j'avais pour voisin allait avoir raison de moi. Dans une dernière attaque de fureur, j'ai serré les poings pour lui crier :

— Ne m'appelle pas comme ça !

*

Mason a conduit en silence pendant la moitié du trajet. Je ne comprenais pas ce qu'il avait et, pour une raison bizarre, je n'arrivais pas à effacer les commentaires de James de ma tête. C'était du délire.

— Tu parles beaucoup avec James Smith, récemment, non ?

J'ai regardé Mason d'un air interrogateur. Les premiers mots qu'il m'adressait au bout de dix minutes, c'était pour parler de mon clown de voisin.

— C'est à cause d'Alia, me suis-je plainte en me tournant vers la rue. Elle m'a piégée et maintenant, je dois participer à un projet avec lui et gâcher mon samedi soir à être serveuse.

— Elle est mignonne, Alia.

Pardon ? À mon tour de faire la tête. Quand il m'a vue, son sourire s'est effacé et il s'est raclé la gorge, mal à l'aise. J'aurais voulu me donner une gifle. On avait toujours parlé entre nous des filles ou des garçons qu'on trouvait à notre goût. Je n'avais pas apprécié et, en plus, j'étais fâchée contre Alia, mais gâcher tant d'efforts pour le retour à la normale en un seul regard, bravo !

Dès que j'ai de nouveau eu les idées claires, j'ai essayé de m'amender :

— Ben à elle, tu lui plais, tu pourrais tenter ta chance.

Et j'ai encore eu envie de me gifler. C'était quoi, ces tentatives de suicide, en ce moment ? Sûrement la faute de James. Être près de lui aussi longtemps pouvait traumatiser n'importe qui.

À ma surprise, Mason a ri.

— D'où tu sors ça ? Je lui plais pas.

— Mais si, elle me l'a dit ce matin.

Tu vas te taire, Kenzie ! Tu ne veux pas que ton meilleur ami, alias le mec dont tu es amoureuse, se mette avec la fille qui t'a fait du chantage pour t'obliger à passer la journée entière avec le voisin que tu détestes ? D'accord, détester, c'est peut-être un peu fort…

— T'es sûre d'avoir bien compris ?

— Mais oui, elle a dit texto : « et en plus, il est beau gosse ».

Merde, Kenzie, tu sais pas ce que ça veut dire, se la fermer ?

Aussitôt, Mason a eu l'air très intéressé par ce que je racontais.

— « En plus » ? Parce que vous parliez de quoi ?

…

— Kenzie ?

Je ne pouvais pas garder le silence. J'ai loupé le cours où on apprend aux gens intelligents à tenir leur langue.

— Oh, de rien. Je lui disais juste que t'étais quelqu'un de bien et… que n'importe qui voudrait sortir avec toi.

— Waouh, merci.

J'ai risqué un regard vers lui, du coin de l'œil. Il souriait en hochant la tête, mais est-ce que c'était bon signe ? C'était horrible de vivre avec cette incertitude. Il y a encore une semaine, on aurait rigolé en extrapolant les sentiments éventuels d'Alia et j'aurais ignoré mon pincement au cœur. Maintenant, je devais faire gaffe à chaque mot que je prononçais et je ne le supportais pas. En principe, quand t'es avec ton meilleur ami, t'es pas censée être mal à l'aise.

— Et donc, tu vas où avec James, exactement ?

Soulagée que la conversation revienne sur les rails, je me suis mise à lui raconter tout ce que je savais sur le projet JS pendant le reste du trajet. J'en ai profité pour me plaindre et lancer des idées pour échapper au covoiturage avec James. Les prétextes allaient de me faire passer pour malade, jusqu'à faire brûler ses pneus. Rien n'était trop extravagant quand il s'agissait de mister Obsédé.

— On dirait que tu commences à bien t'entendre avec lui, a commenté Mason en éteignant le moteur. Je sais pas si ça me plaît.

— Je m'entends pas avec lui.

J'ai croisé les bras pour bouder, mais c'était une mauvaise idée, parce que j'ai failli m'étrangler avec la ceinture.

— Vous parlez plus qu'avant, tu peux pas le nier.

— Parce que ce débile s'est mis en tête de devenir mon plan A ? C'est ma faute, peut-être ?

J'étais tellement exaspérée que j'avais craché le morceau. Je me suis mordu la lèvre. Mason m'a regardée avec de grands yeux.

— Hein ?

J'ai haussé les épaules.

— Bof, c'est ce qu'il m'a dit l'autre jour. C'est à cause de la liste. Il est convaincu de réussir à devenir mon plan A.

Mason a serré les lèvres.

— C'est un con, ce type, a-t-il fini par marmonner, plus pour lui que pour moi. Il mérite de se faire mettre la tête au carré. Tu n'es pas un jeu.

Je suis restée sans savoir quoi dire. Eh oui, maintenant, mon idiote de bouche savait se taire ! Dans l'habitacle, l'air devenait irrespirable. Il fallait en finir, alors j'ai sorti la première chose qui m'est venue à l'esprit.

— Je suis sûre que cette pétasse de Jane Tyler…

C'était agréable d'entendre Mason rire de nouveau.

— Ne traite pas les filles de pétasse, Kenzie, ce n'est pas bien.

— Je suis sûre qu'elle est impliquée dans l'affichage de la liste. C'est possible, en tout cas.

— Merde.

— Hein ?

— Et maintenant, comment je peux lui péter la gueule pour t'avoir fait du mal ? C'est une fille.

J'ai souri.

— BatMason est de retour.

— Jamais sans SuperKenzie.

*

Je me dirigeais vers mon casier quand on m'a interpellée :

— Comment ça va, Mackenzie ?

Je me suis retournée vers Silvia, la prof la plus polyvalente du lycée. On la voyait partout, en ce moment !

— Euh, je m'en sors.

— C'est sûr, c'était affreux, cette histoire de liste. Je voulais juste te dire que j'essaie de trouver le coupable.

— C'est gentil.

C'était trop demander que le monde oublie cette affaire ? D'accord, il n'y avait que trois jours de passés, mais j'étais sûre que dans un établissement scolaire, il devait se produire des choses plus intéressantes que ma liste de mecs. Ou du moins, des choses plus importantes.

Silvia m'a posé une main sur l'épaule pour m'empêcher de partir. Je me sentais bête à lui parler au milieu du couloir, avec des tas d'élèves qui nous contournaient.

— Si jamais tu as besoin de parler à quelqu'un, tu sais où me trouver.

J'ai hoché la tête. Qu'est-ce que je pouvais faire d'autre ? Heureusement, cette conversation était destinée à être brève et Silvia s'est éloignée. J'étais de nouveau seule. Bizarre, je n'avais pas autant de chance, en général.

Je me suis avancée vers mon casier, plongée dans mes pensées. Et si en fait, personne n'oubliait ? Tout le monde continuait de me jeter des coups d'œil plus ou moins discrets quand je passais à côté. Avec le temps, j'avais appris à ignorer les regards. J'ai été sauvée par le fait que la majorité soit assez bien élevée pour ne rien me dire en face.

J'ai réfléchi à qui pouvait avoir volé ma liste et décidé de la distribuer comme des tickets de loto perdants. Je n'avais pas d'ennemis déclarés, pas à ma connaissance. D'accord, on ne s'appréciait pas avec Jane Tyler, mais elle était ennemie de la moitié du lycée. Je n'arrivais pas à croire que quelqu'un puisse être assez dégueulasse pour me faire ça.

J'ai rangé mes livres des cours précédents et fermé la porte du casier avec une grande délicatesse, étant donné que depuis l'accident, ce battant métallique m'apparaissait comme une arme de destruction massive.

Depuis le casier d'à côté, des yeux bleus ont plongé dans les miens.

— Bonjour, Mackenzie.

Derek. Anderson. Qui me disait bonjour. Et attendait que je réponde. Arrête la tachycardie, Sullivan. Cerveau, réagis ! Dis quelque chose de drôle sur un ton nonchalant.

— Euh…

Que d'éloquence…

— Comment ça va depuis l'autre jour ? a demandé Derek, comme s'il ne voyait pas qu'il m'avait transformée en poupée qui dit rien. Tu saignais pas mal.

Au souvenir du sang, mon estomac s'est retourné. La modération, c'est pas mon point fort. J'ai quand même décidé de jouer les courageuses et j'ai écarté ma frange pour lui montrer ma cicatrice.

— Finalement, c'était pas si grave, ils vont m'enlever les points bientôt et avec un peu de chance, j'aurai pas de trace.

Incroyable. Je venais de prononcer une phrase entière devant Derek Anderson sans m'emmêler les pinceaux. C'était une grande avancée, ça oui. J'étais fière de moi.

— Trop moche, ce que t'as sur le front, Kenzie, a lancé une voix aiguë tout près.

Mes cheveux se sont dressés sur ma tête tellement j'étais répugnée.

— Je trouve que sa frange lui va bien, a répondu Derek en regardant Jane Tyler, qui souriait avec coquetterie. À bientôt, Mackenzie.

Maintenant qu'il connaissait mon nom, il était incapable d'arrêter de le dire ! S'il continuait, il allait me l'user !

Derek a fermé son casier et s'est éloigné avec un signe de tête. Jane et moi sommes restées un moment à nous scruter l'une l'autre. J'étais pas folle, j'allais pas passer plus de temps que strictement obligatoire avec elle. Avant qu'elle puisse me balancer un truc pour lequel je n'aurais pas de réponse intelligente, je lui ai tourné le dos et je suis partie à la cafétéria.

Mason était déjà assis à une table. Alia à côté de lui.

Je me suis mise dans la queue pour le self-service sans détacher le regard d'eux. Ils discutaient en riant. J'ai senti une oppression sur la poitrine, comme si je manquais d'air, et la sensation de faim a disparu. Tout autour de moi a cessé d'avoir de l'importance, à part eux deux. Alia enroulait une mèche de cheveux autour de son doigt et inclinait la tête de côté en souriant à Mason. Mes instincts meurtriers me soufflaient de la traîner hors de la salle par la peau du cou.

— Il faut que tu te calmes.

C'est sûr. Mason était juste un copain, il avait été clair. Et puis c'était moi qui lui avais parlé d'Alia. J'ai respiré profondément.

— Si tu continues à les fixer comme ça, tu vas finir par les calciner à coups de rayons laser.

Vrai aussi. Si l'un des deux se retournait vers moi et me surprenait à les foudroyer du regard, ça serait le malaise. Avec une grande force de volonté, j'ai tourné la tête. Quand j'ai vu James à côté de moi, je n'ai pas pu réprimer un cri.

— Ah, mais qu'est-ce que tu fais là ?

Il m'a dévisagée en se retenant de rire. OK, question idiote.

— Je suis au lycée ici et j'ai l'intention de manger, a-t-il répondu en me prenant par le bras pour me faire avancer dans la file. En plus, ça fait un moment que je te parle.

— C'est vrai ?

Mon cerveau s'est réinitialisé. Bien sûr, c'était lui qui me raisonnait.

— Tu croyais que c'était qui ? Ton subconscient ?

J'ai serré les lèvres et fait mine d'être très intéressée par la nourriture présentée derrière les vitres. James s'est mis à rire.

— T'es incroyable, Mackenzie. J'aimerais bien savoir ce qui se passe dans ta tête.

— Ben à mon avis, t'y arriverais pas.

James a ri de nouveau et d'un coup j'ai senti une main, sa main, me tapoter comme un animal de compagnie. Je l'ai observé, tendue, à travers mes cils.

— Je peux savoir ce que tu fais ?

— Relax, Kenzinette, ton petit chéri nous regarde.

J'ai reculé d'un pas, mais malchance, je suis rentré dans quelqu'un et j'ai failli perdre l'équilibre. Je me suis excusée. James avait un sourire moqueur que j'aurais voulu lui enlever d'un coup de poing, mais c'était difficile vu qu'il était largement plus grand et plus fort que moi. Saleté de génétique masculine…

— Je te l'ai dit sur tous les tons, James, mais tu n'écoutes rien. Arrête de m'appeler comme ça ! Je déteste !

— C'est bien pour ça que je le fais, a-t-il répondu en souriant encore plus.

J'allais être mise en prison pour homicide volontaire.

— T'es un con !

La tension qui s'était accumulée chez moi me transformait en bombe prête à exploser. Mais James n'allait surtout pas se taire.

— Ça fait partie de mon charme. Bon sérieusement, Carter nous observe pile en ce moment. Tu continues à ne pas croire qu'il est amoureux de toi ?

J'ai tourné la tête vers eux, mine de rien. En quelques secondes, les yeux de Mason se sont trouvés dans les miens. J'ai levé la main timidement vers lui et il m'a rendu mon salut.

— Tu te plantes, on disait justement hier qu'Alia était super mignonne.

— J'en reviens pas, Kenzie.

— De quoi ?

— En fait, tu aimes les filles et ta liste, c'était une façon qu'on ne s'en rende pas compte ? Ou alors, tu cherchais un mec en plus pour faire un truc à trois ?

Là, il avait dépassé les bornes. Choquée, je lui ai foutu une baffe.

Et j'avoue, ça a résonné.

Et j'avoue, tout le monde autour de nous a arrêté de parler et nous a regardés.

Et j'avoue, je n'ai pas supporté la tension et je suis partie en courant.

*

Je me suis cachée dans une salle vide, le rouge aux joues, de honte et d'avoir couru.

Oui, James avait abusé, mais c'était juste une blague. Moi, par contre, j'avais hyper-mal réagi. Faut dire, avec la semaine que je venais de passer, c'était compréhensible. Je ne supportais pas la moindre connerie.

Dans ce cas, pourquoi je me sentais aussi mal ?

Je me suis appuyée au mur et laissée tomber par terre pour reprendre mon souffle. Pour quelqu'un qui n'aime pas être le centre d'attention, je me débrouillais pour vivre un cauchemar ces jours-ci. La liste, le casier, la gifle… Qu'est-ce qui allait suivre ?

Je me suis caché la tête entre les jambes au moment où la porte s'ouvrait en grand. J'ai vu des baskets en toile s'avancer vers moi.

— Je peux lui mettre un direct du droit, à lui ? m'a proposé Mason en s'accroupissant en face de moi. Lui péter le nez, ça me soulagerait bien.

J'ai souri et fait non de la tête. Il venait toujours à mon secours, même quand je ne lui demandais pas.

— Tu ne sais même pas ce qui s'est passé, BatMason. Et de toute façon, tu serais pas capable de casser un nez. Tu es l'être le plus pacifique que je connaisse.

Il a approché la main de mon visage et m'a pincé le nez. Mon cœur s'est accéléré.

— Si tu étais assez énervée pour le frapper, ça me suffit. Je peux faire des exceptions pour Smith.

— Je suis prêt à te voir en pleine action, Carter. Tu comptes me faire quoi ?

J'ai sursauté en entendant la voix de James. J'étais tellement fixée sur Mason que je ne l'avais pas du tout vu arriver. Mason s'est redressé avec une expression de défi.

— Retourne d'où tu viens, Smith.

Je me suis relevée comme un ressort. James et Mason ne s'étaient jamais bien entendus. Enfin, ils ne s'étaient jamais parlé, ce qui ne signifiait pas qu'ils se détestaient. Et pourtant, je pouvais voir dans le regard qu'ils échangeaient la même haine qu'entre Jane Tyler et moi.

— Mason, c'est pas grave, ai-je dit en m'interposant entre les deux.

— C'est clair, Carter, ça te concerne pas.

J'ai remis James à sa place :

— Tais-toi, tu n'aides pas. Et qu'est-ce que tu fais ici, d'abord ?

Il a haussé les épaules et froncé le nez avant de répondre. Je commençais à me faire à l'idée de ce que ça pouvait vouloir dire.

— Je voulais parler avec toi. M'excuser.

Je me suis attendrie. Plutôt sympa de sa part, sachant qu'il avait encore la joue gauche toute rouge. C'était étonnant que je n'aie pas carrément laissé la marque des doigts. Peut-être que ça arrivait seulement dans les films.

— Alors, excuse-toi et dégage, a ordonné Mason, qui m'a esquivée par la droite.

James l'a toisé avec un sourire arrogant qui ne me plaisait pas du tout. Rien à voir avec le sourire tranquille et moqueur qu'il m'adressait d'habitude.

— Je vois pas pourquoi je partirais. Tu te prends pour le proviseur, Carter ?

OK, ça se passait pas bien. J'ai essayé de lever les mains, mais ils agissaient tous les deux comme si je n'étais pas là.

— Non, pour son meilleur ami.

— Et alors ?

— Et alors, je veux pas que tu t'approches d'elle. Point.

— La question, c'est qu'est-ce qu'elle veut, elle ?

Tiens, d'un coup, ils se sont retournés vers moi. Les mecs. L'univers s'entête à ce que tu vives avec eux...

J'ai reculé d'un pas, tremblante, mais ça n'a pas servi à grand-chose, vu que le mur était juste derrière moi.

— C'est n'importe quoi, cette histoire, ai-je dit d'une voix mal assurée. James est venu me présenter ses excuses, et je les accepte. C'était pas bien grave. Problème résolu.

— N'importe quoi ? a répété Mason, furieux. Et James qui voudrait être ton plan A ?

— Mason...

James m'a interrompue :

— Pour moi, ce n'est pas n'importe quoi. Je veux être son plan A, et je le serai.

Ses paroles m'ont coupé le souffle. Sérieux, décidé, direct, il ne regardait que moi. Ça ne ressemblait pas du tout à une blague.

— Ah, parfait ! Tu t'étais jamais intéressé à elle et, d'un coup, tu veux être son plan A. Excuse-moi, j'ai besoin de rire.

James commençait à se fâcher. Ses traits se sont durcis.

— T'es bien placé pour dire ça. Le meilleur pote de Kenzie, la personne qui la quitte pas depuis des années, et paf, aujourd'hui, tu te mets à être jaloux. Quel bon moment pour décider que tu aimes bien Kenzie !

Mason est resté hébété.

— Quoi ? Mais j'ai pas...

— Que dalle ! a crié James en le pointant de l'index. Tu peux te raconter tout ce que tu veux, mais Kenzie te plaît.

Ils sont restés à se fixer, dans une tension palpable. James avait les yeux brillants et la respiration saccadée. Mason, lui, ressemblait plutôt à un fantôme. Ou à quelqu'un qui vient d'en voir un. J'ai été surprise que sa voix soit claire et audible :

— J'ai aucune raison de supporter ça.

Et il est sorti. Sans regarder personne.

James m'a saisie par le bras.

— Ne cherche pas à le rattraper.

— Mais…

Il m'a rapprochée de lui.

— Crois-moi, il a besoin d'être seul.

Seul ? Seul pour quoi faire ? Il était fâché par ces fausses accusations, oui ! Et en plus, il devait m'en vouloir de ne pas l'avoir défendu. Mon devoir comme meilleure amie, c'était d'envoyer bouler James et d'aller retrouver Mason. On était une équipe, lui et moi. SuperKenzie et BatMason. Mister Obsédé m'a sortie de mes réflexions.

— Écoute, je suis désolé pour tout à l'heure. C'était débile de ma part. Des fois, je me rends pas compte que je vais trop loin. Je regrette vraiment, Mackenzie.

J'ai soupiré.

— Mais non, moi aussi, je suis désolée. OK, t'as été con. Me regarde pas comme ça, je vais pas laisser passer l'occasion de t'insulter en face gratuitement. Mais j'ai exagéré de mon côté. Avec la semaine que je viens de me taper, j'explose pour le moindre truc. Surtout avec toi.

— Bon, j'espère que tu seras calmée d'ici samedi, parce que tu vas passer beaucoup de temps avec moi.

Je l'ai contemplé, déconcertée.

— Ah bon ? Mais je croyais que c'était une soirée de gala. Que je devrais servir les invités et…

— En tant que journaliste exclusive, tu dois être avec la personne qui supervise tout, c'est-à-dire moi, pour recueillir toutes les infos pour ton reportage. T'inquiète, tu n'auras pas beaucoup à travailler.

Mais à le supporter, oui. J'ai poussé un soupir en rejetant la tête en arrière. James a ri de bon cœur.

— On va bien s'amuser, Kenzie. Tous les deux. Seuls.

— On ne sera pas seuls.

— Qu'est-ce qui te fait dire ça ?

— Tous les invités de la fête !

Je lui ai tourné le dos, perplexe devant son petit jeu incessant. D'où il sortait toute cette énergie ? D'un autre côté, je m'inquiétais toujours pour Mason.

— Je devrais l'appeler. Mason n'est pas comme ça d'habitude, je ne sais pas ce qui s'est passé.

— Mais il est jaloux. Et tu me crois pas.

— Je le croirai quand ce sera lui qui me le dira.

— Alors tu peux attendre. Il a un gros problème. Il commence à te voir comme autre chose qu'une amie et il ne sait pas comment gérer. Et j'ai un peu fait mon fils de…

— Cow-boy, l'ai-je interrompu, avec le premier truc qui me passait par la tête pour ne pas entendre la fin de cette phrase.

James a rigolé.

— OK, j'ai un peu fait mon fils de cow-boy en lui disant comme ça, sans le prévenir. Et maintenant, il doit flipper un peu, le gars. Désolé.

Je suis restée sans rien dire.

— Je suis vraiment débile de vous expliquer tout ça alors qu'au départ, je veux sortir avec toi. Tu connais quelqu'un d'aussi idiot que moi ?

J'étais un bon exemple. J'avais fait pareil en parlant d'Alia à Mason.

— Tu ne veux pas vraiment sortir avec moi, je te rappelle. Ça peut pas venir du jour au lendemain.

— Tu te trompes, Mackenzie, m'a-t-il répondu avec sérieux. Je t'ai déjà expliqué. Je me suis rendu compte que tu faisais des trucs qui me… scotchaient. Pour moi, n'importe quel mec aurait de la chance d'être avec toi.

Alors là, c'était moi qui riais. J'avais justement dit la même chose de Mason !

— On se croirait vraiment dans une mauvaise série.

Et pourtant, je n'ai pas pu m'empêcher de me sentir flattée. James a repris :

— La différence, c'est que c'est vrai. Tu as quelque chose qui te rend belle, je sais pas si c'est ton visage rond ou tes grands yeux. Et tu es drôle. Sans le vouloir, tu me fais rire et je me sens bien avec toi. Ça me plaît. Tu me plais.

Super. Très joli. Je ne m'étais jamais imaginé James dire des choses comme ça. Il était toujours simple et direct, et il arrivait à me dire des choses romantiques sans être guimauve. Compliquée, cette affaire.

Et voilà Kenzie, brillant dans son domaine de prédilection : le scepticisme sélectif. Kézako ? D'après le dico, scepticisme signifie « incrédulité ou manque de confiance à l'égard de la vérité d'un fait, de la réussite d'une entreprise, blablabla ». Par exemple, si quelqu'un me disait que le lycée était en flammes, même si j'étais moi-même dans le bâtiment, j'étais capable de le croire. En revanche, si on me racontait que Mason avait des sentiments pour moi, je n'y croyais pas. James Smith, encore plus difficile.

— Tu me crois pas, a-t-il conclu devant mon silence.

— C'est pas… Non, franchement, toi, mister Obsédé, le clown de service… ça pourrait être une de tes blagues.

La surprise a envahi son visage, ce qui était un peu inédit. Mais en plus, il avait l'air fâché.

— C'est ce que tu penses ? Que je veux sortir avec toi pour rigoler ?

— Personne n'a parlé de sortir.

— Eh bien moi, si ! a dit James en haussant le ton. Je veux sortir avec toi. J'ai un genre de conflit intérieur, mais merde, tant pis. J'aime bien être près de toi parce que tu me plais… et je me suis juste rendu compte qu'être avec toi, ça me rend heureux.

Il m'a regardée, l'air expectatif.

— Euh… je sais pas quoi dire.

Nouvelle résolution : quand tu ne sais pas quoi répondre, choisis la vérité.

James a baissé la tête et ses cheveux lui sont tombés sur les yeux.

— Alors, ne dis rien. Tu as raison. C'est allé très vite, tout ça. Je m'y attendais pas non plus.

Dring ! Sauvée par le gong.

— Bon, on se voit plus tard.

Je suis sortie, tellement plongée dans mes pensées que je me suis cognée contre plusieurs élèves. J'avais besoin d'air et un cours de maths en vue, ce n'était pas ce qui me convenait le mieux en ce moment. Je suis allée au parking, où j'ai trouvé Mason, appuyé contre sa voiture.

Je me suis arrêtée devant lui, mais il ne m'a pas regardée. Bon, quoi qu'il pense, il était temps qu'on ait la conversation qu'on évitait depuis plusieurs jours. Et là, incroyable mais vrai, c'est moi qui allais faire le premier pas.

— Un sandwich jambon-fromage ? Je meurs de faim.

*

— Ça sent super bon.

J'ai décoché un sourire forcé à Mason tout en appréciant l'odeur du café qu'on venait de me servir. Mason était muet. D'ailleurs, il n'avait rien commandé.

— Sans doute.

« Oui », « non », « sans doute », « peut-être », « qui sait »… Il n'arrivait pas à former de phrases plus complexes. Tout était ma faute. Je ne l'avais pas défendu au moment voulu. Mais je ne suis pas du genre à supporter les silences tendus et j'étais à court d'idées pour essayer de lui soutirer trois mots. J'ai commencé à boire mon café, juste pour faire quelque chose, et je me suis enfin lancée.

— Je suis désolée de ne pas avoir jeté James, OK ?

Impassible, Mason a levé les yeux. J'ai insisté. Ces derniers jours, je devais affronter tellement de situations embarrassantes que je commençais à m'habituer.

— Tu es venu me chercher et je me suis comportée comme une amie nulle. Je sais pas pourquoi et je regrette.

Des excuses sincères, ça ne suffisait peut-être pas, mais c'était déjà un bon moyen d'entamer la conversation.

— Tu commences à bien aimer James, a marmonné Mason pour toute réponse.

— Pardon ?

Il me faisait marcher, là ?

— James. Il commence à te plaire, a-t-il articulé plus fort, comme si j'avais mal entendu. Et ça me rend dingue.

— Dingue ? ai-je répété sans comprendre.

— Je suis un peu jaloux.

— Jaloux ?

— Oui, Kenzie, tu es ma meilleure amie et lui, c'est un connard. Je veux pas qu'il te fasse de mal et… ben, j'ai peur de te perdre.

— De me perdre ?

Une qualité à ajouter à mon CV : excellentes compétences pour répéter les fins de phrase.

— Tu n'as jamais eu de copain.

Quelqu'un pouvait m'expliquer comment la conversation en était arrivée là ?

— Mais si.

Joe, le mec de la colonie de vacances, comptait comme un copain. Sûr et certain.

— Vous vous êtes embrassés une ou deux fois, mais t'as jamais vraiment eu de copain. Smith, par contre... Il voudrait plus que t'embrasser une ou deux fois. Je le sais. Ça se voit. Il est trop fixé sur toi pour vouloir être seulement un plan bisou vite fait.

— Et ce que moi, je veux, ça compte ? Il m'énerve. Je serai jamais avec lui.

Mason a pris l'air triste.

— Je te connais trop bien, Kenzie. Il te plaît. C'est totalement ton genre.

— Tu dis ça parce qu'il est beau ? Il y a plein de beaux mecs dans le lycée.

J'ai dégluti. Oups, je venais de lui confirmer que je trouvais James à mon goût.

— Non, parce qu'il est drôle. Il t'agace, mais, en même temps, il te fait rire. Je vous ai vus parler et tu te sens à l'aise avec lui. Tu es toi-même.

« Marrant, comme avec toi », ai-je pensé en le gardant pour moi.

— Il reste quand même con.

— Le courant passe entre vous, a-t-il ajouté en baissant le nez sur ses mains. Tu ne t'en rends peut-être pas compte, mais moi si. Ça m'étonne qu'il ne t'ait pas encore embrassée.

Je l'ai dévisagé, effarée. Qu'est-ce qu'il avait pris aujourd'hui ?

— Plutôt m'agrafer les lèvres ! Je veux plus que tu parles de ça. Ni de James. Et si tu crois que tu vas me perdre juste à cause d'un copain, t'es vraiment bête. C'est peut-être pour ça que tu vas me perdre, tiens !

Quand il a relevé les yeux, j'ai haussé les sourcils en essayant d'afficher un air outré, mais on s'est mis à rire tous les deux au bout de quelques secondes : ce n'était pas mon truc de me fâcher. Même quand j'étais vraiment en colère, ça ne durait pas plus de dix minutes.

— Désolé d'avoir été bête, m'a dit Mason une fois qu'on s'est calmés.

— Ça va pas chercher très loin, comme excuse, mais j'accepte.

J'ai tendu le bras vers lui par-dessus la table, il m'a pris la main et m'a tapé dans le dos.

— Je peux te faire un cadeau si ça ne te suffit pas pour me pardonner. Qu'est-ce que tu dis d'un chien ?

— Et pourquoi pas un lion, tant qu'on y est ?

Mason s'est remis à rire. Ma peur des chiens était mondialement connue. J'avais même publié un article intitulé : « Dix raisons de rester éloigné des chiens ». J'y expliquais que je ne déteste pas les chiens. Même, je les trouve mignons. Le problème, souvent, c'est que les maîtres ne les éduquent pas bien. Et je suis pas ultra rassurée quand ils montrent les dents ou qu'ils aboient.

On a continué à parler pendant un bon moment sans penser qu'on devait retourner en cours. J'essayais de ne pas penser à James, mais Mason me l'avait mis en tête pour de bon. C'est vrai qu'il était drôle. Et beau, ce qui était un plus. Il était capable de se comporter en vrai gentleman, mais la plupart du temps, il me rendait folle de rage. Après, il y avait la façon traîtresse dont mon pouls s'accélérait quand il s'approchait ou qu'il me regardait dans les yeux…

Comme avec Mason.

CHAPITRE 9

Vendredi, à la récréation, tous mes livres se sont effondrés dès que j'ai ouvert mon casier. Pour changer, j'avais droit une mauvaise journée. Le problème, c'est que je ne savais pas vraiment pourquoi j'étais en rogne.

J'avais l'impression que tout se passait mal, alors que jusqu'ici, le pire était de devoir ramasser mes bouquins. Je les ai balancés à l'intérieur avec tant de force que certains se sont cornés, mais je m'en fichais.

Bon, peut-être pas tant que ça.

Non, mais n'importe quoi. Mes livres n'étaient pas responsables de mon instabilité émotionnelle !

— On s'est levée du pied gauche, ce matin ?

Eric s'est appuyé sur le casier d'à côté. Je lui ai souri avec raideur.

— Ça doit être ça, ai-je répondu en réorganisant les livres avant de fermer la porte. Comment tu vas ?

— Je me plains pas. À part que demain, je dois travailler à la boutique. Mais bon, on n'y peut rien.

J'ai poussé un soupir

— Je te comprends. Moi non plus, j'ai pas envie que la journée de samedi arrive.

Même si mes raisons n'avaient rien à voir avec les siennes. L'idée de passer tout ce temps avec James était étrange. Avant, cette perspective m'aurait simplement paru insupportable. Maintenant c'était juste bizarre. Comment j'allais me comporter avec lui ?

— Tu as l'air fâché. Tu as loupé un devoir ?

— Non.

— Tu t'es fait engueuler par un prof ?

— Non plus.

— Tu as dû sauter le petit déj et maintenant tu meurs de faim ? Moi, ça me met toujours de mauvaise humeur.

J'ai ri : Eric n'était pas du genre à se mettre de mauvaise humeur.

— Pas du tout, j'ai pris un petit déj de championne olympique.

— Tu as dû venir à pied sous la pluie ?

— Pas du tout.

C'était même le contraire. Mason était arrivé largement à l'heure et il était venu me chercher à ma porte avec un parapluie. Sur le siège passager, j'avais trouvé des cookies aux pépites de chocolat tout juste sortis du four. Mes préférés.

— Alors là, je sais plus, Mackenzie. Qu'est-ce qui t'arrive ?

J'ai retourné cette question dans ma tête. En fait, tout s'était bien passé ce matin. Ma mère s'était levée tôt et nous avait préparé des pancakes pour le petit déjeuner. Leslie n'avait pas squatté la salle de bains pour une fois et elle m'avait même laissé le dernier pancake. Mason m'avait fait rire pendant tout le trajet. J'avais oublié de faire les devoirs de SVT, mais le prof n'avait pas vérifié nos cahiers. Le prof d'histoire était absent et son remplaçant nous avait laissé quartier libre. Alors qu'est-ce qui clochait ?

— J'en sais rien, ai-je répondu à Eric en toute franchise.

La sonnerie a signalé la fin de la pause. C'était l'heure de l'écriture créative.

— Alors, bon courage, Kenzie. À demain matin.

Je lui ai dit au revoir. Il y avait toutes les chances que ce satané projet JS m'empêche de m'approcher de l'épicerie. Maintenant que j'y pensais, je n'avais pas encore vu James de la journée. Normalement, à cette heure-ci, il aurait déjà dû apparaître avec une blague ou une autre, pour me faire rire ou me rendre folle, au choix. Je ne l'avais pas croisé depuis que je l'avais laissé seul dans la salle de classe.

Bref. Ce qui concernait James ne m'intéressait pas.

J'ai rouvert mon casier, parce qu'après ma chute de livres inopinée, j'avais oublié de prendre celui de techniques d'écriture, qui s'était retrouvé tout au fond. J'ai mis tellement de temps à le récupérer que quand je l'ai enfin eu en main il ne restait plus personne dans le couloir.

Magnifique, j'allais arriver en retard en cours.

Je passais devant les toilettes garçon quand j'ai entendu des bruits. Et pas des bruits… habituels pour ce lieu. Plutôt des coups et des grognements, comme si deux mecs étaient en train de se battre à l'intérieur.

J'ai regardé de tous les côtés, mais il n'y avait que moi et les combattants. Pas spécialement rassurant.

J'ai contemplé mes bras, aux biceps pas vraiment impressionnants. À la lutte, je ne sortirais pas gagnante, même contre un enfant de dix ans. Mais je devais bien faire quelque chose. Je me suis armée de courage et je suis entrée.

Là, je suis restée pétrifiée. C'étaient bien deux mecs au corps-à-corps, mais il ne s'agissait pas de bagarre. Ils étaient en train de s'embrasser et de se tripoter comme si l'un d'eux allait disparaître d'un moment à l'autre. Le tee-shirt de l'un était par terre et celui de l'autre était relevé par-dessus les pectoraux.

Maintenant, je comprenais les bruits que j'avais entendus. Ils étaient tellement dans leur trip qu'ils ne se sont pas rendu compte de ma présence.

J'ai très bien reconnu l'un d'eux, celui qui était torse nu et qui s'apprêtait à mettre la main dans le pantalon de…

Non, je ne voulais pas assister à ça !

J'ai commencé à revenir sur mes pas en essayant de faire le moins de bruit possible, parce que je me sentais vraiment comme une intruse. Je ne voulais pas les interrompre.

J'ai réussi à sortir sans être vue. En me dirigeant vers mon cours, je me suis mise à sourire, puis à rire aux éclats.

J'allais pouvoir rayer Derek Anderson de ma liste.

*

— Je passerai te chercher dimanche à la première heure. Je veux aussi qu'on reste en contact toute la journée demain. Et quand tu rentres chez toi, tu m'appelles.

— Oui, papa.

Mason s'est renfrogné. Il prenait un peu trop au sérieux le sujet de la soirée de samedi.

— Je m'en fais juste pour toi, Kenzie. Tu ne veux vraiment pas que je parle avec Alia pour lui dire d'envoyer quelqu'un d'autre ? Même moi, je pourrais…

— C'est bon, l'ai-je interrompu en mettant les doigts sur sa bouche. C'est juste une journée. Je vais survivre.

Il m'a regardée fixement sans rien dire, mais j'ai senti ses lèvres bouger contre mes doigts. Je les ai écartés avec un frisson. Si je voulais en finir avec ces sentiments déplacés envers Mason, je devais me rappeler à moi-même ces trois grandes vérités qui blessent : un, il me voyait seulement comme une amie. Deux, s'il ne pouvait pas encadrer James, c'est parce qu'il s'inquiétait pour moi et qu'il avait peur de me voir souffrir. Trois, il trouvait Alia mignonne.

— Et donc dernièrement, tu t'es beaucoup rapproché d'Alia, non ?

Il a rougi et a vite détourné les yeux. J'ai senti des pointes dans ma poitrine, comme si des aiguilles de glace s'y inséraient. J'ai essayé d'ignorer la douleur.

— Elle est sympa. Mais ça me plaît pas qu'elle t'ait fait du chantage.

— Elle est plutôt défenseuse des causes perdues. Et puis tu disais qu'elle était mignonne.

— Elle *est* mignonne, tu veux dire. T'es jalouse, Sullivan ?

Je lui ai envoyé un coup de coude entre les côtes en éclatant d'un rire forcé. Comme toujours, il avait mis dans le mille.

Une voiture a freiné devant nous brusquement. J'ai aperçu une chevelure rousse par la vitre du conducteur… Les yeux verts de James se sont plantés dans les miens, sauf qu'il a détourné le regard si vite que ça aurait pu être l'effet de mon imagination. Il a claqué la portière et s'est dirigé vers chez lui. Son frère Jack est sorti du côté passager.

Je suis restée à les observer jusqu'à ce qu'ils rentrent.

— Pour quelqu'un qui ne s'intéresse pas à Smith, tu le regardes pas mal, tu trouves pas ?

J'ai retourné la tête vers Mason. Pourquoi je devenais nerveuse ?

— Je l'ai pas vu de la journée, me suis-je justifiée en me remettant à jouer avec mes doigts. C'est bizarre, d'habitude, il m'aurait déjà dit un truc pour m'agacer, ou…

— D'habitude, non, m'a corrigée Mason. Depuis lundi, plutôt.

— Je suis une fille qui s'adapte très rapidement aux nouvelles habitudes. Je suis juste… préoccupée ? Notre dernière conversation n'a pas été très amicale, on va dire.

— Quand je vous ai laissés dans la classe ?

Je me suis agitée sur mon siège. Je n'étais pas très sûre de pouvoir évoquer ce genre de sujet avec Mason, mais peut-être qu'en parler serait une bonne étape pour retrouver notre amitié.

— Il… (Allez, Mackenzie.) Il s'est un peu déclaré.

— Il s'est un peu déclaré ? a répété Mason. Il veut devenir ton plan A, non ? Ça fait un bail qu'il t'a avoué ses sentiments.

J'ai fait non de la tête. Je m'acharnais à parler de ça avec Mason, alors que va savoir pourquoi, ça m'était hyper difficile.

— Mais pas comme hier. Hier… il me l'a dit super sérieusement. Et j'ai pas su quoi lui répondre. Il avait l'air gêné. Ou blessé.

— Désolé, j'arrive pas à m'imaginer James Smith blessé, a fait Mason, sceptique. Ce mec, il est né avec une perruque multicolore et un gros nez rouge.

J'ai commencé à me tordre les mains. Au bout d'un moment, il les a séparées et a caressé mes doigts du bout du pouce.

— Jeux de mains, jeux de vilains, Mackenzie. Tu vas te faire mal.

Son ton était très chaleureux. J'ai dégluti et en relevant les yeux, j'ai senti un pincement au cœur en voyant son sourire.

— Pardon, je suis préoccupée.

Ses doigts continuaient à caresser les miens.

— Ne t'excuse pas pour tes sentiments. C'est bête.

— Alors je m'excuse d'être bête.

— Mackenzie…

J'ai souri, détendue. Son index et son pouce ont tracé des demi-cercles sur ma paume.

— Je t'ai dit. James te plaît, mais tu es trop têtue pour l'admettre.

Je me suis mordu les lèvres, pour changer. J'ai pensé à James et à ses cheveux bouclés en bataille, aux taches de rousseur qui couvraient son visage et à ses incisives tordues qui le rendaient si charmant, à sa façon de me mettre hors de moi et de s'inquiéter pour moi en même temps. Ses paroles d'hier, si précises, douces et tranquilles, avaient réussi à me plonger dans un état de confusion. De fait, près de lui, mon pouls s'accélérait.

— Peut-être, ai-je murmuré.

Les doigts de Mason se sont paralysés sur les miens.

— Tu crois vraiment qu'il me plaît ? ai-je ajouté.

J'ai eu froid à la main quand Mason a retiré la sienne et pris le volant. Avant de me répondre, il a respiré profondément.

— Oui, je crois.

CHAPITRE 10

Le samedi, il était exactement quatorze heures dix quand j'ai sonné chez les Smith. J'avais tourné partout chez moi. J'étais censée être prête pour la fête et j'avais imaginé, bêtement, qu'il passerait me chercher. Au bout de cinq minutes, j'avais commencé à me demander si c'était à moi de me rapprocher de chez lui. À huit, j'en ai eu assez d'attendre, et voilà le résultat.

J'étais nerveuse. Sans raison, en fait. C'était juste une petite réception pour récolter des fonds, où on allait me faire travailler. Je n'allais pas non plus passer la journée seule avec James. Mais je ne sais pas pourquoi, je n'arrivais pas à me tranquilliser. Je ne l'avais pas vu depuis sa déclaration et j'avais un peu peur qu'il soit parti sans moi.

Et puis… j'avais une trouille bleue de l'avoir blessé et je ne comprenais pas pourquoi.

Mon téléphone a vibré dans la poche de mon pantalon ample. J'ai souri en voyant le nom de Mason s'afficher.

MASON : Message automatique de surveillance numéro 1.
Le sujet est sain et sauf ?

KENZIE : Le sujet vous remercie pour votre
sollicitude, mais elle n'est pas nécessaire.
Ceci est un message automatique.
Merci de ne pas répondre.

La porte de la maison s'est ouverte au moment où je tapais les derniers mots.

— Mackenzie ? Qu'est-ce que tu fais ici ?

— Ben… Je venais chercher James.

Je ne voyais pas souvent la mère de James. Elle avait l'air sympa, la mère américaine parfaite, avec son brushing blond nickel, ses vêtements impeccables et le sourire aux lèvres.

— James ? Il était dans la cuisine… Entre, je vais le chercher. JAMES !

Waouh ! Et moi qui pensais qu'il n'y avait que ma mère pour crier comme ça ! J'ai préféré rester sur le perron. Je me sentais plus… en sécurité.

Des voix, ou plutôt des cris, me parvenaient de l'intérieur. C'est bizarre de voir comme l'image qu'on a de certaines personnes s'effondre : on les croit parfaits et, en fait, ils hurlent chez eux. Je me suis redressée en entendant des bruits de pas. Et je dois le reconnaître, je suis restée le souffle coupé en le découvrant.

Vêtu d'un pantalon noir, d'une chemise bleue et d'une veste noire, James avançait d'un pas décidé. Il s'était mis du gel dans les cheveux, pour aboutir à un style coiffé-décoiffé vraiment séduisant. Ses yeux verts m'ont paru brûlants sur les miens.

— Pardon de t'avoir fait attendre, je… j'étais occupé.

J'ai hoché la tête, plongée dans ma contemplation : sa veste ajustée marquait bien le torse et les épaules, faisant ressortir les muscles sous la chemise.

— T'excuse pas, c'est pas grave.

J'ai fait un pas de côté pendant qu'il fermait la porte. Je n'arrivais pas à déscotcher mon regard de lui. Du coup, j'ai sursauté quand il s'est retourné vers moi et je me suis obligée à détacher les yeux de son corps.

Je m'attendais à ce qu'il se fiche de moi, qu'il me balance un sourire désinvolte, qu'il blague, mais rien de tout ça. Il est simplement resté à me regarder fixement pendant de longues secondes, puis il s'est dirigé vers la voiture.

J'ai mis quelques secondes à décoller les pieds du sol. Je ne comprenais pas bien ce qui se passait. Qui était-ce et qu'avait-il fait de James Smith, le clown ?

— Et donc… ai-je commencé, indécise, essayant de lancer la conversation. Qu'est-ce qu'on va faire, exactement ?

— Moi, je coordonne pour que tout se passe bien. Toi, tu prends des notes pour ton article.

J'ai eu envie de saluer, doigts sur la tempe, en criant : « Oui, chef ! » Mais j'ai gardé le silence et observé, confuse, James changer de direction. Au lieu d'aller vers sa voiture, il partait vers ma maison. J'ai couru quelques pas pour le rattraper.

— Tu vas où ?

— Tu n'es pas habillée pour la circonstance. Il faut que tu te changes.

— Je croyais qu'il fallait venir dans une tenue confortable.

— Toi, non.

— On devait me fournir un uniforme.

— Ils ne vont rien te donner.

— Mais Alia m'avait dit…

Quand on est arrivés sur le seuil de chez moi, James s'est arrêté net. Comme il était juste devant moi, on s'est cognés. J'ai dû lever le menton pour pouvoir le regarder.

— Alia pensait que tu allais faire serveuse comme les autres, mais ce n'est pas le travail que je t'ai réservé.

J'étais déconcertée.

— Alors, je vais faire quoi ?

Pour la première fois depuis la conversation de jeudi, James m'a souri. C'était un de ces sourires suffisants, pas assez marqué pour être gênant, mais assez lumineux pour me donner des frissons.

— Ce soir, tu seras ma cavalière, Mackenzie Sullivan.

J'ai reculé d'un pas. Qu'est-ce qu'il racontait ?

— Je ne peux pas rester avec toi tout le temps, ai-je protesté, respirant avec difficulté. On est bénévoles, on ne peut pas...

James a ri. J'ai eu peur en voyant comme mon rythme cardiaque s'accélérait.

— Je ne suis pas un bénévole. On ne t'a pas donné le nom de l'entreprise, Mackenzie ?

Très lentement, j'ai articulé :

— JS... Tu es en train de dire que c'est ta société ?

— La mienne ? (Le rire de James devait résonner à deux kilomètres à la ronde.) Non, c'est celle de mon frère.

Ah, d'accord. Jack était plus âgé que nous. Il avait toujours été considéré comme un génie. Il avait même terminé ses études avant l'âge. J'avais entendu dire qu'il était devenu entrepreneur à succès, mais je n'avais jamais cherché plus loin.

— Il a toujours été fan de jeux vidéo, a-t-il commenté en haussant les épaules. C'était logique qu'il crée une boîte consacrée à ça après la fac.

— Et comment ça se fait qu'il participe à l'initiative avec le lycée ?

— Il n'y a pas qu'Alia qui est douée dans l'art du chantage.

Je ne comprenais pas à quoi il faisait allusion, mais je n'ai pas pu creuser : il a continué vers ma maison et s'est arrêté à la porte.

— Tu comptes entrer ? Il va falloir enfiler une robe.

*

James m'a lancé un coup d'œil désapprobateur avant d'accélérer pour s'insérer sur l'autoroute.

— Enlève les chaussures du siège.

— Elles sont propres, ai-je répondu, indignée.

— Pas autant que tu crois. Enlève-les.

J'ai soufflé avec humeur et reposé mes tennis en toile blanche sur le plancher. Je me suis redressée et j'ai contemplé les maisons et les arbres qui disparaissaient par la fenêtre.

— Alors, tu fais partie des maniaques de leur bagnole.

— Je suis pas maniaque de ma bagnole, s'est-il défendu en accélérant encore pour dépasser une Mini rouge. J'aime juste qu'elle reste propre.

Sans faire attention à lui, je me suis concentrée sur l'autoradio. Il était plus moderne que celui de Mason et je n'étais pas sûre de savoir l'allumer ni lancer une playlist.

— Je parie qu'elle a même un nom.

— Non.

— Bah, je suis sûre que si, ai-je dit en essayant tous les boutons. Ray, ça te plairait ? C'est un prénom populaire.

James a répondu par un grognement. OK…

— Je t'ai dit, ma voiture n'a pas de nom.

— Caramel ? C'est mignon.

— Arrête. Et arrête de tripoter le lecteur, tu vas finir par casser quelque chose.

J'ai éloigné la main en faisant la moue. Je ne me voyais pas capable de supporter un trajet en voiture avec James Smith sans musique pour alléger l'ambiance.

— En théorie, je peux pas le casser, à moins de taper dessus avec un marteau, ce qui, évidemment, ne cadrerait pas avec la tenue que tu m'as choisie.

Il m'a lancé un regard fugace et amusé. Pour une étrange raison, James avait l'air content de notre petite excursion.

— Je t'aurais bien laissée choisir, mais tu t'acharnes à porter des tennis avec ta robe !

J'ai voulu répondre, mais il a appuyé sur le seul bouton que je n'avais pas testé : la musique a résonné si fort que ma remarque s'est perdue. J'ai mis les mains sur mes oreilles pendant qu'il baissait le son.

— Tu as choisi mes habits, ma coiffure et même mon maquillage. Au moins, que je puisse marcher sans risquer de me tordre la cheville à chaque pas.

James a haussé les épaules et dépassé une autre voiture. Un petit enfant nous a fait coucou depuis l'arrière du monospace.

Après m'avoir fait retourner chez moi pour que je me change, James n'avait aimé aucune des robes de mon armoire et j'avais dû demander à ma mère de m'en prêter une. Je me suis donc retrouvée en espèce de tunique grise jusqu'aux genoux, au col rond et aux manches trois-quarts. Sous la ceinture, elle était étroite, et je trouvais qu'elle me faisait de grosses jambes. Dans une tentative désespérée de masquer la cata, je les ai couvertes d'un collant noir semi-opaque.

— De toute façon, m'a avertie James, j'ai emporté des chaussures à talon pendant que ta mère te maquillait. Leslie m'a aidée.

J'ai poussé un gémissement et me suis plaquée au dossier, sans force pour répondre. Je me suis contentée de lui balancer un coup de poing sur le bras, ce qui lui a fait perdre le contrôle du véhicule une seconde. Oups, ce n'était peut-être pas le moment pour ce genre de blagues.

— Tu vas un peu vite, ai-je protesté quand il a dépassé sa troisième voiture. Ça m'étonnerait que tu respectes les limitations.

James a souri franchement.

— Donc je peux ajouter la vitesse à la liste des choses qui te font peur.

Magnifique.

— Et il y a quoi d'autre, sur la liste ?

— Le noir, les araignées, les chiens et le sang.

C'était carrément flippant.

— Et comment tu sais ça ?

James a encore rigolé.

— Le sang, par ta façon de réagir le jour où tu t'es pris la porte du casier. D'ailleurs, ça va mieux ? On ne remarque presque plus la blessure.

Machinalement, j'ai porté la main au-dessus de mes sourcils. Je m'étais relevé les cheveux avec des épingles, laissant la cicatrice à découvert. Ma mère m'avait mis du fond de teint sur la ligne rosée qui tranchait encore avec ma peau. C'est ce moment qu'avait sans doute choisi James pour piquer les chaussures.

— Et les autres ? Comment tu le savais ?

— Ton article sur le sujet.

Je dois reconnaître que sa réponse m'a coupé le sifflet.

— Mon article ? ai-je répété.

— Je lis tes articles.

— Tu lis mes articles ?

— Ils sont drôles.

— Ils sont drôles ?

Il me jetait des coups d'œil sans détourner le regard de la route.

— Tu penses continuer à répéter tout ce que je dis ? C'est un peu énervant.

J'ai secoué la tête, perplexe.

— Désolée, je suis juste surprise. En fait, tu sais lire ?

— Ha ha, très drôle. Vraiment, Kenzie, je suis plié.

— Bon, sérieusement, je savais pas que tu lisais le journal du lycée.

— Mais je le lis pas.

— Hein ?

— Je lis juste tes articles. Ils sont drôles, comme toi.

Ça faisait un mois que j'avais écrit le dernier article, bien avant l'incident de ma liste. Avant même que je la rédige. J'ai rougi. À ce moment, les dernières notes d'une chanson laissaient la place à la suivante. J'ai profité de cette parenthèse pour changer de sujet, coûte que coûte.

— Les Killers ? ai-je demandé en montant le son. Je ne savais pas que tu aimais.

James m'a de nouveau lancé un regard fugitif.

— En fait, j'ai l'impression que tu ne sais pas grand-chose sur moi, Mackenzie.

J'ai gardé le silence pendant les minutes suivantes. James avait raison et ce qui m'a le plus fait peur, c'est de découvrir que j'avais envie de le connaître mieux.

Pour m'arracher à mes pensées embrouillées, je me suis concentrée sur les paroles de la chanson. Tellement concentrée que je me suis mise à chanter à voix haute. Détail qui n'a fait tilt que quand j'ai vu que James regardait plus à sa droite que vers la route, ce qui est vachement dangereux à plus de cent à l'heure sur l'autoroute.

— Non, allez, t'arrête pas !

Son ton moqueur ne m'inspirait pas assez confiance pour continuer. Je me suis mise à fixer la route, ce que James aurait dû faire aussi.

— On dirait un chat écorché, mais c'est sympa de t'écouter.

— C'est complètement illogique, ai-je répliqué, les joues enflammées.

— Je sais, mais je commence à m'y habituer. Quand je suis avec toi, tout est complètement illogique.

Il s'était mis à faire chaud d'un coup dans la voiture ou c'est que le soleil avait explosé ? J'ai résisté à l'envie de m'éventer de la main.

— Allez, Kenzie, désolé. Continue de chanter.

Je suis restée muette, à regarder par la vitre. Alors, James a dit quelque chose qui n'avait rien à voir et j'ai été obligée de réagir.

— Tempête.

— Quoi ?

— Tu as raison, je fais partie de ces maniaques de leur bagnole. La mienne s'appelle Tempête.

Non, pas possible… Sous ses taches de rousseur, pourtant, j'ai perçu un ton un peu rosé. Je me suis mise à rire.

— J'en étais sûre !

Cette fois, c'est lui qui a monté le son.

— Allez, Kenzie, chante. Tu en meurs d'envie

Après ce qu'il venait de me dire ? Sûrement pas.

Et là, c'est lui qui a commencé à chanter. Je n'ai pas pu résister. Je l'ai suivi.

On a éclaté de rire. J'ai fermé les yeux en sentant mon âme exploser dans mon corps, au rythme de la musique. Quand le refrain est arrivé, j'ai continué à chanter et James m'a accompagnée.

J'ai entrouvert les paupières pour l'observer et il avait les mains sur le volant et le regard rivé sur la route. Mon cœur battait si fort qu'il était prêt à se faire la malle.

C'est là que j'ai su. Je ne pourrais jamais réentendre cette chanson sans penser à lui.

*

Samantha Lopez venait de trébucher sur l'ourlet de son long pantalon de serveuse et de tomber en avant, entraînant Harry Parker, et, avec lui, un grand plateau de toasts crevette-mayonnaise.

J'ai rangé le carnet que m'avait donné James à notre arrivée et je l'ai cherché dans la salle, mais je n'ai pu voir que d'autres élèves habillés en blanc et noir, tous pareil, avec la même cravate noire démodée. Les regards haineux de certains ne m'ont pas échappé. Il y avait d'autres victimes de chantage, peut-être ?

Je me sentais carrément mal à l'aise dans cette ambiance, avec tous les autres qui travaillaient, sauf moi, qui me tournais les pouces. J'aurais peut-être pu aider en cuisine… Tant qu'il n'y avait pas besoin d'utiliser de couteaux, de feu ou tout autre élément dangereux, évidemment. Je cherchais une solution quand quelqu'un s'est adressé à moi :

— Mackenzie Sullivan ? C'est toi ?

En levant les yeux, j'en ai rencontré des verts qui m'ont paru familiers. Ils étaient plus clairs que ceux de James et tiraient sur le bleu.

Jack Smith.

— Jack ! (J'ai souri et je me suis laissé embrasser par mon ancien voisin.) Ça faisait longtemps.

Mensonge. Je l'avais vu ce jour même entrer chez sa mère, mais je n'avais pas envie de me perdre en explications, surtout concernant la raison qui m'avait empêchée de le saluer.

— Je ne t'avais pas vue depuis au moins trois ans, a-t-il approuvé. Tu as beaucoup changé. Et tu es plus grande.

J'ai froncé les sourcils avant de regarder mes pieds, puis je me suis appuyée à lui pour en lever un.

— Non, c'est les talons.

Eh oui, au bout du compte, mister Obsédé avait obtenu ce qu'il voulait et j'avais enfilé les engins de torture. Si je finissais par tomber et me tordre la cheville, ce serait sa faute. Et celle de la crème au chocolat qu'il avait renversée sur mes tennis en toile blanche. Dans ces moments-là, je le détestais.

Jack m'a regardée d'un air sceptique et a rajusté sa veste. Il portait une tenue très semblable à celle de James. Sans ses cheveux blonds, il aurait pu passer pour son jumeau.

— Toi avec des talons ? Si je me souviens bien, tu aimais jouer au lion et au chasseur avec ta sœur. Elle grimpait sur ton dos et tu la baladais à quatre pattes dans le jardin.

J'ai rougi. Ces infos étaient classées secret défense, même pour Mason.

— J'étais petite.

Il a ri et ses yeux ont brillé.

— Pas tant que ça.

Dans sa poche de veste, son portable a commencé à émettre une lumière rouge énervante. Il a consulté l'écran avec attention, puis a fait la grimace.

— Problèmes de gestion. Ça m'a fait plaisir de te voir, Kenzie. J'espère que tu écriras un bon article sur la soirée.

Je ne lui avais pas dit pour quelle raison j'étais là.

— Comment tu sais… ?

— J'ai mes sources, m'a-t-il interrompue en clignant de l'œil. Je les appelle « l'insupportable James ».

Au moins, on pensait la même chose de son frère.

De nouveau livrée à moi-même au milieu de ce décor fastueux, je me suis remise à chercher quoi faire.

C'était une salle de réception d'hôtel au plafond haut, avec d'immenses fenêtres et des tableaux d'artistes un peu connus. Il y avait même un grand escalier majestueux, et un lustre plus lourd que le béton dans lequel il était accroché. Un petit tremblement de terre et hop, par terre !

Essayant d'éviter la zone du lustre et d'esquiver les élèves en uniforme chargés de boissons et de nourriture, je suis arrivée saine et sauve sans pied foulé à une table où Melanie Stuart déposait de petits drapeaux sur des mini-sandwichs en triangle. Je me suis raclé la gorge pour attirer son attention. Elle a poursuivi sa tâche en me regardant à peine.

— T'as besoin de quelque chose ?

J'ai baissé le nez, nerveuse. Ce n'était peut-être pas une bonne idée.

Melanie a contourné la table pour attraper d'autres drapeaux et m'a écartée d'un coup de hanches.

— Si tu n'as besoin de rien, va-t'en. Je suis occupée.

Super.

— Je me demandais si je pouvais aider à quelque chose, ai-je fini par dire. Vous êtes tous en train de vous activer et moi, je me contente de prendre des notes…

— Tu vas salir ta robe.

— Bah, ça se lave.

— Toutes les tâches sont déjà réparties.

— Il doit bien rester quelque chose à préparer.

— Avec ces talons, tu ne pourras rien faire sans tomber.

— Je peux les enlever.

— Non.

— Mais…

Melanie m'a interrompue avant que mon insistance devienne idiote à un point dérangeant. Elle a arrêté de placer des drapeaux et s'est redressée. Elle me dépassait d'au moins une tête, donc elle en imposait.

— Écoute, Kenzie. Voilà la situation. Jack Smith a proposé cinq postes aux meilleurs bénévoles de ce soir pour l'été. Bien payés et avec les week-ends libres.

— Pardon ?

J'avais loupé quelque chose. Ni Alia ni James ne m'avait parlé d'une offre d'emploi saisonnier. Melanie a esquissé un geste, comme si ça n'avait aucune importance.

— Je me doutais que tu n'étais pas au courant. Pourquoi tu crois, sinon, qu'il aurait réussi à faire venir tant de lycéens un samedi soir pour faire le service gratuitement ? Tu es vraiment naïve.

C'est qu'elle commençait à me plaire ! Je n'étais pas naïve, c'est juste qu'on m'avait caché des trucs.

— On ne m'a rien dit.

— Surtout pas, a fait Melanie en reprenant son travail minutieux. Écoute, James est le frère du patron et on sait tous que tu es plus ou moins sa copine. S'il apprend qu'on t'a laissée travailler, ça va nous retomber dessus.

J'ai senti le besoin de me défendre.

— Je ne suis pas sa copine.

Melanie a fait mine de ne pas entendre et elle s'est mise à replacer les verres à vin déjà parfaitement alignés.

— Ta liste et ses effets ne passent pas inaperçus, tu sais. Pourquoi tu crois que Jane Tyler a fait du chantage à Alia pour qu'elle publie un article contre toi dans le journal du bahut ? Depuis que tu es devenue populaire, tu es un ragot ambulant et, maintenant, elle te déteste. Et beaucoup d'autres filles aussi.

Quelques secondes ont passé avant que je puisse articuler quelque chose de sensé.

— Quoi ?

C'est le plus cohérent qui m'est venu à l'esprit. Jane Tyler avait fait du chantage à Alia ? J'étais populaire ? Les filles me détestaient ?

Melanie avait l'air de perdre patience. D'ailleurs, elle a fini par reposer un verre sur la table avec tant de force qu'il s'est fendu. Elle m'a lancé un regard noir.

— Je vais t'expliquer, parce que tu me fais de la peine et que personne d'autre n'ose être sincère avec toi. Les filles te détestent. Pas toutes, hein, mais beaucoup. Jane Tyler en tête. Avant ta liste, on te connaissait seulement parce que Mason Carter est ton meilleur pote. Et d'un coup, Derek Anderson, le canon qui est trop bien pour avoir une copine, s'inquiète pour toi parce que tu t'ouvres le crâne. Tout le lycée sait qui tu es, même les première année, qui ont l'air de vivre dans leur monde. Tu t'es quasiment transformée en reine du bal sans fournir le moindre effort.

J'ai honte de l'avouer, je n'ai pas pu retenir mes larmes. De tout ce qu'elle me racontait, je ne retenais que le négatif. Elle a soupiré et elle a fait le tour de la table pour s'approcher de moi.

— Si ça peut te consoler, moi, je n'ai rien contre toi.

Une dans tout le lycée. Quelle consolation !

— J'ai peut-être exagéré en disant que tant de filles te détestent, a-t-elle continué pour essayer de me redonner espoir. C'est surtout Jane Tyler et sa bande, en fait.

Après ce qu'elle venait de me dire, je ne parvenais pas à la croire. Je voyais bien qu'elle était toute tendue en me tapotant le dos pour me réconforter. Et c'est à ce moment que j'y ai pensé : elle passait beaucoup de temps avec Alia.

Melanie a arrêté son tapotage et m'a regardée avec gêne.

— Jane et Alia sont sœurs. Elles en savent assez l'une sur l'autre pour pouvoir se faire des coups bas.

Je n'étais pas du tout au courant. J'étais rejetée dans mon propre lycée. Elles ne se parlaient jamais et paraissaient vivre dans des univers très différents. L'une était une idiote sans cœur et l'autre une avocate acharnée des causes perdues.

— Il n'y a pas grand monde au courant. Elles en ont toutes les deux honte, a poursuivi Melanie en se remettant au travail. Mais là, la rumeur court que c'est Alia qui a fait entrer de l'alcool au bal d'automne et son poste de rédactrice en chef est en danger. C'est n'importe quoi, mais elle adore.

Tout de suite, je me suis sentie encore pire. En réalité, Alia n'était pas maître-chanteuse, mais victime de chantage. Et évidemment, Jane Tyler était la plus grosse conne de l'histoire mondiale. Faire du chantage à sa propre sœur ?

— Je suis désolée. Il faudrait que j'aille lui parler.

— Ou pas, a répliqué Melanie. Si elle ne t'en a pas parlé, c'est pas pour rien.

J'ai acquiescé, sans plus trop savoir quoi dire. Ni faire. Je la détestais parce qu'elle flirtait avec Mason et elle essayait de m'aider alors qu'elle n'était même pas mon amie.

— Allez, arrête de faire la tête. Au moins, tu as James Smith qui est fou de toi.

Je me suis retournée vers Melanie. Cette fille était bipolaire ! Elle passait de la gentillesse à la colère sans prévenir.

— Mais non.

— Si. Et maintenant, tu vas me dire que toi non plus, tu n'es pas folle de lui.

J'ai bien senti que je rougissais et j'ai mené mon habituelle opération « cheveux qui couvrent le visage ».

— Je ne suis pas…

— Oh, y a pas de quoi avoir honte ! m'a-t-elle encouragée en me fourrant un triangle de sandwich avec drapeau dans la main. En plus, il paraît qu'il en a une grosse.

Au milieu de tant de confusion, je n'ai pas bien capté.

— Une grosse quoi ?

Il m'a fallu quelques secondes de plus pour compléter toute seule.

Melanie a rigolé sans retenue et m'a donné quelques tapes sur les omoplates avant de s'y remettre.

— Alors en fait, c'est vrai que les mecs aiment les filles innocentes.

J'ai tellement serré le sandwich que mes doigts ont traversé le pain de mie et se sont retrouvés enduits de mayonnaise. Il fallait que je sorte.

Je me suis dirigée vers la première porte que j'ai vue. Elle donnait sur un long couloir encombré de cartons des deux côtés. Je n'avais sans doute rien à faire là, mais retourner dans la salle me paraissait impossible et humiliant. J'ai continué et fini par trouver une issue vers une cour intérieure, à l'arrière de l'hôtel.

J'ai commencé à contourner le bâtiment pour retrouver une entrée, ou à défaut, un endroit où me cacher jusqu'à avoir le courage de réapparaître en public.

C'est là que je l'ai rencontré. Lui. Ou elle. Ce truc. Selon la connaissance et l'affection que tu as pour les animaux.

À environ cinq mètres, il y avait un chien noir, genre bouledogue, qui me regardait fixement, la gueule froncée, en montrant les dents. Et c'est sa façon de grogner qui m'a le plus alertée.

J'allais mourir.

J'ai reculé et mes talons ont dérapé sur les pavés de la cour. Le chien n'arrêtait pas de m'observer en grondant pendant que je tanguais. Je sentais mon cœur battre comme un fou. D'après ce que j'avais vu dans un film, parler aux chiens les rassure, mais la seule recommandation que j'arrivais à suivre à ce moment-là, c'était de ne pas courir.

J'ai réussi à reculer de quelques pas sans perdre l'équilibre, mais apparemment, ça n'a fait que l'énerver encore plus. J'ai commencé à avoir les jambes en coton et la vision brouillée. C'était la fin. J'ai fait plusieurs pas en arrière, toujours plus vite et, juste au moment où la créature a pris son élan pour bondir, j'ai fait la même chose. J'ai jeté le sandwich complètement en vrac et je me suis retournée pour m'échapper, aussi vite que mes jambes me le permettaient.

Je criais mais, au bout de trois mètres, je me suis rendu compte qu'il était impossible de m'enfuir. Il était très rapide et moi très embarrassée par ces maudits talons.

Mon destin était très clair. J'allais mourir entre ses griffes, vidée de mon sang et la peau en lambeaux. Non, mais j'exagérais peut-être. Après tout, il y avait sûrement des victimes d'attaque de chien qui restaient en vie. J'allais peut-être me retrouver complètement défigurée, mais vivante.

Ce qui s'est passé ensuite a été si rapide que j'ai à peine eu le temps de comprendre ce qui se produisait.

L'animal était à moins d'un mètre et l'un de mes talons s'est coincé entre les pavés. En essayant de le dégager, je me suis tordu la cheville et j'ai perdu l'équilibre. Non seulement j'allais mourir attaquée par un chien méchant, mais, en plus, il allait me piétiner.

Mais ce n'est pas arrivé.

— Assis !

James m'a rattrapée avant que je me vautre par terre et le chien a cessé d'aboyer dès qu'il lui a donné un ordre.

Dans les films, quand une fille va tomber et qu'un mec arrive au dernier moment pour l'en empêcher, la scène se déroule toujours de façon jolie, séduisante, et injustement élégante. L'injustice, pour moi, c'est que James ne m'a rattrapée qu'à quelques centimètres du sol, alors que j'allais m'étaler à plat ventre. Un peu plus et il voyait ma culotte. Heureusement, je me suis vite relevée et il a été suffisamment gentleman pour ne faire aucun commentaire à ce sujet.

Le chien était toujours là, assis, et nous regardait en remuant la queue. Ah, il pouvait faire l'innocent, oui !

— Ça va ? m'a demandé James, une main sur ma taille.

— Pas spécialement. (En prenant en compte mon rythme cardiaque complètement affolé et mes chevilles flageolantes, c'était beaucoup enjoliver la vérité.) Tu sors d'où ? T'es là depuis le début ?

James a fait un geste vers le chien, qui s'est remis à aboyer avant de s'éloigner de nous. Il s'est retourné vers moi avec un sourire qui hésitait entre l'amusement et la compassion.

Le salopard.

— Tu veux dire, est-ce que je t'ai vue te mettre à courir comme une hystérique pour fuir le chien qui voulait jouer avec toi ? Si c'est ta question, la réponse est oui.

Je répète : le salopard.

Je lui ai donné un grand coup de carnet sur le bras, mais ça n'a réussi qu'à le faire rire encore plus.

Troisième édition : le salopard !

— Alors pourquoi tu ne m'as pas aidée ? ai-je crié en le poussant un bon coup. J'ai failli me faire dévorer !

— Mais il voulait juste jouer !

— Jouer à qui croquera l'autre le premier, oui !

James a levé les sourcils et répondu :

— À ce jeu, je pourrais gagner.

Je lui ai lancé un regard méprisant et j'ai commencé à retourner à l'hôtel. J'avais mal à la cheville et mes tennis me manquaient.

— Allez, Kenzie ! C'était juste une blague !

James a couru pour me rattraper. Il a tenté de m'arrêter, mais je me suis dégagée et j'ai continué à marcher.

— Si tu veux bien m'excuser, j'ai des interviews à faire.

J'ai accéléré l'allure et lui aussi.

— Tu peux commencer par moi. Je te dirai tout ce que tu voudras sur le projet.

— Je préfère que ce soit ton frère qui le fasse, ai-je répondu en courant presque.

— D'accord, mais tu sais que Jack est dans la salle de réception, non ?

— Oui, et alors ?

— Et alors, on va dans la direction complètement opposée.

Je me suis arrêtée net et j'ai grommelé des insanités avant de me retourner en silence.

— Ben, techniquement, c'est pas non plus la bonne direction.

J'ai fermé les yeux et respiré profondément. Finalement, je n'allais pas mourir, mais quelqu'un ne réchapperait pas à la soirée. Inutile de préciser que James s'est esclaffé. Il m'a pris le bras et m'a guidée à travers l'hôtel. Dans ma tête, j'ai prié pour ne pas recroiser de chien. Si je devais monter sur le dos de James pour éviter de me faire mordre, ce serait très humiliant. Je ne veux pas paraître prétentieuse, mais il ferait un meilleur appât que moi et il ne manquerait à personne.

Quand on est rentrés dans la salle, j'avais les pieds en feu, la cheville enflammée et James continuait de m'agripper le bras sans vouloir me lâcher.

Je n'ai rien fait pour l'éviter.

J'ai regardé Jack, qui parlait avec Melanie. Elle était encore plus imposante. Était-ce une tactique pour l'impressionner et avoir le job ?

— Toi aussi, tu essaies d'avoir un boulot pour l'été ?

— Qui t'a raconté ça ?

James était surpris, ce qui m'a fait sourire.

— Je ne révèle jamais mes sources.

Il a soupiré et m'a enfin lâché le bras… pour mieux refermer sa main sur mon coude. Je n'ai pas pu réprimer un frisson. Quand il a cligné de l'œil, j'ai eu envie de mourir.

— Voilà une vraie journaliste, exactement ce que je recherchais pour la soirée. Tu en parleras dans l'article ?

J'ai hésité. Ça ne m'était pas venu à l'esprit, mais c'était une info très précieuse. Je voyais déjà le titre : « Ce que cache l'intérêt des lycéens pour le bénévolat ». Au moins, ce serait mieux que « Tentative d'assassinat d'un chien perdu sans collier sur une journaliste à talons ».

— Ça pourrait servir à attirer du monde l'année prochaine.

Il a fait glisser sa main sur mon avant-bras.

— Tu viendrais, toi ?

J'ai haussé les épaules et je me suis remise à observer Melanie, qui avait l'air de flirter avec Jack. Et elle se débrouillait bien. Elle avait même défait le dernier bouton de sa chemise pour attirer le regard.

James me caressait toujours le bras par-dessus ma robe et j'avais de plus en plus de mal à respirer. Quand il est descendu sous la manche trois-quarts et m'a frôlé la peau, mon pouls s'est lancé dans un marathon silencieux.

Je savais ce qui allait se passer, j'étais tendue à mort, mais je n'ai pas cherché à l'éviter.

Les doigts de James ont joué autour de mon poignet et, finalement, franchi la limite et il a pris ma main.

Le premier contact de ses doigts avec les miens a été maladroit et moqueur, comme pour tâter le terrain. Mais constatant que je n'écartais pas ma main, la caresse a pris la douceur et le naturel d'une feuille qui tombe au sol. Je ne pensais qu'à nos mains unies, à sa peau contre la mienne. Plus rien n'avait d'importance en dehors du petit monde qu'avaient construit nos doigts.

Jusqu'au moment où mon téléphone a vibré.

Sans regarder James ni séparer nos mains, j'ai sorti le portable de ma poche et affiché le message à l'écran. Et tout s'est envolé en un instant. J'ai de nouveau été consciente du brouhaha dans la salle, des manœuvres d'approche de Melanie, du travail des serveurs d'un soir... Et James m'a lâché la main, ce qui a terminé de rompre le charme.

J'ai scruté James, qui avait les yeux fixés sur le texto. Il s'est écarté et raclé la gorge. Pour une raison très étrange, je me suis sentie mal.

— Je... Je crois que... je vais aller parler à Jack. Il faut que je le récupère avant que Melanie le demande en mariage juste pour un boulot d'été.

J'ai hoché la tête et baissé de nouveau la tête sur mon téléphone. Il me fallait toute ma volonté pour me concentrer sur le message.

MASON : Je sais que tu ne veux pas que je m'inquiète,
mais c'est impossible avec toi. BatMason peut être très bête,
mais il est toujours au taquet.
Souviens-toi, le numéro d'urgence n'est pas celui que tu crois.
Appelle-moi, moi.

CHAPITRE 11

— Un verre, Mackenzie ?

Dans la salle, différents groupes de personnes en tenue de soirée évoquaient des négociations ennuyeuses. J'ai regardé Melanie, qui transportait un plateau garni de coupes de champagne.

— Tu sais bien que j'ai pas l'âge.

— Comme si c'était un problème. En cuisine, c'est la fiesta en ce moment et avec de la liqueur hyper chère.

Elle a souri et m'a tendu la coupe. Bon, ce n'est pas comme si c'était tous les jours. J'ai rangé mes notes sur les invités et leur mépris pour les toasts crevette-mayonnaise et j'ai accepté. J'ai humé le liquide doré et l'ai approché de mes lèvres. Les bulles m'ont chatouillé le palais.

Melanie a posé le plateau sur une table et m'a rejointe, observant les convives.

— Ah, Jack est là-bas. Il est trop beau en costume.

J'ai masqué mon sourire. Jack comme James avaient une sacrée allure en costard. James encore plus, peut-être, parce qu'il avait des muscles plus définis. Jack était plus grand et mince.

J'ai secoué la tête et bu une nouvelle gorgée. Mais à quoi je pensais ?

— Tu t'imagines danser avec lui ? a dit Melanie en regardant Jack avec une expression émerveillée. Je suis sûre qu'il sait bouger son corps.

Là, je n'ai pas pu m'empêcher de rire. Jack ne savait pas danser. Ils avaient fait une fête dans le jardin pour son quinzième anniversaire et je ne pourrai jamais oublier l'image de Jack essayant de suivre le rythme de la *Macarena.*

— Tu n'as qu'à vérifier, toi, l'ai-je encouragée en levant mon verre trop vite, ce qui a fait déborder un peu de champagne. C'est Jack, il te dira sûrement oui.

Melanie a fait une moue dégoûtée.

— En uniforme ? Si encore j'avais une robe…

— Je peux te prêter la mienne, ai-je proposé.

— Non merci. Sans vouloir t'offenser, elle me ferait une chemise.

C'est vrai, elle était largement plus grande que moi.

On a gardé le silence quelques instants sans cesser d'observer Jack. Il riait avec un groupe de gens de son âge, peut-être des collègues de travail. À le voir comme ça, il ressemblait beaucoup à l'ado qui était parti étudier à l'étranger après son bac. Je me demandais comment James avait vécu le départ de son frère, à l'époque.

— Tu veux mon avis ? Jack se fichera bien de ce que tu portes. Bien sûr qu'il acceptera de danser avec toi.

— Alors que je travaille pour lui ce soir ?

— Ça rend les choses encore plus intéressantes.

Melanie m'a regardée et m'a souri. Elle a défait sa queue-de-cheval, a détaché un bouton de sa chemise et a pris une grande inspiration.

— OK, je vais lui demander. (Elle a baissé la voix.) Tu crois que lui aussi, il en a une grosse ?

J'ai rougi, mais je suis restée suffisamment digne pour la pousser un peu vers Jack. Elle m'a lancé un clin d'œil.

— Tu es drôle, Kenzie. Faudrait qu'on se voie en dehors du lycée, un de ces jours.

Depuis mon emplacement stratégique, à côté des toasts délaissés et avec un bon mur auquel m'appuyer, j'ai étudié l'approche de Melanie. Elle a tapoté l'épaule de Jack pour attirer son attention, a joué avec ses cheveux tout en le regardant dans les yeux et ils ont parlé un moment. Puis Jack a abandonné ses collègues. Il n'a pas dansé avec elle, mais ils sont restés ensemble jusqu'à la fin de la soirée.

— On m'aurait dit il y a quelques années que mon frère aurait du succès auprès des filles, j'aurais eu un bon fou rire.

J'ai sursauté et porté la main à mon cœur en faisant jaillir le fond de mon verre.

— C'est du champagne ? s'est enquis James avec curiosité, avant de me retirer la coupe pour la poser sur la table. On ne sert pas les moins de vingt et un ans, ici.

Sans faire attention à lui, j'ai pris mon téléphone. Cinq appels manqués de Mason et deux textos demandant comment se passait la soirée. J'ai éteint l'appareil et je l'ai rangé, en me sentant tout de même coupable. Je ne répondais pas aux messages de Mason et, le pire, c'est que je n'en avais pas envie. Je ne comprenais pas ce qui se passait.

— Tu veux danser ?

Je me suis retournée vers James, abasourdie. Il me tendait la main et le vert de ses yeux brillait sous le lustre. Mon ventre s'est noué. Et si j'acceptais, qu'arriverait-il ? On serait très près l'un de l'autre et je ne pouvais pas garantir les réactions de mon corps.

J'ai décliné comme je pouvais.

— Vaut mieux pas, j'ai hyper mal aux pieds.

Le sourire de James a disparu un instant, puis il est revenu.

— Juste une danse ?

— James, c'est toi qui m'as obligée à mettre ces trucs. Je t'avais dit qu'en tennis…

— Tu peux te déchausser, m'a coupée James.

— Tu rigoles ? Je reconnais que ça me donne très envie, mais se balader en collants au milieu d'une réception huppée, ça le fait pas.

James m'a observée un instant.

— Tu as peur de ce que vont penser les autres.

— Quoi ?

Il a approché son visage du mien et ses yeux se sont retrouvés devant moi. J'ai avalé ma salive.

— Allez, Kenzie, tu es comme tout le monde. Tu dis que tu te fiches de ce que les gens pensent, mais en fait, tu veux être acceptée.

— Tu m'avais pas dit que j'étais différente ?

— Tu l'es.

Là-dessus, il a commencé à défaire ses lacets. Ce mec était impossible à suivre.

— Qu'est-ce que tu fais ?

Il m'a souri d'en bas en plissant les paupières, ce qui lui donnait l'air d'un petit garçon.

— J'enlève mes chaussures.

Sous mes yeux ébahis, il a terminé et mis ses chaussures sous une table. Il s'est relevé et m'a scrutée.

— Je sais que tu en as envie. S'il faut se couvrir de ridicule, on n'a qu'à le faire ensemble.

Je n'ai pas pu m'empêcher de sourire. James n'arrêtait pas de me surprendre. Plus je le connaissais, moins il était le clown débile pour lequel je l'avais toujours pris. Plus je le connaissais, plus il me plaisait.

J'ai secoué la tête, sans parvenir à croire ce que je m'apprêtais à faire. Je me suis appuyée à son épaule et j'ai levé un pied après l'autre pour me libérer des talons. Mes pieds ont soupiré d'aise en sentant la fraîcheur du sol.

— Tu vois ? Tu souris. Je savais que c'était ce que tu voulais.

Sans me donner le temps de répondre, James m'a prise par la main et entraînée vers la piste, alors que personne ne dansait. Impossible de ne pas attirer l'attention. Et pourtant, je me suis éclatée.

Quand la fête a touché à sa fin et que la plupart des invités étaient déjà partis, j'ai réalisé que je venais de passer plus d'une heure à danser et rire avec James. Quelque chose avait changé.

On se rechaussait quand Jack s'est approché.

— Je me fais des films, ou il y en a qui se sont bien amusés, ce soir ?

Jack a souri à son petit frère, qui a levé les yeux au ciel et l'a poussé en se relevant.

— Oh, la ferme.

Jack a ri et m'a tendu la main pour m'aider à me redresser à mon tour. Je l'ai acceptée avec le sourire.

— J'espère te revoir bientôt, Kenzie. Si tu as besoin de travail pour l'été, n'hésite pas à m'en parler.

— J'y penserai.

Après avoir ébouriffé les cheveux de son frère, il est reparti voir le gérant de l'hôtel. James m'a pris le bras pour sortir.

— Un long voyage retour nous attend.

— Je peux choisir la musique ?

— Et passer une infâme zique commerciale dans ma belle voiture ? Je préférerais être sourd.

Je lui ai donné un discret coup de coude dans le ventre et j'ai eu la satisfaction qu'il pousse un cri de douleur. La douceur de la vengeance…

La suite a été bizarre. Même si on s'est disputés pour le choix de la musique et que je l'ai embêté en mettant les pieds sur le siège, il s'est passé quelque chose. À notre arrivée chez nous, quand on est descendus de voiture, un silence s'est produit. Aucun de nous n'a parlé. Aucun de nous n'a fait mine de s'éloigner. Aucun de nous deux n'avait envie de dire au revoir. Et pour rendre la situation encore plus tendue, aucun de nous ne savait comment s'y prendre.

James avait contourné le véhicule et se trouvait en face de moi. J'étais dos à nos maisons, ce qui signifiait qu'il avait le visage dans le noir, alors que le mien était illuminé. J'étais inquiète de ne pas le voir tout en étant aussi exposée. Plus le temps passait, plus le malaise augmentait.

— C'était une chouette soirée.

— Tu me plais, Mackenzie.

On avait parlé en même temps, mais seuls ses mots à lui ont résonné.

J'ai cligné des paupières, sonnée, et j'ai baissé les yeux. James s'est raclé la gorge. On n'était pas très doués.

— Et j'ai bien vu que tu me mangeais du regard tout à l'heure.

Évidemment, il était pire que moi. Super façon de rompre le charme. Je lui ai lancé un coup d'œil indigné.

— Pas du tout !

Il a eu un sourire en coin, s'est penché vers moi et, je vous jure, j'ai senti mon cœur s'arrêter.

— Oh, si, Mackenzie. Comme si j'étais le hamburger préféré de ta liste. Limite, tu me dévorais. Et je dois te dire, ça m'a plu.

J'ai mis une main sur son torse pour rétablir un peu de distance entre nous.

— Tais-toi, tu vas finir par m'ouvrir l'appétit !

Et c'est reparti pour un silence inconfortable. L'un des deux devait faire le deuxième pas. C'est James qui s'y est collé, mais pas vraiment comme je m'y attendais.

— En fait, l'autre jour, quand tu m'as rejeté…

— Je ne t'ai pas rejeté.

Ses yeux ont brillé.

— C'était la même chose, Kenzie. Et là, ça m'a… ça m'a fait mal. Je t'ai évitée tout le vendredi et j'ai vraiment pensé annuler pour aujourd'hui. J'ai imaginé des milliers de prétextes, mais je suis pas arrivé à me décider. Et puis, tu as débarqué chez moi… Quand je t'ai vue, j'ai su que je ne pourrais pas t'échapper, même si je le voulais.

Oh, punaise, il se déclarait. Oh, punaise, pour la deuxième fois. Et en plus intense, je dois ajouter. Tout ce que j'ai trouvé à dire, c'est :

— Pourquoi tu voudrais m'échapper ?

— Parce que tu me plais, Mackenzie. Comme jamais aucune fille avant toi. Je suis scié. Et ce n'est pas seulement parce que je te trouve jolie. Ça me plaît aussi que tu sois folle, rigolote, puérile, maladroite, bébête.

— Stop, les compliments, c'est trop !

James a ri et il a emmêlé les doigts dans mes cheveux. Mon dos a heurté la portière fermée de la voiture et je n'arrivais pas à détacher mes yeux des siens.

— Tu me rends dingue et je n'arrive pas à te sortir de ma tête.

— Mais pourquoi maintenant ?

Il a avancé d'un pas. Les pointes de nos chaussures se touchaient.

— Je me pose la même question ! Mais j'en suis là. Je n'arrête pas de penser à toi.

— C'est à cause de la liste.

— Non. C'était juste mon prétexte pour t'approcher. Même si j'avoue que ça m'a surpris. Ton « jamais de la vie » ?

— Je pensais que tu étais un bouffon qui se la pétait.

Il a approché son visage du mien. Je pouvais apprécier la perfection des taches de rousseur sur son nez.

— Et maintenant ?

J'ai secoué la tête.

— Plus du tout.

Ses yeux ont voyagé jusqu'à ma bouche et, oui, j'avais envie qu'il m'embrasse. Ses paroles étaient un ronronnement attirant.

— Mackenzie Sullivan, je vais t'embrasser. Si tu ne veux pas, tu n'as qu'à le dire et je m'arrête.

Il s'est encore penché vers moi.

— Dis-le.

J'ai relevé le visage.

— Dis-le maintenant.

Nos nez se sont touchés.

— Ou maintenant.

J'ai retenu ma respiration.

— Plus maintenant.

Ce premier contact a été étrange. Électrisant, doux, éphémère. Un effleurement qui a duré à peine quelques secondes. Comme pour me faire souffrir encore plus, James a légèrement reculé la bouche, mais en gardant le nez contre le mien. Je sentais chaque partie de son corps collé au mien, j'en avais des fourmis partout.

J'ai rouvert les yeux et découvert qu'il les avait toujours fermés. Il les a rouverts aussi, lentement, en profitant du moment. Il m'a brûlée de son regard tout en évaluant ma réaction.

Après un sourire imperceptible, il a posé des mains hésitantes sur mes hanches et m'a embrassée.

D'un coup, je n'ai plus pu entendre, ni voir, ni sentir... Il ne me restait que le sens du goût, pour savourer les courbes de sa bouche. Et du toucher, pour profiter de chaque caresse sur ma hanche, de chaque baiser.

À mesure que l'excitation montait, j'ai aussi perdu le sens de la décence et de la mesure. Je n'ai pas pu résister à l'impulsion de nouer les bras autour de son cou pour attirer son corps plus près du mien, autant que possible.

Ce n'était pas un baiser affamé ni désespéré, mais passionné, oui. Quand nos lèvres se sont séparées et que j'ai détendu les bras, ma respiration était saccadée. James continuait de me caresser la hanche.

J'avais entendu parler du moment qui précède le baiser. Il paraît que c'est le meilleur. Et aussi de l'instant même où les lèvres se touchent. Mais je n'avais jamais eu d'infos sur le moment d'après. Il faudrait écrire un livre sur les moments d'après avec James Smith.

Ses yeux verts, sombres dans la pénombre, trahissaient une intensité folle. Nos respirations étaient entremêlées. Il n'avait qu'à me regarder pour que j'aie les jambes qui tremblent. Je me sentais la chose la plus précieuse au monde, comme si ce baiser était la meilleure réussite de James.

Je me sentais incroyablement bien, désirée et aimée.

Je n'avais pas été avec beaucoup de mecs dans ma vie, c'est clair.

— C'était…

Je ne savais pas bien comment exprimer mes sentiments, mais James m'a interrompue en m'embrassant de nouveau.

On était devant chez moi. Chez nous. À la sortie d'un bal.

Je pensais que ces choses n'arrivaient que dans les films. C'était surréaliste que ça m'arrive à moi, Mackenzie Sullivan, la fille aux listes, la fille qui n'en loupait pas une, la fille amoureuse de son meilleur ami…

Le visage de Mason est passé fugacement devant mes yeux, avec ses fossettes et sa tignasse toujours en bataille.

J'ai repoussé James.

— Qu'est-ce que tu as ?

Il m'a regardée, stupéfait. Je me suis insultée moi-même intérieurement. Après un premier baiser hallucinant, je venais de gâcher le deuxième. Mais il s'était passé la dernière chose qui doit arriver quand tu embrasses quelqu'un : penser à quelqu'un d'autre.

Mason. Mon meilleur pote. Celui dont j'étais amoureuse depuis si longtemps. Et qui ne me le rendait pas. Pas possible, même quand James était en train de m'embrasser, que je découvrais des sensations nouvelles, j'étais incapable de l'oublier.

James m'a prise par le poignet pour m'empêcher de partir sans rien dire. Il avait les joues toutes rouges et les yeux très sombres. J'avais envie de l'embrasser encore, mais je ne pouvais pas.

— J'ai fait quelque chose de mal ? m'a-t-il demandé à mi-voix, d'un ton blessé. Si c'est le cas, je suis désolé. Je t'ai prévenue que si tu ne voulais pas… Et tu m'as vraiment donné l'impression que tu étais d'accord. Excuse-moi, Mackenzie, je…

— J'ai adoré, James, l'ai-je interrompu en lui posant le doigt sur les lèvres. C'était le meilleur baiser de ma vie, vraiment.

Il n'avait absolument pas l'air convaincu. Déçu, oui, par contre. Et ça n'allait qu'empirer.

— Mais…

— C'est ma faute, James. J'adore comment tu embrasses et… crois-moi, j'ai très envie de recommencer. Mais je peux pas.

Il a refait un pas vers moi. Son parfum a de nouveau envahi mes sens. Il allait rendre les choses difficiles.

— Pourquoi ?

Je l'ai regardé en me mordant la lèvre. Il fallait que je lui dise. Je ne pouvais pas lui cacher mes sentiments, même si ça lui faisait mal. En plus, je n'étais pas douée pour garder les secrets. Il n'y a qu'à voir ce qui est arrivé à ma liste.

Mais je n'ai rien eu besoin de dire, parce qu'il a marmonné :

— Mason.

J'ai baissé le regard et reculé. Il n'a pas essayé de me rejoindre. Ce qui faisait mal.

— Je ne peux pas. Je ne peux pas t'embrasser si…

— Si tu es en train de penser à lui. Tu sais ce que ça me fait ?

Je me suis mordu la lèvre encore plus fort. C'était compliqué, mais je l'avais cherché. J'étais trop bête, le minimum, c'était de l'assumer. James ne méritait pas une Kenzie qui se défile.

Je l'ai regardé de nouveau. J'ai eu la surprise de le découvrir ni fâché, ni énervé, ni blessé. Bon, peut-être blessé, mais il le cachait par un sourire doux, délicat, parfait. Ce serait très gnangnan de le qualifier de tendre, mais c'est le terme le plus adapté.

Je n'y comprenais rien.

— Je veux sortir avec toi, Kenzie, mais pas comme ça. Si je dois attendre que tu oublies Mason, j'attendrai. Et ne pense même pas à dire que tu ne m'en crois pas capable, parce que je t'embrasserai encore et, cette fois, tu ne me repousseras pas.

J'ai cligné des yeux, étourdie par son attitude fairplay. Je savais ce qu'il faisait : il m'enlevait un poids, il supportait stoïquement mon rejet et il me consolait.

— Merci.

James a acquiescé et s'est éloigné vers sa maison.

— Ça ne signifie pas que je renonce, Sullivan ! m'a-t-il lancé en marchant sans me quitter des yeux. Tu sais que je serai ton plan A !

J'ai ri, même si c'était plutôt une combinaison de hoquets et de sanglots. J'ai attendu que James soit arrivé sur sa terrasse, puis je me suis dirigée vers chez moi, en priant pour que ma mère et Leslie ne soient pas dans l'entrée et n'aient pas entendu la conversation. Je n'avais aucune envie de parler de ce sujet avec elles.

Mais le destin est joueur. Non, aucune des deux n'était derrière la porte. C'était quelqu'un d'autre qui se trouvait devant…

Je ne me suis pas rendu compte que je réduisais autant l'allure, jusqu'au moment où j'ai freiné à quelques mètres de Mason. Mon corps a réagi comme à une agression, en se mettant progressivement en silence, au point que je ne m'entendais même plus respirer. Les ondes entre nous étaient clairement négatives.

À trois mètres de distance, il m'a foudroyée du regard.

— Salut, ai-je balbutié.

Pas de réaction. Je me suis balancée d'un pied sur l'autre. Je détestais quand personne ne parlait et que c'était le malaise. J'ai décidé de commencer par la question la plus évidente.

— Qu'est-ce que tu fais là ?

— Tu n'as pas répondu à mes messages, a-t-il lancé, hypersec et sans émotion.

— J'étais occupée. Désolée.

Il s'est approché de moi. Je ne l'avais jamais vu aussi sérieux.

— Ouais, j'ai compris. Smith a l'air de t'occuper beaucoup.

J'ai rougi. Il nous avait vus nous embrasser, et...

— Tu nous as entend...

— Oui.

J'ai fermé les yeux. Je n'arrêtais pas de me planter.

— Mason, je...

Il m'a coupée si brusquement que je n'ai pas pu m'empêcher de sursauter et reculer.

— T'as répondu à aucun de mes messages ! Tu t'imagines comme j'étais inquiet !

Mais pourquoi il me criait dessus ? Notre amitié était en jeu, encore une fois.

Il est venu poser les mains sur mes bras et a parlé plus doucement. Mon estomac s'est noué quand il a planté ses grands yeux marron dans les miens. J'y discernais le désespoir.

— J'ai eu aucune nouvelle pendant des heures. On devait rester en contact, Kenzie. Je me faisais tellement de souci que je suis venu voir ce qui se passait. Je devenais parano. Je suis con, non ? Moi qui avais peur que Smith te fasse la vie dure alors que vous étiez hyperoccupés à vous bécoter.

— Mais, Mason, je t'ai répondu que tout allait bien se passer. Pourquoi tu te mets dans cet état ?

— Pourquoi je me mets dans cet état ? s'est-il énervé. Pourquoi tu embrasses ce con ?

S'il continuait sur ce ton, il allait réveiller les voisins. Ou ma mère et Leslie, et il faudrait que je leur raconte tout. Ou pire, James. Je préférais ne pas découvrir ce qui se passerait dans ce cas.

— Mase, s'il te plaît, calme-toi.

— Me calmer ? a-t-il répété en levant un doigt indigné. Je suis très calme, Mackenzie.

C'était le maximum d'ironie que pouvait se permettre quelqu'un de complètement hystérique. Et il commençait à sérieusement m'énerver aussi.

— C'est évident, monsieur « J'élève la voix pour que tout le quartier m'entende » !

— Ne discute pas, Mackenzie.

J'ai baissé les bras sur mes hanches, juste là où James m'avait caressée quelques minutes plus tôt. Un frisson m'a parcouru le corps.

— Je ne peux pas discuter, mais toi, tu peux gueuler ? Je comprends pas, là. Je t'ai dit que tout allait bien et que je t'écrirais en cas de problème ! C'est juste que je n'ai pas répondu à tes messages, et je t'ai déjà demandé pardon ! Qu'est-ce que tu veux de plus ?

Il s'est montré plus direct que je n'aurais cru :

— Que tu n'embrasses pas Smith !

J'étais tellement furieuse que j'avais du mal à respirer. C'était déjà l'image de Mason qui m'avait gâché mon baiser avec James, alors c'était la dernière personne dont j'avais envie d'entendre les sermons.

— Tu te prends pour qui, pour décider des garçons que j'embrasse ou pas ?

— Je suis ton pote.

Mon pote, évidemment. J'ai serré les poings. C'était moi qui étais furieuse, maintenant.

— Mais justement ! Tu es mon pote, rien de plus, ça ne te donne aucun droit de décider qui j'embrasse !

Il s'est assombri. J'en avais la chair de poule. Nos cris devaient s'entendre dans tout le voisinage.

— Tu sais quoi ? T'as raison ! Je suis qu'un pote. Retourne le voir et laisse-le te rouler des galoches !

J'ai enfoncé les ongles dans mes paumes si fort que je me suis fait mal, mais sa manière de s'adresser à moi était encore plus douloureuse. Comme si j'allais me laisser peloter par le premier mec qui passait.

— Je voudrais bien, mais j'y arrive pas, ai-je répondu sans me contrôler.

— Ah oui ? a-t-il fait d'un air méprisant. Et pourquoi ?

— À cause de toi ! ai-je crié avec rage et impuissance. Je n'ai pas pu continuer à l'embrasser à cause de toi ! Parce que je suis amoureuse de toi depuis super longtemps, et que j'essaie de te traiter comme un copain et que ça marche plus, d'accord ?

Mason m'a dévisagée en silence. Il est resté figé de surprise, la bouche arrondie. L'air devait s'être bloqué dans ses poumons aussi. J'en ai profité pour balancer quelques derniers mots, de ceux qui font mal.

— Je t'aime, mais je suis juste une copine.

Sans attendre de réponse, j'ai usé de toute ma volonté pour courir dans la maison sans me retourner. Il ne m'a pas rappelée et je n'ai pas regardé en arrière, même quand je l'ai frôlé au passage. Je ne me suis pas arrêtée non plus quand la porte s'est refermée en claquant ni quand ma mère est sortie de sa chambre pour me demander si j'allais bien. J'ai couru jusqu'à mon lit et étouffé mes sanglots sous l'oreiller. Je n'avais qu'une chose en tête.

Notre amitié était morte et enterrée.

CHAPITRE 12

Enroulée entre les draps, je me retournais dans mon lit sans me décider à me lever. J'avais passé la nuit du samedi et tout le dimanche planquée dans ma chambre, à regarder des vieilles sitcoms et à me gaver de glace au chocolat. James était venu, mais ma mère et Leslie ne l'avaient pas laissé monter. Tant mieux. Je n'étais d'humeur qu'à pleurer sur mon amitié perdue en écoutant du Taylor Swift et en me lamentant sur ma misérable existence.

L'absence de Mason n'est pas passée inaperçue.

Je suis restée isolée du monde jusqu'au moment où ma sœur a ouvert la porte, endormie et énervée.

— T'es saoulante quand t'es triste. Arrête cette musique ou je vais devoir jeter ton lecteur par la fenêtre.

Voilà pour mon merveilleux début de semaine. Bien sûr, ma mère m'obligeait à aller au lycée malgré ma dépression subite. Et on ne me laissait même pas relâcher la pression sans critiquer mes goûts musicaux. Merci, le soutien familial.

Je me suis levée au ralenti. Chacune de mes articulations se plaignait au moindre mouvement. Je les entendais presque. J'ai sorti un jean et un pull et, une fois habillée, m'arrêter devant le miroir ne m'a pas aidée du tout.

J'avais les yeux creusés d'avoir tant pleuré, des cernes bleutés… J'avais l'air d'une zombie défoncée. Quant à mes cheveux… c'était une catastrophe. Ma vie me dégoûtait. Le monde me dégoûtait. Tout me dégoûtait.

Ça se remarque que j'avais le moral, non ?

— Tu penses te suicider là-dedans, ou tu comptes descendre prendre ton petit déj un jour ?

J'ai plissé les yeux vers la porte et maudit mon adorable et compatissante petite sœur à voix basse.

Je n'ai pas répondu et je me suis fait une queue haute en gardant la frange comme unique moyen de dissimuler ma sale tête. J'ai appliqué un peu de fond de teint, mais rien d'assez miraculeux pour mettre fin au désastre.

Leslie attendait devant la salle de bains, énervée. Elle a soupiré et m'a tapoté le bras pour m'encourager avant de s'enfermer à son tour. Si même mon insupportable petite sœur avait de la peine pour moi, c'est vraiment que j'étais au trente-sixième dessous. Avec un peu de chance, je pourrais passer à l'infirmerie en arrivant au lycée et…

Merde. Pour arriver au lycée…

Un son sourd s'est échappé de ma gorge et je me suis effondrée au milieu du couloir. Alors que je n'avais pas arrêté de retourner des trucs dans ma tête depuis hier, comment n'avais-je pas pensé à ça ? Qui allait m'amener au bahut ? A priori, ça ne serait pas Mason.

J'ai regardé l'heure sur mon téléphone. Il était encore assez tôt. Si je ne mangeais pas et que je partais tout de suite, je pourrais arriver à temps pour la fin du premier cours. Mieux que rien. De toute façon, grâce aux bacs entiers de glace au chocolat engloutis la veille, j'avais perdu l'appétit pour ce qui restait de la semaine.

J'ai posé mon sac sur mon épaule et je suis descendue en courant. Ma mère a essayé de m'intercepter à l'entrée, mais mon humeur était en dessous de la ligne « petite discussion avec maman ». Je l'ai esquivée avec une telle adresse que je me suis demandé si je ne devais pas m'inscrire à l'équipe d'athlétisme.

J'en étais là, à me distraire par des débilités, quand en sortant, je me suis cognée contre quelqu'un. J'ai perdu l'équilibre et je suis partie en arrière. Quand j'ai pu me remettre sur mes deux pieds, je l'ai regardé, perplexe. Au secours ! Après ce qui s'était passé, comment est-ce qu'on devait agir ?

— Bonjour, m'a-t-il saluée.

Incapable d'improviser une réplique cohérente, j'ai seulement pensé à la plus absurde :

— Qu'est-ce que tu fais là ?

James a serré les lèvres et s'est décalé sur le côté. Il m'a regardée de haut en bas : queue-de-cheval, cernes, pull de travers. Je savais que j'étais affreuse, mais il a eu la décence de ne faire aucun commentaire. D'ailleurs, il avait l'air préoccupé.

— Je me suis dit que tu avais peut-être besoin de quelqu'un pour t'emmener au lycée…

Pourvu qu'il n'ait rien entendu, pourvu qu'il n'ait rien entendu…

— … avec la conversation que tu as eue avec Mason samedi…

Merde.

Il m'a entraînée vers sa voiture.

— Allez, t'as l'air affamée. Je t'invite à un petit déj sur la route.

*

L'odeur de café et de pain grillé était délicieuse. J'ai voulu protester, mais apparemment, j'avais une mine tellement piteuse qu'il m'a obligée à manger quelque chose.

— Juste dix minutes, et puis il faut qu'on aille en classe.

— On va arriver en retard, ai-je objecté, comme si ça me dérangeait.

James a fait signe que non et m'a tendu un tabouret au bar pour que je m'asseye.

— Tu as besoin d'une dose de caféine avant d'entamer la journée.

— Bof, je suis pas très café.

— Menteuse.

Je me suis forcée à sourire. Il avait raison, j'adorais ça, mais je n'avais pas l'habitude d'en prendre. Ce qui attirait le plus mon attention, c'étaient les petits pains au chocolat. La séance glace n'avait pas suffi à calmer mes envies de sucre.

— Deux cafés, s'il vous plaît, a dit James au serveur. À emporter.

Il était jeune, avec une chemise impeccable, et j'avais l'impression de l'avoir déjà vu. Je l'ai observé en penchant la tête.

— Ça marche, a répondu le serveur. Ce sera tout ?

J'ai fait oui et j'ai souri poliment. Quand il s'est éloigné, James m'a dit :

— Arrête. C'est la deuxième fois que tu fais un sourire hypocrite. Tu n'as pas besoin de faire semblant. C'est pas bon pour la santé. Si tu te sens mal, extériorise.

Mouais. Que je sois énervée et triste ne signifiait pas que le reste du monde devait payer. Sourire, c'était une façon d'être bien élevée.

James m'a pris la main et j'ai sursauté.

— Tu ne dois rien à personne, Mackenzie. Quand on te voit sourire, que ce soit pour de vrai.

J'ai retiré mes doigts. Il ne pouvait pas me faire ça. Mon pauvre cœur endolori ne le supporterait pas.

— Ça non plus, tu n'es pas obligée.

— De quoi ?

— T'éloigner de moi. (Il m'a repris la main et l'a approchée de son torse.) Je suis peut-être allé trop vite samedi, et je ne veux pas que les choses soient tendues entre nous. Je te donnerai tout le temps qu'il te faut. Mais ne t'éloigne pas, d'accord ?

Je suis restée sans respirer. Mon cerveau avait buggé et les synapses neuronales avaient dû se désynchroniser, parce que je n'aurais jamais imaginé mon voisin me parler un jour comme ça.

Je voyais bien qu'il était nerveux, et je dois reconnaître que ça me plaisait de savoir que c'était à cause de moi. Pour une fois, c'était dans l'autre sens. À ce niveau-là, on était assortis. Pourtant, il avait été avec d'autres filles et moi avec d'autres garçons, mais ce genre de choses se remarque.

— C'est hallucinant, cette histoire, ai-je dit sans réfléchir. Toi, moi… Je pouvais pas te voir !

Il a pris une pose ridicule sur sa chaise, en appuyant le coude sur le bar et la tête sur la main. Il n'avait plus qu'à faire mine de lancer des baisers.

— Mais tu reconnaîtras que tu m'as toujours trouvé à ton goût.

Impossible James. Il avait raison.

J'ai fait signe que oui en riant, parce que James Smith a toujours été beau gosse et le sera sans doute toujours. De manière particulière, avec ses cheveux roux rebelles et ses yeux vert-de-gris.

— Je préfère ce sourire-là, m'a-t-il dit. Là, je sais que c'est vrai.

Un instant, nos regards se sont croisés et une étrange chaleur s'est répandue dans tout mon corps.

— Vos cafés sont là. Vous désirez quelque chose à manger ?

Le serveur avait été tellement discret que j'ai bondi sur le tabouret. Mais le mieux, c'est la façon ridicule dont je suis retombée : mon sens de l'équilibre légendaire avait encore frappé. James m'a rattrapée.

— Non merci, a-t-il répondu. Mackenzie, ça va ? Je vais finir par te surnommer Cata ambulante.

Il a payé le serveur. Maintenant que je le regardais mieux, ce n'était pas un tablier qu'il portait, mais les bretelles d'un sac à dos.

Plus je l'observais, plus j'avais l'impression de l'avoir déjà vu. Mais où ? Au lycée ? Je n'arrivais pas à le situer.

On a emporté nos cafés et James m'a pris la main.

Je suis restée en état de choc, mais une fois devant la porte, j'ai récupéré suffisamment d'esprit pour me dégager. Il m'avait promis de me laisser du temps, ce n'était pas tout à fait la manière de procéder.

James a soupiré et s'est arrêté à côté de moi.

— Je comprends bien que je ne peux pas t'embrasser, te prendre dans mes bras, ni te dire des bêtises romantiques, mais je ne peux même pas te tenir la main ?

Nous avons tous nos limites, et Mackenzie Sullivan avait trouvé celle de la patience de James Smith. J'ai bu une gorgée pour masquer mon trouble, mais je n'ai réussi qu'à me brûler la langue. Ce n'était pas du café, plutôt de la lave en fusion. Un jour, je créerais ma propre chaîne de petits déj où on servirait des boissons à la température idéale, plutôt que bouillantes. Je deviendrais célèbre grâce à cette idée innovante.

— Mackenzie ? a insisté James pour attirer mon attention, qui était très volatile ces derniers temps.

Mais le serveur m'a sauvée en sortant du local pendant que mon plan D attendait que je lui réponde. Il a ouvert la porte avec tant d'énergie qu'il l'a projetée dans le dos de James. Alors, c'était qui, Cata ambulante ?

— Ah, pardon, ça va ?

— Oui, oui, a répondu James avec nonchalance. On va en classe ?

J'ai acquiescé et lancé un regard au serveur pour lui dire au revoir. Je savais que je le connaissais de quelque part. Il a décoché un clin d'œil à James qui n'a rien vu. J'ai ri. Il essayait de le draguer ? C'est là que j'ai réagi : la dernière fois que je l'avais vu, il était torse nu dans les toilettes des garçons, en train d'embrasser mon plan A.

— C'est le mec de Derek, ai-je chuchoté une fois qu'on est entrés dans la voiture. Le serveur.

J'ai été prise d'un fou rire. Dire que, il y a encore quelques jours, j'étais complètement obsédée par Derek Anderson et que je n'arrivais pas à articuler deux mots à la suite en sa présence ! C'est fou comme la vie peut changer en une semaine.

James a claqué sa portière avec humeur.

— Je suis désolée, ai-je dit pendant qu'il démarrait. C'est juste que…

— Ouais, je sais, c'est juste Mason, a-t-il répondu d'un ton brusque. C'est toujours Mason.

— James, t'es pas obligé de m'attendre. Je veux dire, c'est ma faute, c'est moi qui ai la tête embrouillée et qui n'arrive pas à sortir avec toi alors que tu me plais. Il faut d'abord que j'oublie Mason…

James a freiné d'un coup et a dû donner un coup de volant. J'ai flippé comme une malade.

— Tu te rends compte que je n'ai pas d'autre choix, maintenant ? m'a dit James, les dents serrées. Mackenzie, tu viens de m'avouer que je te plais !

Ah ? J'ai repassé mes paroles dans ma tête et… merde, il avait raison. Je me suis mordu les lèvres et j'ai lancé un regard en coin. Il avait froncé le nez. Encore cette mimique craquante…

— Bon, alors, ça doit être vrai.

J'ai bu mon café, un peu moins chaud, en regardant la route.

— Ça doit être vrai ? a fait James en s'esclaffant. Tu es incroyable. Je te jure, on croirait que c'est impossible, mais tu arrives à me surprendre.

— Euh, merci ?

James s'est remis à rire et, heureusement, en faisant attention à sa conduite, cette fois. Si vraiment il fallait aller au lycée, je voulais au moins y arriver en un seul morceau. On n'a pas reparlé du sujet qui fâche avant d'arriver en vue du parking.

— C'est pas vraiment ta faute. C'est celle de Carter, m'a sorti James.

Je me suis tournée vers lui d'un coup.

— Ne me regarde pas comme ça, j'ai raison. Tu ne le vois pas ? Je te plais, tu me l'as dit toi-même. Si tu es embrouillée, c'est pas parce que tu es amoureuse de ton débile de meilleur pote. C'est parce qu'au fond, tu sais que tu lui plais, mais qu'il est trop con pour te l'avouer. C'est impossible de ne pas montrer à une fille qui te plaît qu'elle te plaît. Merde, j'ai plus que deux mots de vocabulaire.

Vive la rancune.

Je me mordais la lèvre comme une furieuse. À ce rythme, elle allait être bousillée avant la fin de la journée, mais j'essayais de m'y retrouver. C'est horrible, quand on te reparle de quelque chose que tu croyais avoir mis derrière toi.

J'étais plongée dans mon débat mental, quand une voiture est passée devant nous pour entrer sur le parking. J'aurais reconnu cette voiture n'importe où.

Évidemment, on était en retard et le peu de places libres qui restaient, très éloignées du bâtiment, était dans le même coin. Résultat, on s'est garés en même temps et au même endroit.

Je savais que James s'en était aperçu, mais il a eu la classe de ne rien dire. Quoique, c'était peut-être pour se préserver, lui.

Je dois avouer que j'étais contrariée que Mason arrive en retard, lui qui était si ponctuel.

Peut-être que je n'aurais pas dû le regarder autant en sortant de la voiture de James, mais l'attraction était la plus forte.

Peut-être que je n'aurais pas non plus dû planter mes yeux dans les siens quand on s'est croisés.

Peut-être que j'aurais dû écouter James qui m'appelait, plutôt que les battements assourdissants de mon cœur.

Peut-être que je n'aurais pas dû me sentir aussi mal en apercevant les deux milk-shakes que portait Mason. Sûrement au chocolat, mes préférés, ceux que j'avalais d'un trait quand je n'avais pas le moral.

Peut-être que voir Mason les jeter à la poubelle une fois que James m'a prise par la main pour m'entraîner à l'intérieur n'aurait pas dû me tordre les tripes au point de me faire souffrir comme une agonisante.

Et peut-être, peut-être, que je n'aurais pas dû avoir envie de pleurer face au regard que m'a lancé Mason avant de s'éloigner dans le lycée. Parce que quelque chose dans ce regard me disait que je l'avais blessé. Quelque chose dans ce regard m'a brisée à l'intérieur.

*

Toute la matinée s'est déroulée dans un brouillard de confusion. Je n'arrivais pas à me concentrer, je me fichais qu'on me colle pour cause de retard. Dans ma tête, il n'y avait que Mason.

Ce qui était très injuste envers James.

Après avoir retourné les possibilités dans mon esprit, j'ai pris ma décision : je devais parler avec Mason.

J'avançais de plus en plus lentement dans le couloir, à mesure que mon stress augmentait. J'ai essayé de me raisonner : il me restait des tas d'années à vivre. Quelle importance, que je sorte avec James, avec Mason, ou même avec Eric ? Personne n'a dit que tu devais te marier avec ton copain du lycée. Et de toute façon, la vie ne doit pas tourner autour des garçons. Il existe d'autres choses importantes.

L'amitié, par exemple. Et avec Mason, j'avais beaucoup à perdre…

Ma confiance s'est envolée et au lieu d'entrer dans la cafétéria, j'ai fait demi-tour vers les toilettes. Mais quelqu'un s'est trouvé sur mon chemin.

— Kenzie ! s'est écriée Melanie avec un grand sourire. Comment ça va ?

J'ai répondu par une grimace.

— Ah, c'est vrai que tu as une tête affreuse. Il s'est passé quelque chose avec James, à la fête ?

Ah çà ! Il s'en était passé, des choses ! Mais je ne la connaissais pas assez bien pour lui balancer le roman de ma vie. Cela dit, une copine comme elle, ça n'aurait pas été de refus. Genre, une fille sur qui compter pour me consoler, comme Mason ne pouvait pas le faire en ce moment. Pas logique, que la personne qui te fait autant souffrir soit la seule capable de te réconforter.

— Viens, on mange ensemble et tu me racontes tout.

Elle m'a entraînée dans la cantine, vers une table, et faut le dire, elle est beaucoup plus forte que moi. Je ne voulais pas me donner en spectacle encore une fois, donc j'ai fini assise avec elle à parler de la soirée et de Jack. Finalement, ça faisait du bien de se confier. Il a fallu un moment avant qu'on se rende compte qu'on n'avait rien pris à manger et que la queue s'était considérablement allongée.

— Oh, merde, s'est lamentée Melanie. Garde-nous la table, je vais chercher la bouffe. Tu veux quoi ?

— Je n'ai pas faim, mais vas-y.

— T'es sûre ?

Je me suis forcée à sourire et j'ai senti une pointe dans la poitrine en pensant à James qui se serait fâché.

— Vas-y.

Melanie s'est éloignée en courant, s'est faufilée entre des tas d'autres élèves et s'est insérée dans la file juste avant qu'un groupe de filles de terminale n'arrive. Elle devait être sportive. Je me suis regardé les mains. J'avais les ongles explosés à force de me les ronger autant. Je sais, c'est dégueu.

Ce serait ma seule occasion de fuir, aussi me suis-je préparée à me lever, motivée par la panique. À ce moment, un plateau où se trouvaient deux tablettes de chocolat ouvertes a atterri sur la table et je n'ai pas pu bouger.

J'ai avalé ma salive et regardé celui qui était à côté de moi.

— Ne refuse pas le chocolat, Mackenzie. Je sais que tu en as envie.

J'ai retenu ma respiration. Il s'asseyait. On avait besoin de parler, et un seul des deux avait eu le courage de le faire.

Il me scrutait en silence, ce qui m'inquiétait. Je sentais tout mon corps me picoter. Juste pour faire quelque chose, j'ai acquiescé et pris l'une des barres de chocolat. J'ai joué avec le papier entre mes doigts tremblants.

— Je suis désolé.

Mason avait lui aussi des cernes, des habits froissés et il n'était pas rasé.

Je n'étais pas la seule à avoir vécu un cauchemar ce week-end.

— Vraiment, Kenzie, a-t-il poursuivi. Je suis un idiot. Je mérite que tu me gifles, que tu m'engueules et que tu me fasses la tête. J'aurais pas dû te dire ces choses. J'étais énervé. J'avais l'idée ridicule que tu m'avais remplacé par Smith. Je me sentais con, après avoir passé la soirée à m'inquiéter de ce qui avait pu se passer avec lui.

Je sentais le chocolat fondre entre mes doigts, mais je n'y ai pas accordé d'importance.

— Pourquoi, t'inquiéter ? ai-je murmuré. C'est James, pas un inconnu.

— Justement, je le connais. C'est un con et un porc. Je voulais pas qu'il te fasse du mal.

Je l'ai regardé, étonnée.

— N'importe quoi. Je crois que tu le connais pas si bien que ça.

Il a eu l'air surpris que je le défende, mais a opiné et pris un carré de chocolat. J'ai jeté un œil vers la queue. Où était passée Melanie ?

— Tu me pardonnes, Mackenzie ?

Il avait les yeux pleins d'appréhension.

— Bien sûr. Il n'y a rien à pardonner, en fait.

— Pour ce que tu m'as dit l'autre nuit, Kenzie, il y a quelque chose que…

J'étais prête à ce qu'il me rejette de nouveau, mais Mel est arrivée sur ces entrefaites. Et avec elle…

James.

— Regarde qui d'autre j'ai trouvé en train d'essayer de fuir la cafétéria ! Vous devriez savoir que le repas de midi est le plus important de la journée.

Souriante, elle s'est assise en face de moi tout en obligeant James à se mettre à côté.

James, qui avait l'air de préférer être n'importe où plutôt qu'ici, a répondu sans son humour habituel :

— Tu confonds avec le petit déjeuner. Et ce n'est pas la cantine que je fuyais, mais toi.

Elle l'a regardé avec indignation. Moi, en revanche, je ne pouvais éviter de me demander si James se sentait gêné de m'avoir vue parler avec Mason.

— Sérieusement, Melanie. Ça fait deux fois que tu me poses des questions sur mon frère depuis ce matin. Qu'est-ce que tu veux savoir de plus ? Tu as déjà son numéro !

J'ai souri de la colère feinte de James. C'était facile de croire qu'elle l'ait harcelé, mais en même temps, il paraissait attendri.

Mel s'est aussitôt mise à parler de son éventuelle relation avec Jack, demandant de l'aide à James. Je ne crois pas me tromper en disant que personne ne faisait attention à elle. Mais pendant qu'elle débitait ses plans sur la comète, la situation était de plus en plus tendue.

J'ai souri à James à cause de ses reproches à Melanie, et il a soutenu mon regard. Mais je me suis alors souvenue que Mason était lui aussi à côté de moi et, du coup, j'ai vite détourné la tête. Quand j'ai dévisagé Mason, il m'observait d'un air grave. Et quand il a orienté les yeux vers James, j'ai eu envie de me cacher sous la table.

Le regard qu'ils ont échangé ne respirait pas l'amour, la paix ni la tranquillité. Quelque chose me soufflait que le moindre mouvement pouvait constituer une menace.

Argh, je détestais les atmosphères chargées.

Et là, une part de pizza m'a atterri sur la tête.

— Kenzie, a protesté Melanie, fâchée. Je te parle, tu ne m'écoutes pas ?

— Ah, pardon. Je pensais à des trucs.

— Ouais, d'accord. C'est pas grave, parce que j'ai eu une idée fabuleuse, pas vrai, James ?

James, qui, lui, avait écouté, a gémi, clairement paniqué.

— Comme excuse pour revoir Jack, je me disais qu'on pouvait organiser une sortie en groupe. Comme ça, ça ne met pas la pression. Je ne veux pas lui faire peur, il a l'air timide.

Une lampe rouge s'est mise à clignoter dans mon cerveau.

— Une sortie en groupe ? ai-je répété d'une voix blanche.

Alerte, alerte.

— Oui ! Genre, sortie à plusieurs couples. J'y vais avec Jack, toi avec James et je suis sûre qu'Alia aimerait bien venir avec Mason. (Elle l'a regardé. Il ouvrait de grands yeux, contaminé par la panique.) C'est censé être un secret, mais elle parle beaucoup de toi.

Je me suis mordu l'intérieur des joues pour ne pas crier. J'avais envie de taper sur Alia, mais je me suis souvenue qu'elle m'avait défendue face à Jane alors qu'elle n'était même pas mon amie. C'était une fille bien, en plus d'être jolie. Après tout, si j'étais condamnée à rester la meilleure amie de Mason pour toujours, elle n'était pas une mauvaise candidate au poste de petite copine.

Du côté de James, son visage plissé indiquait clairement sa réponse. Mason, lui, avait un regard fuyant et gêné qui annonçait tout autant la couleur. J'ai regardé mon reflet sur l'écran de mon téléphone : ma mine affichait un non clair et net.

Mais bizarrement, ce n'est pas ce qui est sorti de ma bouche.

— Ah oui, bonne idée.

Une sortie en groupe pourrait peut-être aider à apaiser la tension, non ?

Bon, j'avoue : je suis une grande maso.

CHAPITRE 13

— Tu dois porter le pull gris. C'est un ordre.

Assis à mon bureau, Mason a levé un sourcil. J'étais trop jalouse. Je connais très peu de personnes capables de hausser seulement un sourcil. Elles sont presque aussi rares que celles qui peuvent remuer les oreilles.

— Je vais vérifier que j'ai bien retenu, a-t-il dit lentement. Un jean bleu clair, les tennis offertes par ma tante à Noël dernier, le pull gris qui te plaît, je sais pas pourquoi.

J'ai fait oui avec énergie et me suis assise en tailleur au bord de mon lit.

— C'est ça. Comme t'es trop intelligent, je savais que tu comprendrais.

— Et j'aimerais comprendre ça : pourquoi je te laisse choisir ce que je vais porter à ce truc bizarre de sortie en groupe ?

Je lui ai tiré la langue. Ça se présentait bien, cette histoire. On était comme avant.

— Parce que j'ai meilleur goût que toi. Ce qui me rappelle : n'essaie pas de t'aplatir les cheveux, tu vas juste empirer la situation. Utilise de l'eau et un peigne. Pas de gel, pas de laque…

— De laque ? J'en ai pas, c'est un truc de filles.

Cette fois, c'est moi qui ai levé les yeux au ciel. Typique.

— On va pas se disputer là-dessus, Mase. Tu fais ce que je te dis, et point.

Il a grogné mais, au fond de lui, il était content que je choisisse sa tenue.

— Bien, madame. (Il a pris un cahier bleu et a commencé à le feuilleter nonchalamment.) Tu es consciente que je sais ce que tu trames, au fait ?

Je l'ai fixé. Alors là, aucun souci, c'était impossible.

— Éclaire-moi, ô grand sage, ai-je ironisé.

— Tu espères que je tombe amoureux d'Alia pour que magiquement, je trouve que James est bien pour toi.

L'air s'est bloqué à mi-chemin entre mes poumons et mon nez. Merde, il avait deviné.

— Eh bien je préfère t'avertir, ça ne va pas arriver, a-t-il enchaîné.

— Quelle partie ne va pas arriver ? Que tu tombes amoureux d'Alia ou que tu trouves James bien pour moi ?

— Aucune des deux.

Bon à savoir. Ou pas. Comment pouvait-il être aussi sûr de lui ? Alia était une fille très agréable, sympa et jolie. Si j'aimais les filles, je pourrais sûrement tomber amoureuse d'elle. Pourquoi Mason ne le pouvait-il pas ? J'allais le lui demander quand il a commencé à lire mon carnet :

— Lundi, étudier chapitre 5 littérature. Mardi, schéma de physique + résumer cours maths. Mercredi, lire bouquin pour le cours. (Il a relevé les yeux, stupéfait.) Mais, Kenzie, tu arrives à suivre ce programme ?

Je me suis vite levée de mon lit pour lui arracher le cahier des mains. Merde, ce n'était pas celui d'écriture créative, mais de listes ! Chacune de mes listes pour m'organiser, listes que j'avais arrêté de dresser depuis l'incident. C'était peut-être pour cette raison que ma vie était un désastre dernièrement.

— Pas au pied de la lettre, mais ça m'aide à m'organiser, ai-je répondu sèchement tout en cherchant un endroit où planquer le carnet. Qu'est-ce que ça peut te faire ?

— OK, compris. Désolé d'avoir regardé dans tes affaires sans ta permission.

J'ai trouvé l'endroit parfait : en haut de l'armoire. Il me fallait juste une chaise pour le mettre là-haut.

— C'est bon, je t'en veux pas. J'étais là, c'est pas comme si tu avais fouillé dans mes affaires. Lève-toi.

— Euh, ça dépend. Tu comptes me casser la chaise dessus ou c'est une façon malpolie de me jeter de chez toi ?

J'ai poussé un soupir. Impossible, ce mec. Vraiment, j'étais ravie qu'on s'entende de nouveau bien, mais quand il avait envie de faire chier, il savait s'y prendre.

— Lève-toi !

Incroyable, mais il a obéi. J'ai traîné la chaise de bureau près de l'armoire.

— Tu sais ? a lancé Mason, ce qui m'a fait sursauter, debout en équilibre instable sur la chaise à roulettes. J'ai pas accepté.

J'ai réussi à m'accrocher à la porte du meuble et à éviter de tomber. D'un coup de hanche, j'ai fait tourner le siège pour faire face à Mason.

— Dis pas n'importe quoi. On a tous dit oui.

— Moi, je n'avais rien dit.

— Mais tu n'as pas refusé non plus, ai-je contre-attaqué, irritée. Qui ne dit mot consent, Mason.

Il s'est appuyé sur la table en croisant les bras, ce qui a plaqué son tee-shirt sur les muscles de son torse.

— N'empêche, je peux encore décommander.

J'ai soupiré. Je savais où ça nous menait.

— OK, crache le morceau. Qu'est-ce que tu veux ?

Il a souri, moqueur.

— Après la sortie, tu viendras avec moi.

J'ai de nouveau chancelé, debout sur la chaise. Si on continuait comme ça, j'allais me casser en deux. Oui, pour moi, un mètre, c'est comme une falaise. J'ai déjà précisé que j'ai aussi le vertige ? En fait, tu peux penser à n'importe quoi et, oui, j'en aurai peur : les araignées, les clowns, les chiens, le noir, les monstres invisibles…

— Aucun problème.

Je me suis reprise aussi vite que possible et j'ai terminé de cacher mon carnet. Mason l'avait déjà vu, mais je préférais que ma mère et Leslie ne l'imitent pas.

— Au fait, pourquoi tu veux que je mette le pull gris ?

J'ai répondu sans réfléchir, je l'avoue.

— Surtout parce qu'il te fait paraître plus baraqué.

Je me suis mordu la langue. Pourquoi j'avais dit ça ?

— Tu insinues qu'en vrai, je ne suis pas musclé ? a-t-il répliqué sur le ton de la rigolade.

— Je ne l'insinue pas. Je l'affirme.

— Ah oui ? a-t-il fait d'un ton de défi.

Et là, il s'est dirigé vers moi et m'a soulevée par les jambes. J'ai poussé un cri perçant. Mais on allait tomber ! Il était devenu fou ?

Il m'a baissée lentement, jusqu'à ce que je puisse m'appuyer à son torse, mais il ne m'a pas laissée toucher terre.

C'était comme si le temps s'était arrêté. Mon corps était quasiment contre le sien. Ses bras caressaient mes jambes, qui glissaient toujours plus bas. Ma température interne a monté quand ils ont effleuré mes fesses. J'ai senti des chatouilles partout. Et puis il m'a serrée plus fort pour m'enserrer la taille.

Mon tee-shirt s'était soulevé et la peau nue de mon ventre frôlait sa ceinture. Ma respiration s'était transformée en un halètement lent et inaudible. Mason avait les yeux fixés sur moi.

J'avais les lèvres entrouvertes, humides, et le visage incliné vers le bas. En dessous, Mason a ébauché un sourire.

— Alors, qui a dit que je n'avais pas de muscles ?

Sans pouvoir m'en empêcher, j'ai gardé le regard rivé à ses lèvres. Dès que je me suis rendu compte de mon erreur, j'ai voulu détourner la tête, mais il était trop tard. Mason l'avait remarqué. Dans un moment de distraction, il a fini par me reposer au sol. Mes pieds ont atterri plus ou moins sur les siens. Pas confortable, comme position. On était trop collés.

Avec mes mains sur ses épaules, j'ai tenté de m'éloigner de lui, mais il me tenait encore par la taille et, en fait, je nous ai complètement fait perdre l'équilibre. On allait tomber.

Mason a voulu s'accrocher à la porte de l'armoire, au lieu de quoi il l'a ouverte. J'ai fermé les yeux en entendant son dos qui heurtait le sol. Heureusement, ma chute a été amortie par son torse. Quand j'ai rouvert les paupières, nos visages étaient à quelques centimètres, bien plus près qu'avant. Torse contre poitrine, ventre contre ventre, jambes emmêlées.

L'atmosphère est devenue… très dense, et je n'ai pas pu m'empêcher de me mordre la lèvre. Du coup, Mason a fixé le regard dessus. Quand j'ai arrêté, il l'a vite relevé vers mes yeux, et on s'est figés quelques secondes.

— Kenzie, maman te fait dire de descendre pour…

Quand ma sœur a ouvert entièrement la porte et vu ce qui se passait, elle a quasiment perdu l'usage de la parole. Mason et moi, on est restés sans réaction. Je savais ce qu'elle voyait, et ce n'était pas une scène tout public. J'avais le corps sur celui de Mason, le tee-shirt relevé qui découvrait mon ventre et les mains sur son torse. Sans oublier que lui me tenait toujours la taille.

Leslie a reculé d'un pas, lentement, vraiment lentement, fermant la porte à mesure qu'elle s'éloignait.

— Pas grave, a-t-elle marmonné sans nous regarder. Je retourne avec maman et j'attends que tu arrives…

Merde, merde et merde. J'ai pensé à dire merde ? Merde !

J'ai commencé à bouger sur Mason, mais mes bras tremblants ont rebondi sur lui.

— Les, attends.

— Non, je veux rien savoir, m'a-t-elle interrompue à toute vitesse. Je ne dirai rien, promis.

Elle a refermé la porte et redescendu l'escalier. J'ai soufflé, vaincue, et je me suis effondrée sur Mason. J'ai appuyé ma joue contre son torse et fermé les yeux. J'étais à bout.

Et j'étais super bien comme ça. Seulement les mouvements de respiration de Mason, la chaleur de son corps sous le mien, une de ses mains qui traçait des demi-cercles au bas de mon dos et l'autre qui jouait avec des mèches de ma queue de cheval.

— Mackenzie Audrey Sullivan ! Descends tout de suite !

Oui, j'avais bien entendu. Pour que ma mère m'appelle par mon nom complet à un tel volume, c'est qu'il y avait quelque chose.

Je connaissais ma sœur. Je parie qu'elle l'avait déjà raconté à ma mère en détail, et j'avais de la chance si elle n'avait pas ajouté d'inventions qui ne devraient pas passer par la tête d'une fille de son âge. Le pire de tout, c'est que rien n'était vrai, parce qu'il ne s'était rien passé.

J'ai poussé un soupir, rouvert les yeux et me suis laissée rouler à terre. Bon, comme il ne s'était rien passé, je n'avais pas à avoir peur d'être punie. Ce qui me gênait le plus, c'est que Leslie ait interrompu mon moment de paix.

Il ne me restait pas beaucoup d'énergie, mais j'ai réussi à me relever. J'ai arrangé mon tee-shirt et épousseté mon pantalon, même s'il n'était pas sale. J'ai retiré mon élastique et j'ai refait ma coiffure avant de me retourner vers Mason, toujours par terre.

— Viens, on descend avant qu'elle vienne nous chercher, ou ce sera pire.

Il m'a scrutée et j'ai vu le bas de son ventre, découvert par son tee-shirt. J'ai rougi et détourné les yeux. J'avais des frissons sous l'intensité de son regard.

— Deux secondes, a-t-il demandé.

Il a laissé retomber sa tête avec un soupir.

Qu'est-ce qui lui arrivait ?

En quelques secondes, Mason s'était relevé et on descendait au salon. Là, ma mère nous attendait avec un petit tic à la paupière pendant que ma sœur m'observait avec curiosité depuis le canapé en léchant une glace au chocolat. Je croyais avoir terminé les réserves ce week-end, mais visiblement non.

— Bonjour, Mason, contente de te voir, a dit ma mère avec un sourire qu'elle n'adresserait jamais à moi. Tu as passé un bon week-end ?

Oh, qu'elle était mauvaise ! Elle savait très bien ce qui s'était passé. Je n'avais rien pu lui cacher, une fois que je m'étais transformée en un océan de larmes. D'une certaine manière, ça nous avait rapprochées. Ce n'est pas qu'on avait des problèmes avant, mais elle et Leslie s'entendaient toujours mieux, parce qu'elles se ressemblaient plus. Oui, elles étaient tous les deux mauvaises.

— Bien, merci.

Pauvre Mason. Il avait l'air un tout petit peu mal à l'aise.

— Tant mieux. Par ici, c'était un peu mouvementé.

Ah, j'allais la tuer !

C'est ce qu'on appelle de la vengeance. Après avoir manqué de chance avec les hommes, elle avait un principe clair : « Si tu veux avoir une descendance un jour, tu touches pas à mes filles. »

— Il y a même eu des larmes, a ajouté ma sœur.

Je l'ai assassinée du regard. Maintenant, Mason n'était plus mal à l'aise, mais inquiet. Super, j'allais lui faire pitié. Genre, il ne me trouvait pas suffisamment repoussante comme ça.

— Mason, cette conversation est très agréable, mais je vais devoir te demander de rentrer chez toi, a repris ma mère. Kenzie, Leslie, il faut qu'on parle.

J'ai froncé les sourcils.

— On avait prévu des trucs, maman, me suis-je plainte en croisant les bras. On allait…

— C'est au sujet de votre père.

Je suis restée bouche ouverte. Leslie était aussi sidérée que moi. Notre père, c'était un sujet tabou, comme la cuisine maison ou le sexe sans préservatif. Du moins depuis qu'il avait emménagé avec sa nouvelle copine dans une ville à deux heures de chez nous.

J'ai retrouvé mes esprits et je me suis rapprochée de Mason.

— Dans ce cas, c'est mieux qu'il reste.

Si on devait parler de notre père, ça n'augurait rien de bon, et je préférais avoir mon meilleur ami près de moi.

Ma mère a expiré et s'est laissée tomber dans l'un des canapés. Leslie avait abandonné sa glace et la regardait avec des yeux ronds comme des soucoupes.

— Bien, je vais être rapide, ce n'est pas non plus la fin du monde.

Traduction : c'était tellement horrible et important qu'elle avait besoin de le sortir d'un coup.

Je tremblais intérieurement. Mason a perçu ma nervosité et s'est approché de moi, bras contre bras. Il m'a pris la main et l'a mise sur son dos. Ça m'a un peu tranquillisée.

Mais pas longtemps.

— L'avocat de votre père m'a appelée hier. Il veut demander votre garde.

Ah, quand même…

Ah, quand même.

Ah putain, quand même !

*

Quelqu'un se souvient du moment où j'ai dit qu'il y avait plus important que les garçons, dans la vie ?

Ben voilà, en dehors de l'amitié, on peut ajouter la famille. Dans mon cas, une famille décomposée. Mon père, qui habitait à Washington, à deux heures de voiture, souhaitait notre garde. Sachant que c'était un homme au travail stable, avec une fiancée et un appartement à lui, alors que ma mère cumulait plusieurs emplois à temps partiel, avec des migraines occasionnelles et des problèmes avec l'alcool qui n'avaient pas été si occasionnels au moment du divorce.

Ma journée n'aurait pas pu être pire.

— Non, ai-je dit en reculant. (Mason m'a serré la main.) Pourquoi maintenant ? Il n'a quasiment pas donné signe de vie depuis deux ans ! Pourquoi, d'un coup, il voudrait qu'on vienne vivre avec lui ?

J'étais en train de crier, ce qui était injuste pour ma mère. Elle n'était pas fautive, au contraire. C'est elle qui souffrait le plus. Mais je ne pouvais pas contrôler ma respiration, et encore moins mon intonation.

J'ai admiré son effort pour garder son calme.

— Il va se marier avec Anna. Il veut fonder une famille.

C'était quoi, cette blague ? Il voulait jouer la famille parfaite après avoir rendu ma mère malheureuse pendant presque dix-huit ans ?

— Mais c'est toi, notre famille. Kenzie, toi et moi, on est notre famille.

Leslie avait parlé tout doucement, recroquevillée sur le canapé. Il faudrait que je discute avec elle, mais pas maintenant. J'étais l'aînée, je me sentais responsable de nous deux, mais là, j'étais trop retournée pour la réconforter. Non, il valait mieux que je sorte le plus vite possible.

— J'ai besoin de prendre l'air.

J'ai lâché la main de Mason, ce qui a permis à ma mère de voir qu'il me la tenait. Elle n'a pas fait de commentaire.

— Kenzie, attends, m'a-t-elle rappelée d'un ton las. Je n'ai pas fini.

J'ai serré les dents.

— Parce que c'est pas tout ?

— Il a demandé à passer le week-end avec vous. Il viendra vous chercher vendredi.

Les a poussé un gémissement. Je savais qu'elle pensait aux jumonstres, les fils hyperactifs et mal élevés d'Anna. On ne s'était retrouvées avec eux qu'une fois, il y a presque deux ans et, dès la première demi-heure, c'était clair qu'on ne s'entendrait pas avec eux. Conclusion suggérée par le fait qu'ils avaient coupé une mèche de cheveux à Leslie, arraché la tête de son ours en peluche et jeté un milk-shake à la fraise sur sa robe blanche. Ils avaient décidé de s'en prendre à ma sœur, qui avait un an de moins qu'eux.

— Mais c'est mon anniversaire, a protesté Leslie.

Maman est venue s'asseoir sur un accoudoir à côté de ma sœur. Elle l'a serrée dans ses bras et lui a déposé un baiser sur la tempe. Je ne suis pas restée écouter ce qu'elles se disaient. Je suis simplement sortie de la maison.

Une fois dans le jardin, j'ai dit à Mason :

— Emmène-moi loin d'ici.

Il a démarré sa voiture sans protester. J'ai gardé le silence pendant qu'il conduisait, plongée dans mes pensées. Il ne disait rien non plus. Il me connaissait et savait que j'avais besoin de temps pour assimiler.

Mon père était capable de remuer ciel et terre pour obtenir notre garde. Il y aurait des jugements, on devrait parler avec des avocats… Il allait falloir consacrer toute notre énergie à un sujet qui nous faisait horreur. Et s'il gagnait, on allait habiter loin.

Voyons le bon côté des choses : pour la sortie à plusieurs couples du week-end, c'était cuit.

J'avais dix-sept ans, je pouvais refuser. Mais Leslie, alors ? Elle allait juste en avoir douze, et elle devrait se plier au jugement. Je ne pouvais pas la laisser seule dans un endroit où elle se sentirait mal. Mais je ne pouvais pas non plus laisser maman toute seule.

Quand on a dépassé les dernières maisons de la ville, j'ai compris que Mason nous emmenait chez lui. Il vivait en périphérie, ça faisait une trotte en voiture. J'aimais bien sa maison, mais j'y venais rarement. Dès que nous avons franchi le portail de bois, les aboiements me sont parvenus. Oui, Mason avait des chiens. Quatre gros chiens, rapides et trapus. La joie totale.

J'adorais les parents de Mason, qui avaient l'air de s'être échappés d'une communauté hippie. C'étaient les gens les plus ouverts et les plus relax de ma connaissance. Ils avaient baptisé leur maison Happyland. Henry, le père, avait peint le nom à l'entrée. Moi, j'aimais bien l'appeler Hippyland.

Mason s'est garé devant le bâtiment de pierre de plain-pied. Les quatre animaux se sont regroupés autour de la voiture en sautant et en aboyant. J'ai lancé un regard angoissé à Mason. Il a compris et a crié à son père de rappeler les chiens.

Henry n'a pas tardé à s'approcher, le sourire jusqu'aux oreilles. Il portait un pantalon clair à rayures, était torse nu et ses cheveux châtains étaient attachés en catogan. Il avait les mêmes yeux que son fils.

— Je savais que tu étais arrivé. Cette horreur que tu appelles « voiture » produit tellement de gaz d'échappement qu'on peut la sentir à distance. Bonjour, Kenzie, ça fait un moment qu'on ne t'avait pas vue.

Ça déplaisait beaucoup aux parents de Mason qu'il possède un véhicule polluant, mais ils ne voulaient pas non plus l'obliger à être comme eux. Ils souhaitaient qu'il choisisse sa propre voie. Tout en étant clairs sur leurs préférences, bien sûr.

— Bonjour, monsieur Scott.

Mason et son père n'avaient pas le même nom de famille. Sa mère et lui n'étaient pas mariés. Ils ne croyaient pas au mariage, qu'ils considéraient comme un bout de papier sans valeur. Je me marrais à voir la honte de Mason quand ses parents expliquaient qu'ils étaient « compagnons de vie ». Janice avait décidé que son fils porterait son nom. J'y étais habituée. D'ailleurs, moi aussi, je portais le nom de ma mère.

— Tu sais, ils ont plus peur de toi que toi d'eux.

J'ai souri à Henry à contrecœur. J'en avais ma claque, d'entendre cette réplique. On pouvait me la répéter des centaines de fois, ça n'allait pas guérir magiquement ma trouille des chiens.

— Tu sais que ça ne sert à rien que tu lui dises ça, papa, a rappelé Mason en caressant Patch, le plus jeune du lot. Allez, emmène-les, ou elle ne sortira jamais de la voiture.

Henry a fini par siffler les chiens qui, au moins, avaient le bon goût d'être obéissants.

— Merci beaucoup, monsieur Scott.

— Je ne te l'ai pas assez dit, Kenzie ? Appelle-moi Henry. Je suis Henry pour tout le monde, à part Mason.

J'ai hoché la tête et suivi rapidement Mason avant le retour des chiens. Je n'ai été tranquille qu'une fois dans la maison.

Une autre raison qui me faisait aimer cet endroit, c'était la couleur des murs, avec des objets décoratifs étranges faits main et l'odeur caractéristique de vanille. Mason, au contraire, en avait marre de cette ambiance. Ça se voyait dès qu'on entrait dans sa chambre. Des murs bleu clair et tout juste un poster de groupe de musique, le tout très sobre.

— Tiens, c'est nouveau, ai-je dit en m'approchant de l'ordi portable qui trônait sur son bureau.

La voiture, c'était une chose, parce qu'ils vivaient en dehors de la ville, mais laisser Mason posséder d'autres appareils électroniques qu'un téléphone, c'était terre inconnue. Apparemment, Janice et Henry commençaient à être plus tolérants.

— C'est un cadeau de mes grands-parents. Ils se sentaient mal pour moi.

Mason n'arrêtait pas de faire les cent pas dans sa chambre, puis il a paru se décider. Il a sorti une caisse en bois de sous son lit et, de là, une enveloppe. En papier recyclé, évidemment. Il m'a regardée avec un demi-sourire. J'étais interloquée.

— Kenz, si je voulais que tu viennes avec moi après la fête, c'était pour te donner quelque chose. Mais avec le week-end chez ton père… je te le donne maintenant.

J'ai ouvert lentement, méfiante. En fait, c'était un des plus beaux cadeaux de ma vie.

Une photo.

C'était aussi simple que ça. Une photo aux tons sépia qui datait d'il y a neuf ans. Une photo où un garçon et une fille en cape de superhéros souriaient, assis sur une branche d'arbre.

— Retourne-la.

J'ai eu un frisson en sentant le souffle de Mason dans mon cou. Je n'avais pas remarqué qu'il s'était autant approché de moi. Si je m'étais reculée de quelques centimètres, mon dos se serait retrouvé contre son torse. Les mains tremblantes, j'ai retourné le cliché.

Je serai toujours derrière toi. Excuse-moi.

Je ne savais pas si je devais rire ou pleurer. La photo m'a glissé entre les doigts et elle est tombée doucement sur le bureau. Elle a atterri côté face, avec nos visages d'enfants souriants qui nous regardaient. Je n'arrivais pas à y croire.

Ce jour-là, je fêtais mes huit ans et Mason était le seul invité. On s'était déguisés en SuperKenzie et BatMason et on avait passé la plupart du temps à se disputer pour savoir qui était le leader du groupe. Il avait fini par s'excuser en me disant cette phrase. Aujourd'hui, elle avait un sens complètement différent.

Il a plaqué son torse contre mon dos et son nez a frôlé mon oreille. J'entendais à peine sa voix.

— Désolé de m'être comporté comme un parfait idiot. Je serai toujours à tes côtés, derrière toi, pour te soutenir et te protéger, comme maintenant.

J'ai fait volte-face. Il a reculé de quelques centimètres. Toutes les fibres de mon être me hurlaient d'effacer la distance entre nous, mais un sanglot s'est échappé de ma gorge.

Tout se cumulait.

— Viens là.

Mason m'a enlacée, en laissant reposer la tête sur la mienne. Je me suis effondrée et je me suis mise à pleurer sans retenue. Les larmes roulaient sur mes joues, se perdaient sur mon menton et lui mouillaient le tee-shirt. Mais c'était juste ce qu'il me fallait.

J'avais besoin de ce câlin. De son réconfort. De mon meilleur ami.

J'avais besoin de lui.

MASON

C'est bizarre, mais on ne se rend jamais compte de ce qu'on a avant de l'avoir perdu. L'être humain est très étrange.

Kenzie, je l'ai toujours eue près de moi, c'était ma meilleure amie. Je me rappelle quand je l'ai rencontrée. J'avais six ans et c'était la rentrée. C'était notre première année d'école primaire et, comme tout le monde, j'avais un peu peur. Nouvelle école, nouveaux élèves… J'avais un sac à dos en toile décolorée et je regardais les autres enfants jouer à la console. Mes parents estimaient qu'avec la technologie, le monde allait s'effondrer, donc ils ne m'ont jamais permis d'en avoir une. Je me sentais à part.

Et alors, je l'ai aperçue. Elle arrivait, coiffée de deux couettes, en tenant la main de sa mère et souriait joyeusement, comme si ce n'était pas le premier jour de classe. En attendant que le maître nous dise d'entrer, elle jouait avec sa petite sœur, un bébé à moitié endormi dans sa poussette. Et au dernier moment, quand on s'est mis en rang, elle m'a souri.

Elle croit qu'on est devenus amis au moment où le maître nous a placés côte à côte. En réalité, j'avais décidé bien avant que je serais copain avec cette fille, et que tous ses sourires seraient pour moi.

Pensée égoïste, mais j'avais six ans.

C'est bizarre, la façon dont la vie nous traite. Pendant toutes les années d'école primaire, je n'ai jamais arrêté de faire attention à Kenzie. Mes parents se moquaient de moi et l'appelaient ma « petite copine », même si elle ne s'en est jamais rendu compte. En grandissant, je me suis résigné : elle était plutôt ma meilleure amie qu'une fille qui me plaisait. Et finalement, au lycée, j'ai commencé à m'intéresser à d'autres filles et mon amour d'enfance est passé au second plan.

Et maintenant, je découvrais que c'était elle qui était amoureuse de moi.

Bravo, Mason Carter. Bien joué.

J'ai freiné devant chez elle et je l'ai regardée. Elle avait les yeux baissés sur la photo de l'anniversaire. Elle ne portait plus de couettes ni de queue-de-cheval comme ce matin. Après avoir pleuré dans ma chambre, elle les avait lâchés et ils frôlaient ses épaules recroquevillées. Je devais me retenir pour ne pas la serrer dans mes bras.

— On y est, ai-je annoncé, comme si elle n'avait pas vu.

Au bout de plusieurs secondes, elle m'a adressé un sourire. Pas son sourire habituel, qui lui illuminait le visage. Là, elle faisait un effort pour éviter que je m'inquiète, pour être polie, parce que Mackenzie est comme ça.

— Merci encore, Mase. Je vais encadrer la photo tout de suite.

Je lui ai rendu son sourire. Maintenant, elle avait besoin de se reposer. J'ai soutenu son regard longtemps, jusqu'à ce qu'elle se morde la lèvre, comme toujours quand elle est nerveuse. Et là, ce qui la rendait nerveuse, c'était moi. J'ai détaillé sa bouche.

Qu'allait-il se passer si je l'embrassais ? J'allais bousiller notre amitié ? Je perdais les pédales. Je n'étais pas aveugle, je savais bien comment elle regardait James. Avant, il n'y avait que moi qu'elle regardait comme ça. Mais je ne pouvais pas lui dire ce que je ressentais, surtout après l'avoir repoussée et engueulée.

Je voulais être avec elle quand elle était heureuse et recevoir encore ses sourires qui n'avaient pas changé avec le temps.

Je voulais être avec elle et la consoler quand elle était triste.

Je voulais savoir qui la faisait pleurer et faire la tête au carré du malfaisant, même si c'était moi.

Je voulais tant de choses que je ne pouvais pas l'exprimer.

Mais surtout, je voulais être avec elle. Parce que si j'étais sûr de quelque chose, c'est que moi aussi, j'étais amoureux de ma meilleure amie.

JAMES

— Tiens, salut ?

J'ai ouvert la porte à Kenzie, étonné. Elle venait de sonner à sept heures du soir, avec la même expression lasse que ce matin. La seule différence, c'était ses cheveux lâchés.

— C'est pas que ça me déplaise de recevoir la visite de belles filles, mais c'est carrément inattendu. Qu'est-ce que tu fais là ?

Elle a rougi, ce que j'ai trouvé adorable. Elle fait partie de ces filles timides qu'il est drôle d'embêter pour voir comment elles réagissent. Quoique, je dois reconnaître qu'elle a assumé son histoire de liste avec bon sens. Et depuis ce jour, sa personnalité un peu renfermée a commencé à changer.

— Je ne vais pas pouvoir venir au rendez-vous de samedi. J'ai un imprévu.

C'est sa façon de le dire qui m'a inquiété. Ça ne ressemblait pas à de bonnes nouvelles.

— Tu vas bien ?

Elle a haussé les épaules avant de détourner les yeux. Elle allait me répondre par un mensonge.

— C'est rien, c'est rien. Leslie et moi, on va passer le week-end dans la famille…

La famille. Je voyais qui ça pouvait être. J'étais là deux ans plus tôt, quand sa mère avait lancé une valise dans le jardin depuis la fenêtre du premier. Et aussi la semaine d'après, quand elle rentrait de nuit en titubant et que c'est Mackenzie qui l'aidait à monter.

— J'avertirai Jack, t'en fais pas.

J'ai souri en lui caressant le bras. C'était inquiétant, l'envie que j'avais de la toucher tout le temps et l'exceptionnelle force de volonté qu'il me fallait pour ne pas le faire.

— Tu vas bien, t'es sûre ?

— Sûre.

Elle avait la voix ferme, mais sa réponse s'est terminée en un bâillement. Elle était cernée et je me sentais mal de la voir comme ça. C'était ma faute. Elle s'était engueulée avec ce débile de Carter. Le pire, c'est que j'avais prémédité mon acte.

Quand Kenzie est descendue de voiture la nuit de samedi, j'ai été le seul à apercevoir la silhouette sur la terrasse de devant. J'ai vu qui c'était et c'est ce qui m'a poussé à embrasser Kenzie. Elle me plaisait, je lui plaisais. J'avais passé toute la semaine à en avoir envie. Et si Carter ne se décidait pas, je n'allais pas attendre plus longtemps. Moi aussi, je m'intéressais à elle et il fallait qu'il le sache.

Après, depuis la fenêtre de ma chambre, j'ai bien entendu leur dispute.

— Alors à demain, ai-je dit en lui déposant un baiser éclair sur la joue.

Elle a eu l'air surprise et contente.

Ça m'a plu.

Elle me plaisait.

Mackenzie me plaisait.

CHAPITRE 14

Le reste de la semaine a filé plus vite que prévu. Mason passait me chercher bien à l'heure le matin, il m'apportait le petit déj et il a même proposé de rapprocher Leslie de son collège si elle se levait tôt. On s'est remis à manger ensemble, avec Alia et Melanie, qui avaient l'air plus à fond sur le bal de fin d'année que sur nos exams de la même période. Pour une fois, j'ai su ce que c'était d'avoir des copines. C'était mieux que je ne croyais. Alia n'arrêtait pas de me féliciter pour mon excellent article sur la soirée.

Par ailleurs, je voyais à peine James. On se croisait au CDI, aux casiers et on s'est vus une fois au bureau de la proviseure.

Il était là parce qu'il avait remplacé la sonnerie par un morceau de black metal. Moi, j'allais voir Silvia pour une de mes séances hebdomadaires avec elle, désormais obligatoires. On me les avait imposées depuis l'histoire de la liste. Pour une raison ou une autre, elles avaient dans l'idée que j'essaierais de commettre une folie. C'était exagéré. Ma vie avait changé, mais je gardais mon meilleur pote et j'avais lié de nouvelles amitiés. Finalement, le résultat n'était pas si mal.

Celui que je n'ai pas revu, c'est Eric. La rumeur courait qu'on l'avait transféré dans un lycée de Tokyo, mais de là à savoir si c'était vrai…

Je n'ai pas réussi à me défiler pour la sortie à plusieurs couples. Mel n'allait pas se résigner aussi facilement, et elle a remplacé la soirée ratée par une sortie « entre amis ». L'idée a commencé à me plaire davantage une fois qu'on s'est mieux entendues avec elle et Alia. On envisageait d'aller au bal toutes les trois ensemble.

Mais tout ça n'avait plus d'importance le vendredi soir, quand mon père est apparu chez moi, avec un monospace noir et un sourire insupportable. Pour de nombreuses raisons, j'aurais bien fabriqué une poupée vaudoue pour y planter des aiguilles empoisonnées. Les principales :

Un : Je n'avais jamais vu mon père au volant d'un monospace. Il se déplaçait toujours en moto.

Deux : il ne méritait pas de sourire, alors que Leslie et moi, on avait envie de le taper pour ce qu'il nous faisait.

Trois : il a cherché à être sympa avec nous en faisant des blagues nulles sur notre taille et notre coupe de cheveux.

Quatre : au lieu d'un blouson en cuir, il portait un costume. Où était passé mon idiot de père ?

Cinq : il avait acheté à Leslie un assortiment de tablettes de chocolat à différents goûts.

Six : je n'ai pas eu droit à un assortiment de tablettes de chocolat à différents goûts.

Sept : il n'avait toujours pas compris que je n'aime pas les bonbons au citron.

Huit : en fait, j'adore ça, et je le déteste de m'avoir fait inventer un mensonge aussi débile.

Neuf : maman a dû nous dire au revoir derrière la porte pour ne pas le voir.

Dix : il l'a fait pleurer. Pas cette fois, mais avant, et ça ne s'oublie pas.

Onze : il m'a obligée à garder mon portable éteint pendant tout le trajet, pour qu'on « ait une conversation civilisée ».

Douze : il nous a effectivement forcées à parler avec lui pendant les deux longues heures de route jusqu'à Washington.

Treize : à un moment donné, la radio a passé la chanson du jour de la soirée caritative, et ça m'a rappelé James.

Quatorze : me rappeler James m'a fait penser à Mason, et je suis devenue nostalgique.

Quinze : il m'a demandé si j'avais un copain. Quand j'ai dit que non, il m'a demandé si j'avais une copine.

Seize : sa compagne Anna Banana et les jumonstres nous attendaient.

Dix-sept : les jumonstres étaient plus grands que Leslie et au bout de quelques minutes, ils l'avaient surnommée « la naine ».

Dix-huit : il m'a tellement énervée que j'ai écrit cette liste débile point par point.

Dix-neuf : je le déteste.

Vingt : je le déteste vraiment.

— … et il dit qu'on va aller manger dans un restaurant samedi soir pour fêter mon anniversaire. Il savait pas que je voulais une fête avec des ballons et plein de bougies ? Je sais que je suis grande, maintenant, mais il ne peut pas m'enlever mon enfance !

J'ai souri discrètement devant l'énervement de ma sœur. Elle parlait au téléphone avec ma mère pendant que je terminais de ranger le peu d'affaires qu'on avait emportées. Le portable et son chargeur étaient la priorité.

Je me suis approchée de la fenêtre pour regarder la vue de la chambre que Leslie et moi, on partagerait pour le week-end. Et si tout se passait mal, pour plus de temps. On était au cinquième étage d'un immeuble en centre-ville. Je voyais les voitures et les taxis jaunes qui circulaient dans le trafic dense, les gens qui marchaient avec le téléphone collé à l'oreille, la pollution, les oiseaux qui risquaient leur vie en volant près de ma vitre, le fou du bâtiment d'en face qui se baladait en caleçon rouge et bonnet de père Noël dans son salon, encore des oiseaux qui…

Non, mais attendez.

J'ai bloqué sur le mec d'en face. La pièce était bien éclairée et, avec nos fenêtres ouvertes, je le voyais parfaitement. Il devait avoir la cinquantaine, des cheveux noirs grisonnants et le torse et les jambes hyper poilus. Il ne ressemblait au père Noël que par le bonnet rouge et le caleçon assorti.

Mais ce qui a capté mon attention (parce qu'après tout, il y a des gens bizarres partout) c'est qu'en plus, il dansait, sautillait d'un endroit à l'autre, se frottait par terre et sortait sa langue tout en remuant les fesses.

L'image était perturbante et fascinante à la fois.

— Il va falloir nous payer plus qu'un psy juste pour ça.

J'ai sursauté en me rendant compte que Leslie était à côté de moi, les yeux sur la même scène. Elle m'a donné mon téléphone et a croisé les bras. Le voisin tortillait des fesses contre la fenêtre comme un strip-teaseur. Je lui ai répondu sur le même ton :

— Promets-moi au moins que toi, tu essaieras de survivre. Tu es jeune, tu peux encore réinitialiser ta mémoire.

Papa Noël version porno a enlevé son bonnet et l'a utilisé comme un micro, en se tapant le nez avec le pompon.

— Trop tard, a-t-elle conclu d'une voix lugubre. Le mal est fait.

À ce moment, le voisin s'est retourné, en plein dans son rôle de chanteur, une expression de pur plaisir sur le visage, et il s'est retrouvé face à nous. C'est comme si le temps s'était arrêté. Il est resté perplexe, puis a repris une posture normale. Lentement, il a levé le bras pour nous saluer, l'air honteux. Les et moi avons imité son geste, parfaitement synchro.

Enfin, comme si c'était une chorégraphie bien au point, il a hoché la tête et commencé à reculer, sans nous quitter des yeux. Quand la lumière de son appart s'est éteinte, on s'est mises à rire aux éclats, jusqu'à se retrouver allongées sur le parquet.

— Il avait… il avait… un caleçon rouge ! J'y crois pas !

Leslie se roulait par terre sans parvenir à prononcer une phrase cohérente. Moi non plus, je n'y arrivais pas. Même si on devait rester traumatisées à vie, ça valait la peine d'avoir assisté à ce spectacle.

On faisait un boucan tel que la porte de la chambre s'est ouverte d'un coup. Anna Banana nous a regardées, étonnée. Elle s'était fait une queue haute et s'était changée. Elle portait un pantalon slim et une tunique blanche qui faisait ressortir sa peau bronzée. Pff, pour son âge, elle était franchement sexy.

— Il se passe quelque chose ? a-t-elle demandé entre nos éclats de rire. Vous allez bien ?

Leslie et moi nous sommes regardées une seconde, puis le fou rire nous a reprises. J'étais désolée pour elle, mais c'était le seul truc drôle qui nous était arrivé depuis qu'on était là.

Anna a attendu patiemment qu'on arrête et qu'on soit en état de parler. Elle essayait de tout faire pour qu'on se sente à l'aise. Ç'aurait été facile de la trouver sympa, si mon père n'avait pas quitté ma mère pour elle.

— On va sortir manger dans un petit moment et, comme ça, on en profitera pour vous faire visiter la ville. Qu'est-ce que vous en dites, les filles ?

Dîner avec le projet de famille heureuse que s'était monté mon père dans sa tête n'était pas vraiment une idée engageante, mais vu que j'étais là, autant tenter de m'amuser, non ?

Leslie m'a aidée à me maquiller et en échange, je l'ai coiffée. Un bon point dans tout ça, c'est qu'on pouvait passer plus de temps ensemble. À la maison, entre les cours et nos amis, on ne se voyait pas tant que ça. Quand on est arrivées au salon une demi-heure plus tard, on s'était faites belles. Les portait un pantalon slim et des bottes à talon haut. Je lui avais prêté mon pull jaune, qui lui tombait bien et lui laissait une épaule nue. Avec les cheveux tressés de côté et un foulard lâche, elle paraissait plus vieille que son âge.

Évidemment, ce n'était pas l'avis des jumonstres.

— Qu'est-ce que tu portes, la naine, une peau d'éléphant ? a demandé l'un d'eux.

— T'as voulu te déguiser en grande et t'as pas réussi ? a lancé l'autre.

J'avais envie de leur flanquer un bon coup de poing, à ces deux gamins mal élevés. Un jour, Leslie serait une fille splendide, blonde, grande et intelligente, et, eux, ils s'en voudraient à mort de ne pas s'en être rendu compte avant.

Blake et Hunter, les ignobles jumonstres qui, destin oblige, allaient apparemment devenir nos demi-frères, se ressemblaient tellement que j'avais un mal fou à les différencier. Les yeux noirs, les cheveux châtains dépeignés, la même chemise à carreaux sur tee-shirt blanc, la même attitude insupportable… D'un autre côté, leur ressemblance n'avait pas l'air de poser de problème à Leslie.

Elle s'est d'abord adressée à celui qui l'avait appelée « la naine ».

— La mauvaise photocopie numéro un s'imagine que je vais lui répondre.

Ensuite, à l'autre :

— Et toi, Hunter, tu n'as vraiment pas mieux ? Sérieux ?

Ils ont tous les deux froncé les sourcils en même temps d'un air vexé, prêts à répliquer et initier une dispute épique où je n'aurais aucun scrupule à participer du côté des filles Sullivan. Mais Anna Banana et mon père sont arrivés à temps pour pacifier les choses. Dommage, j'avais bien besoin de me défouler sur quelqu'un, et l'idée de mettre une ou deux baffes à ces sales gosses ne me déplaisait pas.

— Comment tu fais pour les distinguer ? ai-je demandé à Leslie avec curiosité, pendant qu'on descendait les marches de dehors. Ils sont exactement pareils !

Derrière nous, les jumeaux étaient plongés dans une conversation sur les jeux vidéo. Leslie leur a jeté un coup d'œil par-dessus son épaule et a grimacé, comme pour enlever de l'importance au sujet.

— Blake, c'est la mauvaise photocopie numéro un et Hunter, la mauvaise photocopie numéro deux. Ils se ressemblent pas tant que ça, en fait.

Je me suis retournée aussi et j'ai surpris l'un d'eux en train de nous regarder, je ne saurais pas dire lequel. Leslie m'a prise par le bras et obligée à diriger les yeux vers l'avant. J'aurais pu jurer qu'elle avait rougi. Cette fille était folle, ils se ressemblaient comme deux gouttes d'eau.

La soirée ne s'est pas si mal passée, en fin de compte. Anna et mon père nous ont amenés à un resto de hamburgers et on s'est gavés de cheeseburgers et de burgers au poulet. Ensuite, on a joué les touristes et avec Les, on a bousillé la mémoire de mon téléphone en selfies, à faire les idiotes, en posant comme si on était des mannequins, ou à faire des bras d'honneur aux jumeaux, qui essayaient de nous bombarder de graines de tournesol. J'ai même fait une photo de Leslie qui jetait son milk-shake à la tête d'un des deux…

À minuit pile je me suis levée dans le noir pour me glisser dans le lit de Les. Je l'ai réveillée avec un bisou qui claque sur la joue et une étreinte d'ours. Elle a ronchonné, mais elle n'arrêtait pas de sourire les yeux fermés pendant que je me blottissais entre ses draps et que je lui chantais joyeux anniversaire. J'avais une seule sœur et je devais en prendre soin.

*

— T'es pas obligée de venir.

— Mais c'est ton anniversaire.

— Et c'est pour ça que je dois faire acte de présence. Pas toi.

— Tu vas t'ennuyer.

— Et toi, tu vas être jalouse de tous les cadeaux que je vais recevoir.

— Comment tu supporteras les jumonstres sans moi ?

— S'il te plaît, Kenzie, tu me sous-estimes.

— Mais…

— Pas de mais. C'est mon anniversaire et je t'interdis de venir te faire chier. Tu restes ici, un point, c'est tout. Ya basta. Yasumi. Arrivederci.

— OK, c'est bon, j'ai compris.

— Parfait.

C'est sur cette réplique catégorique que Leslie m'a plantée là le samedi soir. Mon père lui avait offert un portable, et apparemment elle trouvait que ça lui donnait suffisamment d'autorité pour me commander. Bien sûr, ce n'est pas que j'avais envie de me taper l'horreur de dîner « familial », mais je le lui devais à elle. Je ne comprenais pas, elle non plus ne les supportait pas. Qu'est-ce qui lui prenait ?

— Je suis prête ! a-t-elle crié depuis le salon.

— Et Kenzie ? a demandé Anna, toujours attentive. Elle ne vient pas ?

Je suis allée coller mon oreille à la porte. Quelle excuse allait inventer ma sœur pour me sauver de la torture ?

— Elle se sent pas bien. Des trucs de filles, tu vois.

Pff, quel manque d'imagination. Heureusement, ce prétexte foireux a fonctionné et personne n'a discuté. Ensuite, j'ai entendu l'un des jumeaux se moquer de Les parce que ses cheveux frisaient au bout. J'ai eu la surprise d'entendre son frère répondre pour prendre sa défense. Ou du moins, je crois. Ils avaient la voix tellement semblable que c'était peut-être le même qui se parlait tout seul.

— Tais-toi, pauvre débile.

— Tu es de son côté ? s'est étonné l'autre, déçu. Elle ? T'es con, ou quoi ?

— C'est son anniv, idiot. Le con, il est devant moi.

Encore une fois, Anna et mon père sont intervenus pour empêcher que ça dégénère. De mon côté, j'halluflippais. Oui, un mélange d'halluciner et de flipper. Depuis quand un des jumonstres volait au secours de ma sœur ? Et plus intrigant encore, c'était lequel des deux ?

Quand la porte s'est refermée, l'appartement s'est retrouvé dans un silence complet et je suis restée seule dans la chambre. Pour la première fois depuis notre arrivée ici, je me suis sentie libre.

J'étais une ado de dix-sept ans avec un appart à moi pour plusieurs heures. C'était le moment pour faire tout ce qui me passait par la tête : péter un câble, faire une foire pas possible, au point que la police viendrait sonner à la porte. La fête, quoi !

Mais quand la sonnette a retenti une demi-heure plus tard, ce n'était pas pour que je baisse la musique et je n'ai pas eu besoin de cacher des bouteilles. J'ai eu une telle frayeur que j'ai lâché ma cuillerée de glace au citron, qui s'est crashée sur le tapis du salon de mon père et Anna Banana. J'ai regardé le massacre en envisageant de ne pas aller ouvrir, mais on a insisté. Encore. Et encore.

Bon, j'allais devoir me lever.

J'ai baissé le son de la télé et j'ai rapporté la glace à la cuisine avant d'aller à la porte. Au passage, je me suis inspectée dans le miroir. Je portais un sweat ample avec un logo d'université, un short, les cheveux lâchés emmêlés en boucles vagues et de grosses chaussettes qui m'arrivaient aux genoux. Je ressemblais à rien.

La sonnette continuait, ce qui me vrillait les tympans. Je ne savais pas qui c'était, mais il allait avoir droit à une grosse surprise en découvrant une Mackenzie Sullivan très fâchée.

Au moment où j'ouvrais, une pensée terrifiante m'a traversé l'esprit. Et si c'était papa Noël porno ? J'étais juste une fille de dix-sept ans toute seule dans un appartement…

Quand je l'ai vu, mon cœur s'est arrêté, littéralement. Il était appuyé au mur, en une pose de défi. J'ai parcouru son corps des yeux, son blouson en cuir marron, ses jambes croisées.

— Qu'est-ce que tu fais là ? ai-je demandé, consternée.

Il m'a souri et mon cœur idiot s'est figé de nouveau, avec un pincement douloureux, mais une douleur positive. Il m'a détaillée aussi, du sweat aux chaussettes. Il a souri.

— Tu me manquais.

Mason était conscient de la surprise qu'il m'avait faite, qui m'empêchait de bouger.

— C'est comme ça que tu m'accueilles ? a-t-il repris. Tu m'invites pas à entrer ?

Comme un soldat qui reçoit un ordre, je me suis poussée pour le laisser entrer, en priant pour que mes jambes réagissent. Mason a inspecté l'entrée avec curiosité et je n'arrêtais pas de le regarder. Qu'est-ce qu'il venait faire à Washington ?

— Mason…

— Oui ?

Il était vraiment là. Ce n'était pas une hallucination.

— Comment tu as su où j'étais ? Tu n'avais pas l'adresse.

— J'ai eu un appel de Leslie, m'a-t-il répondu en souriant. Elle a reçu un portable, alors ? Qu'en pense ta mère ?

J'avais dans l'idée que ma mère allait le lui confisquer à peine elle aurait posé un pied dans la maison, mais ce n'était pas ce qui me préoccupait. Leslie, mon innocente petite sœur, m'avait tendu un piège ? Je comprenais, maintenant ! Elle avait tout manigancé pour que Mason vienne passer la soirée avec moi.

Et il avait accepté.

Mais pourquoi ?

— J'ai faim et, vu ce que tu portes, tu dois être en train de t'empiffrer. Il y a de la glace, quelque part ?

Comme il me connaissait bien !

— Au citron. Je venais de la remettre au congélo.

Je suis allée chercher la glace et deux cuillères sous l'œil attentif de Mason. Je me sentais bizarre comme ça, chez mon père, seule avec mon meilleur ami. Samedi soir. Il aurait pu sortir avec des potes, regarder un marathon *Star Wars*, ou de nouveaux films indépendants qu'il m'obligerait à voir ensuite…

Je naviguais entre émotion, joie, surprise et confusion. Il aurait pu se contenter d'un appel ou d'un message.

Un meilleur ami n'engueule pas une pote parce qu'elle a embrassé un autre garçon. Il ne murmure pas à son oreille pour te demander pardon. Il ne lui caresse pas les cheveux et il ne fixe pas ses lèvres…

Je ne voyais qu'une explication, et il allait devoir me la donner. Même si je sentais qu'elle allait compliquer les choses.

Je posais le bac de glace sur un plateau quand j'ai senti Mason juste derrière moi.

— Je ne suis pas venu pour manger de la glace, Mackenzie, m'a-t-il chuchoté, me caressant la gorge de son haleine. J'ai quelque chose à te dire, que j'aurais dû t'avouer il y a longtemps.

J'étais tellement nerveuse que j'ai fait tomber les cuillères sur le plateau, posé sur le plan de travail. J'étais partagée entre le désir d'écouter Mason et celui de l'arrêter.

James avait raison. Si je ne pouvais pas aller plus loin avec lui, c'était à cause de Mason.

Il m'a effleuré la joue avec douceur, et cette caresse intime m'a donné des frissons jusqu'aux jambes et m'a obligée à m'appuyer au comptoir. Il a glissé les doigts en un chemin délicat sur la courbe de mon cou, puis s'est reculé.

On s'est regardés fixement.

— Je suis amoureux de toi, Mackenzie.

Et voilà. Ces mots que j'avais tant rêvé d'entendre. Mes yeux sont devenus humides. Je n'arrivais plus à respirer. J'ai senti mon ventre se nouer et j'ai eu une envie gênante de vomir. Ça rendait les choses plus difficiles, mais je ne pouvais pas lutter contre la masse d'énergie qui grandissait à l'intérieur de moi.

J'avais envie de crier, de sauter, de me recroqueviller et de me rouler par terre. Trop d'émotions intenses s'agitaient dans mon corps trop petit.

Mason s'est penché vers moi. J'étais à peine capable de bouger un cil.

— En fait, je crois que je l'ai toujours été, a-t-il ajouté.

J'avais très chaud. Je me suis écartée de lui, la respiration saccadée. Je suis sortie de la cuisine pour chercher de l'espace et de la liberté, en vue d'essayer de penser avec clarté. Mason m'a suivie, refusant de me donner ces quelques secondes seule dont j'avais besoin. Obligée d'affronter la situation, j'ai rempli mes poumons avant de demander :

— Je comprends pas. Pourquoi tu ne m'as rien dit avant ?

— Parce que tu es ma meilleure amie et que je ne voulais pas te perdre.

Je comprenais. J'avais le même problème. Je comprenais, mais je ne pouvais pas m'ôter de la tête que tout s'était compliqué.

— Ben, tu es aussi mon meilleur ami et je voulais pas te perdre non plus.

Les mots qui auraient pu suivre sont restés bloqués, mais je les entendais très bien. Mason aussi, parce qu'il m'a lancé un sourire triste.

— Finalement, James a réussi. J'aurais dû faire la même chose que lui.

Cette fois, j'étais perdue, par contre.

— Devenir mon plan A ?

Il s'est avancé vers moi en faisant non de la tête.

— Non, Kenzie. Je veux être ton seul plan.

Il a rapproché son ventre du mien, ce qui m'a poussée contre la porte derrière moi. Il était tellement près que ça faisait peur. J'étais subjuguée par l'intensité de son regard.

C'est bizarre, la vie, comme elle joue avec nous. J'avais désiré ce moment si longtemps. Ç'aurait été un mois avant, tout aurait été parfait. Et maintenant… Ce n'était pas que James avait réussi, mais… Il m'avait soutenue, aidée et, finalement, il avait éveillé des sentiments pour lui chez moi.

Je devais me tirer de cette embrouille. La tension et l'émotion grandissaient à parts égales. Je me suis décalée sur le côté pour me libérer et j'ai demandé, en le regardant à peine :

— Qu'est-ce que tu veux dire, tu aurais dû faire comme lui ?

— T'embrasser, Mackenzie. J'aurais dû t'embrasser comme lui.

Les frissons parcouraient tout mon corps. J'ai planté les yeux dans les siens et des milliers d'émotions ont circulé de l'un à l'autre, reliées par un courant électrique qui me faisait mal dans la poitrine.

Non, non.

— Tu ne peux pas débarquer maintenant et me dire que je te plais, Mason, ai-je protesté en fermant les paupières. C'est injuste.

Il a avancé d'un pas. J'ai reculé et je me suis de nouveau cognée à la porte.

— C'est à cause de James, pas vrai ? Je suis désolé, Mackenzie, mais je ne pouvais plus tenir. Je t'aime.

J'ai enfoui les mains dans les cheveux en tirant dessus tellement j'étais en colère. Toute personne qui a déjà ressenti une émotion intense à un moment de sa vie saura comment je me sentais. De la joie immense et de la confusion, j'étais passée à une rage qui me brûlait de l'intérieur.

— Non ! Tais-toi, OK ? Ne le dis pas ! Je veux pas l'entendre !

Je me comportais de manière très gamine, en me bouchant les oreilles, mais tant pis. Je n'avais pas besoin de faire semblant d'être quelqu'un d'adulte et raisonnable devant Mason. Il me rendait folle et j'avais besoin qu'il le sache.

Il serrait les dents. Il m'a attrapé les poignets pour me décoller les mains des oreilles et m'a obligée à le regarder de nouveau.

— Merde, Kenzie ! Je suis désolé, mais c'est vrai. Je t'aime ! Je t'aime plus que comme une amie. Je t'aime depuis le premier jour. Je t'aime tant que ça me fait mal.

J'ai senti les larmes me monter aux yeux, puis couler sur mes joues. Mason a poussé un juron.

— C'est pas juste, ai-je murmuré sans pouvoir contenir un sanglot.

Il m'a lâché les mains et a reculé.

— Tu sais ce qui n'est pas juste ? a-t-il lancé, les poings serrés. De comprendre trop tard que t'es amoureux de ta meilleure amie !

J'ai respiré profondément. Ça devenait moche, mais il n'avait pas fini.

— Et tu sais quoi d'autre ? Devoir supporter que d'un coup, elle ne regarde plus que son bouffon de voisin !

— Mason, ce n'est pas...

— Et tu sais quoi d'autre ? Être obligé de te retenir de l'embrasser, parce que ça détruirait votre amitié !

Il parlait plus fort chaque fois, haletant, et me fixait de son maudit regard brûlant, sombre aux éclats dorés, qui incitait mon corps à me crier de me jeter dans ses bras. Mon cerveau était le dernier combattant dans cette affaire, parce que mon cœur était très en faveur du contact physique.

Plusieurs minutes ont passé avant qu'on arrive au point clé de la discussion. C'est moi qui ai osé rompre le silence.

— Tu sais que rien ne détruirait notre amitié.

Il m'a dévisagée, incrédule.

— Tu es sûre ?

— Je ne pourrais pas vivre sans toi. Bien sûr que je suis sûre.

Une lueur s'est allumée dans ses yeux. Quand j'ai compris, il était trop tard.

— Alors on s'en souviendra.

Aussitôt, il m'a attrapée par la taille en me détachant de la porte. J'ai tourné la tête juste au moment où il allait poser les lèvres sur les miennes. Quand je l'ai regardé de nouveau, il était toujours près, si près que nos nez auraient pu se toucher. J'ai dégluti et lancé un coup d'œil furtif vers sa bouche.

— Il faut pas... Tout se complique...

Il a effleuré mon nez du sien avant de répondre :

— Parfait, alors ce n'est pas grave si on complique un peu plus les choses.

Et il m'a embrassée.

Lentement, en savourant cet instant comme si chaque mouvement méritait d'être enregistré et mis sous clé dans sa mémoire.

Une main sur ma joue, il caressait ma gorge du pouce, dessinait de petits cercles qui envoyaient de l'électricité vers mon cœur. De l'autre main, il me tenait fermement par la taille. Sa respiration se mêlait à la mienne, lente et profonde. Ses lèvres écrivaient sur les miennes avec douceur.

J'ai empoigné sa chemise, que j'ai froissée entre mes doigts. Je ne rêvais pas. Mason m'embrassait.

Le sang s'est mis à pulser à une vitesse vertigineuse. Nos bouches étaient lancées dans une lutte charnelle et désespérée.

Je ne voulais pas penser. Pas pleurer. Je voulais seulement sentir, respirer un peu et être heureuse. Permettre à mon cœur d'exploser dans ma poitrine grâce à quelque chose qui pouvait me rendre aussi heureuse que l'amour.

À mesure qu'on s'embrassait, l'atmosphère est devenue plus chaude. Nos mains partaient à la découverte de zones au-delà de ce qu'autorisait une simple amitié. On avait les cheveux dans tous les sens et on s'est agrippés bien plus que nécessaire, juste par envie. Mason m'a prise dans ses bras et j'ai passé les jambes autour de sa taille, le tout sans que nos lèvres se détachent.

Quand on a franchi le seuil de ma chambre, Mason m'a enlevé mon sweat et l'a jeté dans un coin.

La porte s'est refermée d'un coup. On s'est balancés sur un chemin de baisers et de souffles incontrôlés, jusqu'au lit. Je suis tombée sur le dos et Mason s'est penché sur moi.

Asphyxiée par son poids, je haletais avec peine. Je savais qu'il fallait qu'on ralentisse, qu'on stoppe, mais c'était impossible. Sans doute parce que ses mains me caressaient les jambes en m'approchant un peu plus chaque fois. Ou parce que j'accrochais mes doigts dans son dos. Ou éventuellement à cause de sa façon de dévorer ma bouche. Ah, non, c'était probablement moi qui dévorais la sienne.

Nous étions incapables de nous interrompre, ce qui me faisait peur, mais en même temps, je m'en fichais. On a séparé nos lèvres juste le temps d'enlever le tee-shirt de Mason, et on est repartis à l'attaque. Notre pouls était accéléré et on respirait comme si on sortait d'un sprint.

Maintenant, je comprenais pourquoi le sexe brûlait tant de calories.

Et je n'avais aucune raison de vouloir arrêter. Pourquoi, alors qu'il était si clair que je le désirais ? Peut-être à cause d'un étrange sentiment assez moche, qui me soufflait que je faisais quelque chose de mal. Quelque chose qui compliquait tout. Quelque chose que j'avais décidé de ne pas faire.

James.

Dans un instant de lucidité, j'ai repoussé Mason, avec les mêmes mains qui lui arrachaient la chemise quelques minutes plus tôt. Pourtant, pour une raison obscure, je n'arrivais pas à les détacher de lui. Et lui n'arrivait pas à s'éloigner de moi. J'ai plié les coudes et je l'ai laissé se rapprocher de moi. Nos fronts se sont touchés.

— Je peux pas, ai-je murmuré en pleurant. Tu as raison, pour James.

Touché, Mason ne s'est pas pour autant écarté.

— J'aime bien James, ai-je avoué d'une voix à peine audible, en pleurant tellement c'était dur de le lui dire. Je ne peux pas vous faire ça, à aucun de vous deux. Je ne peux pas être avec l'un alors que je pense à l'autre.

Je ne pouvais pas non plus leur demander de m'attendre ni leur cacher ce que je ressentais : ç'aurait été injuste.

J'ai écarté ma tête, et nos regards se sont rencontrés. Il ne m'a rien reproché. Il n'était même pas fâché. Au contraire, il m'a caressé les joues doucement, emportant mes larmes avec lui.

Puis il a pris ma tête entre ses mains. Après tout ce qui s'était passé, il avait toujours le visage intense et les gestes tendres.

— On va s'en sortir, d'accord ?

J'ai aspiré une goulée d'air. Mason s'est redressé et j'étais perdue dans ce qu'il venait de dire. Ç'aurait pu être une phrase comme ça, mais pour moi, elle était lourde de sens. C'était pour me signifier qu'il ne me mettait pas la pression. Et même, il s'en tenait à sa parole de rester amis quoi qu'il arrive.

Encore mieux, il admettait indirectement qu'il oublierait ce qui s'était passé, qu'il lutterait pour rétablir notre amitié. Qu'il m'oublierait.

Et quelque part, ça m'a fait mal.

Un bruit épouvantable a mis fin à cet épisode. Mon portable vibrait et sonnait dans la poche de mon short.

— Ne réponds pas, m'a soufflé Mason.

Une fois que je me suis rendu compte de ce que je venais de faire, je me suis dégagée de l'étreinte de Mason. Il l'a accepté et s'est mis de l'autre côté du lit. Il a failli tomber par terre et j'ai décroché. Essoufflée, extasiée et fâchée contre moi-même de ce qui venait de se passer, je n'ai pu que crier :

— Quoi ?

Quelqu'un a ri au bout du fil et tout s'est figé autour de moi.

— Eh ben, on peut dire que tu sais comment répondre au téléphone, Kenzinette.

James.

J'ai mis beaucoup de temps à répondre. Ou plutôt, je n'ai pas répondu. Son rire s'est arrêté.

— Kenzie ? Tu vas bien ?

Je me suis assise. J'ai lancé un regard vers Mason, qui avait les yeux fixés sur moi. Là, toute trace de passion avait disparu. J'ai prié pour qu'il ne reconnaisse pas la voix de James.

Le karma me détestait.

— Salut.

J'étais la reine de l'éloquence. Bien sûr, James remarquait qu'il y avait un problème. Mason n'était pas en reste. Son front s'était transformé en une suite de rides.

— Tu vas bien ? a répété James d'un ton inquiet. T'as l'air bizarre.

J'ai avalé ma salive. Je voulais sortir de là, ou dégager Mason, toujours torse nu, mais je ne pouvais faire aucun des deux sans avoir l'air suspecte.

— Super, ai-je répondu en esquissant un sourire tordu.

— Menteuse. Je parie que tu es en train de t'obliger à sourire, et tu sais que je déteste ça, donc arrête tout de suite.

Je me suis détendue et mes lèvres ont repris une position naturelle. James était encore mystérieux pour moi. Il me connaissait bien, même si on n'avait jamais été vraiment amis. Il avait appris à me connaître ces derniers jours. Moi, je n'avais pas fait les mêmes efforts. J'ignorais encore plein de choses de lui, et m'amuser à bécoter Mason n'allait pas m'aider.

— Tu sais comment j'ai compris ?

— Aucune idée.

Je l'ai encore entendu rire, et j'ai souri sans faire attention. À côté, Mason remuait, il s'est levé et s'est mis à faire les cent pas, tout en renfilant son tee-shirt.

— Parce que tu m'as pas reproché de t'appeler Kenzinette. En temps normal, tu m'aurais déjà menacé, au minimum. Insulté, éventuellement.

Il avait raison. Merde, il avait raison sur tout.

— Commence pas à franchir les limites. Je t'aurais seulement souhaité mille morts. Plus la mononucléose.

James a éclaté de rire. Je l'imaginais sur son lit, plié de rire, les yeux fermés et le nez froncé. Tout ça alors que je venais d'embrasser Mason. Qu'est-ce qui m'arrivait ?

— La dernière hypothèse serait pire pour toi, Kenzinette. Comment t'aurais ta ration de James ?

J'ai rougi et tenté de l'ignorer comme je pouvais.

— Si tu t'avises de me rappeler Kenzinette… ai-je commencé, sans savoir comment terminer cette phrase.

— Voilà la personne que je voulais au bout du fil. Mais s'il te plaît, pas la mono.

J'ai essayé d'étouffer mon rire, sans résultat. Mason m'a lancé un regard plein de colère et il est allé se placer à la fenêtre, dos à moi. Maintenant, j'étais sûre qu'il savait avec qui je parlais.

— Écoute, c'est sympa de m'avoir appelée, mais en ce moment, je ne peux pas parler.

— Pas grave, je peux être patient s'il faut. Je t'enlèverai demain quand tu reviendras.

— M'enlever ? (Pourquoi est-ce que je me remettais à rougir ? J'ai lancé un coup d'œil vers Mason. Il n'avait pas bougé.) On verra.

— Ah, mais oui, Kenzinette.

Oh, il voulait vraiment que je me transforme en tomate !

— À demain, alors.

— Ça veut dire oui ?

J'ai soupiré en riant en même temps. Il ne s'avouait jamais vaincu.

— Bye bye.

J'ai raccroché, mais seulement après avoir entendu une dernière phrase :

— Bonne nuit, Mackenzie.

J'avais la chair de poule. Était-ce normal que mon prénom soit si joli, quand c'était James qui le prononçait ?

J'ai laissé le téléphone sur mon lit et je me suis dirigée vers Mason. Une des pires conversations de ma vie s'annonçait. Juste après l'épisode qui avait mis en péril notre amitié.

Je me suis postée derrière lui en cherchant ses yeux dans le reflet sur la vitre. Dehors, il faisait sombre. La lumière était allumée, ce qui fait que la chambre se reflétait parfaitement, mais ses yeux fuyaient les miens, même sur la fenêtre. Ça ne commençait pas bien.

Par pur manque d'imagination, j'ai suivi son regard. Je n'ai pas été surprise de découvrir le père Noël de la veille. Aujourd'hui, il portait une perruque à la Elvis avec un veston blanc tout en chantant avec un micro devant la télé. Cet homme n'allait vraiment pas bien.

— Spéciaux, tes voisins, a soudain dit Mason, ce qui m'a fait sursauter.

Je ne m'y attendais pas et je me suis raclé la gorge avant de répondre :

— Et tu ne l'as pas vu hier. C'était encore pire, il dansait à moitié nu avec un bonnet de père…

— C'était James ? m'a-t-il interrompue sans détacher son regard du voisin.

J'ai envisagé de lui mentir, mais c'était ridicule.

— Je suis vraiment débile.

C'était la troisième phrase qu'il prononçait à la suite et qui parvenait à me surprendre. Un record.

— Mais non, c'est moi l'idiote.

Alors, il s'est retourné. J'ai voulu reculer, mais il ne m'a pas laissée faire. Il m'a prise par la main pour m'attirer vers lui. Dans son regard, je voyais encore la colère, mais la tristesse gagnait du terrain.

— Pourquoi ? Parce que tu m'as laissé t'embrasser ?

J'ai serré les lèvres. Ce n'était pas du tout sûr.

— Ben, je t'ai rendu le baiser, donc techniquement, je t'ai embrassé aussi.

Est-ce que ça sonnait aussi bizarre que j'en avais l'impression ? Mason a esquissé un sourire doux, faisant apparaître une de ses fossettes qui me plaisaient tant.

— Tu voudras bien t'en souvenir plus tard ?

— Mason, qu'est-ce que… ?

Il m'a encore coupée. Il a posé deux doigts sur mes lèvres pour les fermer avant de poursuivre :

— Je suis bête, Mackenzie, parce que je n'avais pas compris comme tu étais amoureuse de James. J'ai été bête d'avoir mis autant de temps à me rendre compte que je l'étais de toi. J'ai été bête en pensant que je pouvais avoir une chance et en venant ici sans prévenir. Et bien sûr, j'ai surpassé ce niveau de bêtise en t'embrassant alors que clairement, tu aimes James.

Alors là, ça n'avait pas de sens. Je n'aimais pas James. J'étais sensible à son charme, mais de là à l'aimer ?

— Toi aussi…

Apparemment, Mason dominait à la perfection l'art d'interrompre, parce qu'il ne s'est pas privé encore une fois.

— Oui, je sais. Tu m'aimes aussi. Mais… Ne le dis pas, d'accord ?

Il avait l'air au trente-sixième dessous. C'était ma faute. J'avais envie que la terre s'ouvre pour m'engloutir.

— Mason…

— Ne le dis pas, Mackenzie. Ne le dis pas parce que ça fait mal, OK ?

Merde. J'avais blessé mon meilleur ami et c'était quelque chose que je ne me pardonnerais jamais.

Mason m'a lâché la main et a de nouveau regardé par la fenêtre. Le mec continuait de chanter devant la télé et il s'était mis à danser.

— Vaut mieux qu'on fasse comme si rien ne s'était passé.

J'avais mal dans la poitrine. Il pouvait arriver quelque chose de pire aujourd'hui ?

C'est à ce moment que mon père, Leslie, Anna Banana et les jumonstres sont rentrés. Mason était encore dans ma chambre.

Je me suis retrouvée en état de choc, sans savoir quoi faire. Il fallait qu'il se cache. N'importe où. Sous le lit ? Dans l'armoire ? Dans une valise ? Sous une pile de linge ?

Trop tard.

La porte de la chambre s'est ouverte.

CHAPITRE 15

Leslie est restée muette, la main sur la poignée, la bouche grande ouverte. Son regard est passé de Mason, encore au milieu de la chambre, à moi. Puis de nouveau à Mason, puis finalement à moi.

— Pourquoi il est encore ici ?

Je m'apprêtais à répondre, quand on a entendu des pas résonner dans le couloir. Leslie a fermé la porte d'un coup sec. Au moins, j'avais une sœur intelligente et pleine de réflexes. Elle savait qu'il n'aurait pas dû être là, seul avec moi dans une chambre.

— On n'a pas vu l'heure passer, ai-je bégayé.

Elle s'est approchée de Mason en l'observant, comme un inspecteur de police qui enquête sur un meurtre. Mason et moi, on était les assassins potentiels.

Et puis des coups ont retenti à la porte et toutes les pensées rigolotes qui n'avaient rien à voir ont disparu de ma tête.

— Kenzie ? Leslie ? Je peux entrer ?

Ma sœur et moi avons échangé un regard rapide et quelques secondes plus tard, elle entraînait Mason pour le cacher pendant que je répondais à notre père :

— Une seconde, on… on se change.

Leslie m'a regardée avec de grands yeux pendant qu'elle essayait de caser Mason dans l'armoire de force, sans résultat : il ne passait pas.

— Sérieusement ? m'a-t-elle murmuré, stressée, en poussant Mason vers le lit. On se change ?

— C'est bon, j'attends, a acquiescé papa pendant que Mason se heurtait à un pied du lit et tombait dessus. Tout va bien, là-dedans ?

Merde. Merde. Non, c'était pas l'extase. Réfléchis vite, Kenzie !

— Oui, c'est juste que… Aïe ! Je me suis cognée au lit.

Ma sœur m'a de nouveau renvoyé un regard déconcerté. Je n'étais même pas synchro dans les mensonges. Je ne suis pas douée pour travailler sous pression, d'accord ? Laissez-moi tranquille !

— Qu'est-ce que tu veux faire ? a demandé Mason à voix basse.

En me retournant, j'ai vu Leslie montée sur le lit en train de pousser Mason pour le déloger.

— J'essaie de te virer pour que tu te caches dessous, espèce d'attardé mental !

Effectivement, elle a réussi, mais en le faisant tomber sur le parquet dans un boucan de tous les diables.

— Leslie ? Kenzie ? a fait la voix de mon père, de plus en plus inquiète.

Comme on ne savait pas quoi faire, aucune de nous deux n'a répondu. Mason a fermé les yeux avec appréhension et s'est frotté là où il s'était fait mal.

— Bon, j'entre.

Ma sœur, qui a toujours plus de réflexes que moi, a eu assez de temps pour jeter des vêtements et des coussins sur Mason, toujours étalé par terre, avant de s'asseoir sur le lit en étirant les jambes par-dessus lui pour le recouvrir au maximum.

— Coucou, papa, je t'ai dit que tout allait bien, a-t-elle lancé avec un sourire forcé en s'appuyant sur le coude. Tu voulais quelque chose ?

Il n'a pas répondu. Il nous a observées d'un air perplexe. Ce qui était compréhensible, avec la tête que je devais avoir. Même Leslie avait été un peu dépeignée dans la bataille. Il a fini par s'éclaircir la voix en nous regardant fixement.

— Je croyais que vous vous étiez changées.

J'ai baissé les yeux sur mon short et le sweat que j'avais remis.

— Oui, mais… on se mettait en pyjama.

— Vous n'êtes pas en pyjama.

Raté. J'ai désigné ma sœur sans savoir quoi répondre. Elle était toujours en train d'essayer de cacher Mason en s'étirant au maximum sur le lit. Au bout d'une seconde, elle s'est exclamée d'un ton joyeux :

— Au fait, papa, tu sais que j'ai eu mes premières règles ?

Brillant. Génial et brillant, tout simplement. C'est pour ce genre de choses que j'adorais ma petite sœur. Elle n'avait aucune honte et elle avait réponse à tout. On a regardé notre père, qui était en train de rougir et de reculer vers la sortie. Brillant, je disais.

— Euh, bon… a-t-il bafouillé. Je vais voir ce que font les jumeaux au salon…

Et hop, il est sorti de la chambre en fermant la porte derrière lui. Leslie a attendu exactement quatre secondes avant de pousser un gros soupir et de se retourner pour se retrouver sur le ventre, la tête dans l'oreiller.

— Tu sais que pour une sœur aînée, tu donnes pas un super exemple ?

Sa question était étouffée par la télé, mais ça ne m'a pas empêchée de rire. La tension s'était dissipée et j'avais l'impression qu'un poids s'était soulevé de mes épaules.

— J'ai cru que j'allais m'asphyxier, a grogné Mason en s'extrayant de la pile de tissus que Leslie lui avait lancée dessus.

Il a récolté un regard indigné de ma sœur.

— Et ça ne serait pas cher payé, pour tout ce que j'ai dû faire pour vous sauver tous les deux, a lancé Les en se dirigeant vers la porte, les bras croisés. Je ne veux rien savoir de vos histoires d'ados, alors si vous avez encore besoin de moi, vous me retrouverez au salon.

— Dès qu'ils seront couchés, je l'évacuerai discrètement, ai-je lancé avant qu'elle sorte. Et en échange, je te promets de te raconter l'imitation d'Elvis qu'on a admirée tout à l'heure.

Leslie a plissé les yeux vers moi, puis vers l'appartement du fou. Elle a fait un signe de tête puis elle m'a laissée seule avec Mason. Je l'ai regardé. Il m'a regardée. Personne n'a rien dit.

Personne ne disait toujours rien…

Les minutes ont passé, en silence, sans que personne ne sache quoi faire ni dire. Je me suis assise sur le lit, et il était par terre, en train d'observer son téléphone ou la vitre. Tout sauf reposer les yeux sur moi. C'était étrange d'être avec mon meilleur ami et qu'on se comporte comme deux étrangers.

Tout était fichu.

Mon père est revenu pour dire bonne nuit, mais cette fois, je suis sortie. Ensuite, on a attendu un quart d'heure, toujours sans parler, avant de se dire qu'on pouvait faire sortir Mason.

— Je passe en premier, ai-je dit. Si je te fais un signe bizarre, ça veut dire « continue de courir ».

Il a acquiescé et on a entamé la mission suicide Sortir Mason Sans Se Faire Griller, nom de code, SMSSFG. En fait, les précautions n'étaient pas nécessaires. Tout était noir et silencieux à part le salon, où la télé était allumée à bas volume. On a traversé l'appartement sans aucun problème. La plus grosse difficulté a été d'ouvrir la porte sans faire de bruit, ce qui a fonctionné aussi.

— À lundi, a marmonné Mason sans lever les yeux, concentré sur la pointe de ses chaussures.

Ce n'était pas ce que je voulais. Je voulais mon meilleur ami, même si je ne le méritais pas.

— Tu me promets ?

Il ne devait pas s'y attendre, parce qu'il m'a regardée fixement, ce qui m'a fait rougir et frissonner. Pourquoi je réagissais comme ça ?

Finalement, il a esquissé un petit sourire. Ça me plaisait déjà plus.

— Je te promets. Mais toi aussi, tu dois me promettre un truc. C'est moi qui t'emmène au lycée, d'accord ?

Là, j'ai été carrément perplexe. Qui d'autre allait m'emmener ? J'ai fait oui et j'ai commencé à fermer la porte, mais d'un coup, Mason m'a prise par la taille et il m'a embrassée. Quand il s'est écarté, j'avais encore les yeux fermés. En les ouvrant, j'ai vu qu'il souriait.

Il m'a lâchée et il s'est éloigné en me disant :

— En y réfléchissant… je vais pas laisser le champ libre à James si facilement.

Il m'a lancé un clin d'œil et a disparu dans l'ascenseur.

J'ai refermé et je me suis appuyée contre la porte. Mes lèvres picotaient et mon cerveau était dans le coma. James. Pour une fois, Mason ne l'avait pas appelé par son nom de famille. Et pourquoi je pensais à ça et pas au fait qu'il venait encore de m'embrasser ?

J'ai mis quelques minutes à faire réagir mes jambes, puis je suis retournée à la chambre comme une automate pour parler à Leslie. J'en avais besoin, et c'était la meilleure candidate en ce moment.

Mais quand je suis passée par le salon, j'ai assisté à une scène encore plus perturbante.

Ma sœur était là. Sur le canapé. Avec un garçon. L'un des jumonstres. En train de l'embrasser.

Hunter ? Blake ? Je n'en avais aucune idée, j'étais toujours incapable de les distinguer.

*

— Bon, c'était lequel des deux ? ai-je chuchoté.

Papa avait eu l'idée qu'on se balade en ville, juste tous les trois. C'était sans doute une façon de passer du temps ensemble et de parler. On était dimanche matin, donc d'ici une heure ou deux, on devrait reprendre la route pour rentrer. Leslie a grogné en marchant vite, les yeux sur l'écran de son portable.

De retour dans la chambre, j'avais tenté toutes les tactiques de persuasion possibles pour qu'elle me raconte ce qui s'était passé, mais ma sœur était la personne la plus secrète de ma connaissance. Elle aimait savoir des détails croustillants sur les autres, mais elle ne révélait rien sur elle.

C'était en partie ma faute, parce que quand j'ai voulu m'éloigner discrètement, je m'étais cognée contre la porte du salon à grand fracas, typique de moi. Conséquences : baiser interrompu, Leslie fâchée contre moi et affaire classée pour toujours.

Mon père s'est posté à côté de moi, ce qui m'a empêchée de continuer d'interroger Leslie.

— Tu veux rentrer ?

— Oui, oui, ai-je répondu en haussant les épaules.

Je n'avais pas spécialement envie de faire la conversation avec lui. Je ne m'étais toujours pas remise du fait qu'il ait quitté ma mère pour Anna Banana. Je sais que ces choses arrivent et que les problèmes entre les parents ne doivent pas affecter leur relation avec leurs enfants, mais je ne peux pas faire comme si rien ne s'était passé, surtout maintenant qu'il voulait qu'on vive avec lui.

— C'est pas si mal, Washington ? a-t-il poursuivi comme si ma réponse avait été suffisamment neutre. À ton âge, je vivais dans un village et je détestais ça.

J'ai imité ma sœur, qui continuait à jouer avec son portable quelques mètres devant, et j'ai accéléré le pas en doublant deux piétons lents. Mon père s'est calé sur mon rythme sans s'avouer vaincu.

— On est plutôt bien, ici, tu sais. Les jumeaux sont plus faciles quand vous êtes là et Anna aurait envie de mieux vous connaître.

Encore étourdie par les événements de la veille, j'ai décidé d'être claire.

— Leslie et moi, on aime bien vivre avec maman. On ne veut pas vivre avec vous.

— Vraiment ? a-t-il insisté avec entrain. L'université est très cotée, ici.

Insinuer que je déménage ici l'année suivante, c'était trop. Les poings serrés, j'ai répondu d'une voix tendue :

— Vraiment, on est bien avec maman. On est une famille.

Après cinq secondes de silence, j'ai jeté un coup d'œil vers lui. Je n'ai pas pu m'empêcher de voir son expression triste, ce qui m'a fait regretter ma violence. Après tout, c'était mon père.

— Vous êtes mes filles aussi, Kenzie. Je sais que tout ne s'est pas toujours bien passé, mais je vous aime, et je veux rattraper le temps perdu.

J'ai soupiré et j'ai dû réunir des forces pour le convaincre d'oublier cette idée folle.

— Écoute, c'est bien que tu passes du temps avec nous, mais… ce serait mieux de trouver une autre façon.

Il m'a regardée fixement, et je me suis reconnue dans ses yeux. Les moments qu'on avait passés ensemble, les plans camping désastreux où il nous avait forcées à aller, les dimanches après-midi au parc avec nous, ses efforts pour être présent pour nous… Il nous aimait, toutes les deux, et c'est pour cette raison qu'il voulait qu'on vienne vivre avec lui.

— Pas si tu cherches à nous éloigner de maman, ai-je terminé.

On est restés à se regarder quelques secondes de plus, avant de devoir arrêter pour ne pas nous heurter à d'autres passants, mais ça a suffi pour savoir que mon père avait compris.

Parce qu'au final, les mots durs qui blessent ne sont pas les meilleurs. Exprimer comment on se sent vraiment est une meilleure idée. Toujours.

*

— On arrive.

Je me suis retournée pour voir Leslie, sur la banquette arrière, détacher les yeux de son téléphone tout neuf pour regarder la maison. Maman allait sortir d'une seconde à l'autre et je savais ce qui se passait dans sa tête : adieu, smartphone.

— Je vais prendre les sacs, a-t-elle marmonné en rangeant l'appareil dans sa poche de pantalon. J'ai envie de voir ce que va m'offrir maman.

Quelque chose de mieux qu'un baiser avec un jumonstre ? Sûrement. Je n'avais toujours pas déterminé l'identité du coupable, et je crois que je ne saurai jamais.

— Tu as passé un bon week-end, Kenzie ?

J'ai regardé le visage plein d'espoir de mon père. Est-ce que j'avais passé un bon week-end ? Voyons… si on enlève la partie où on m'a obligée à aller chez lui, celle où mon meilleur ami m'a embrassée, histoire de me déstabiliser complètement, et celle où ma sœur a décidé de me cacher le nom du garçon qui lui a roulé une pelle dans le salon…

La réponse était un non clair et net.

— C'était bien, ai-je dit, sans me priver de hausser les épaules quand même.

Leslie a tapé à la vitre pour me montrer qu'elle avait pris mon sac à dos et s'est dirigée vers la maison. Bizarre, je croyais qu'elle était fâchée contre moi. Ou alors, elle cherchait juste à faire passer le téléphone en douce en faisant comme si c'était le mien.

J'allais ouvrir ma portière, quand mon père m'a demandé :

— Alors, qu'est-ce que tu penses de tout ça ?

Je suis restée sans voix, les doigts sur la poignée. J'aurais dû voir venir l'interrogatoire. J'ai essayé d'afficher une expression aussi neutre que possible, je me suis tournée vers lui et j'ai inspiré. Mais évidemment, j'ai commencé à délirer.

— Ils sont sympas, Anna et ses fils, ai-je menti.

— Kenzie, tu sais de quoi je parle.

Je suis restée muette, parce que je ne savais pas quoi dire qui ne le blesserait pas.

— C'est pas grave, tu n'es pas obligée de répondre.

Génial, j'avais réussi à le rendre triste, alors que c'était justement ce que je voulais éviter ! Pourquoi je n'arrive à rien faire de bien ? Mon père a poursuivi, comme s'il lisait dans mes pensées :

— Tu sais quoi ? Je veux juste essayer de faire les choses au mieux. Je sais que ça s'est mal passé avec votre mère, mais vous êtes toujours mes filles.

Dire que ça s'était mal passé, c'était un peu court, mais maman nous a toujours dit que ça ne devait pas nous influencer. Je ne savais pas comment faire.

— C'est bien que tu veuilles passer du temps avec nous. Leslie et moi aussi, on t'aime.

Il a levé les sourcils pour attendre la suite. On n'avait pas achevé la conversation de ce matin.

— Et donc ?

J'étais fatiguée. Je me suis frotté le front. Ça n'allait pas bien se terminer, cette discussion.

— On n'a pas spécialement envie de venir vivre avec toi et ta nouvelle famille. On a notre vie ici, avec maman et nos copains. Et nous imposer des problèmes de garde… Si tu veux que je sois franche, ça va juste servir à ce qu'on te déteste.

— Encore plus ? a-t-il demandé avec un sourire triste.

— Encore plus, ai-je confirmé en lui rendant son sourire. Mais te voir plus souvent, ça serait chouette.

Et puis j'ai fait quelque chose qui ne m'était pas arrivé depuis très longtemps. Je me suis penchée pour embrasser mon père. Comme il était surpris, il a mis quelques secondes à réagir, mais c'était réconfortant de sentir ses bras autour de moi. Enfin, on était réconciliés.

Pourquoi avoir tardé autant ? Tous les hommes de ma vie étaient un peu lents à la comprenette.

— Je t'appelle, a-t-il promis.

— T'as intérêt ! ai-je répondu avant de sortir.

J'ai attendu sur la pelouse qu'il s'éloigne en espérant que la suite se déroulerait comme ça. Même si on devait passer d'autres week-ends chez lui.

Merde, j'avais besoin de savoir lequel des deux c'était ! Avoir affronté la situation avec mon père m'avait insufflé du courage. Je devais interroger ma sœur, la ligoter et lui faire avouer. Elle ne pouvait pas me cacher ça !

J'en étais là quand j'ai entendu les cris, dès que j'ai ouvert la porte.

— … droit de me l'enlever ! vociférait Les.

— Je suis ta mère ! J'ai tous les droits du monde !

— Et c'est une justification ? Je suis une personne, je peux décider.

— Tu viens d'avoir douze ans !

— Et mon âge fait de moi quelqu'un d'incapable de penser ? Quelqu'un de bête ?

— Arrête, Leslie, tu sais que je n'ai pas dit ça !

— Pas avec ces mots !

— Tais-toi et donne-moi ce téléphone.

— Il est à moi. T'as aucun droit.

— Je suis ta mère.

— Tu l'as déjà dit !

J'ai entrepris de m'éloigner lentement, en essayant de ne pas me cogner dans une porte, pour une fois. Ma sœur était une guerrière. J'allais repousser l'interrogatoire à une autre fois. Et en y réfléchissant, la corruption fonctionnerait sans doute mieux.

Enfin, j'avais d'autres problèmes à résoudre.

Je suis ressortie pour marcher d'un pas décidé vers la maison de James. Je devais parler avec lui, et si je remettais à plus tard, je ne lui dirais rien. Et quand on commence à avoir des secrets, les choses se compliquent toujours.

Mais là, quelqu'un m'a attrapée par-derrière en me couvrant les yeux d'une main et la bouche de l'autre.

La respiration coupée, j'ai senti mon dos pressé contre un torse ferme. J'allais mordre la main d'en bas, mais j'ai été arrêtée par le parfum familier. Je connaissais mon agresseur.

En fait, si je faisais attention, je pouvais m'apercevoir que ses mains étaient douces sur mon visage. J'ai collé le dos contre sa poitrine et senti qu'il abaissait la bouche vers mon oreille. J'ai frissonné. Je savais qui c'était avant qu'il parle.

— Qu'est-ce que tu dis d'un petit enlèvement express ?

Je n'aurais pas dû. J'aurais pas dû me sentir aussi détendue avec James qui m'emprisonnait, mais j'ai souri. Il l'a remarqué et a eu un rire sec. J'ai eu la chair de poule quand l'air chaud a frappé ma nuque.

— Je vais prendre ça comme un oui.

Je me suis mordu la lèvre inférieure en essayant d'effacer mon sourire, mais c'était vraiment difficile. J'ai tenté de parler, mais sa main étouffait ma voix. Il l'a retirée, mais mon état de nerfs ne s'est pas amélioré quand il m'a enlacé la taille, et attirée tout contre lui.

— Si l'autre personne est d'accord, c'est pas un enlèvement, ai-je enfin déclaré d'une voix enrouée.

James s'est remis à rire. J'ai senti un chatouillis sur ma peau. J'allais devoir apprendre à contrôler mon corps.

— Ça peut s'arranger.

J'ai étouffé un cri quand James a ôté sa main de mes yeux et m'a retournée vers lui avant de me jeter sur son épaule comme un sac de patates.

— James ! Lâche-moi ! ai-je braillé en lui donnant des coups de pied et de poing.

Loin de m'écouter, il a posé la main sur mes fesses sans aucune honte et s'est mis en route vers sa maison. J'ai recommencé à crier.

— Bien, maintenant, on peut appeler ça un « enlèvement ».

Crier n'a pas été une bonne idée. Avec le ventre plaqué sur son épaule, j'avais du mal à respirer et j'avais besoin de tout l'air possible pour continuer à le frapper. Ce n'est pas que ça avait beaucoup d'effet, mais au moins, je passais ma colère sur lui. Je ne me sentais pas très confiante en dépendant totalement de lui. Ça ne me plaisait pas de ne pas décider ce que je faisais de mon corps ni où j'allais.

J'ai cru qu'il allait s'arrêter une fois devant sa porte, mais pas du tout. Il a ouvert sans regarder et pendant qu'on traversait le séjour bien propre et ordonné pour monter, j'ai compris qu'il n'y avait personne. On était seuls et James m'emmenait dans sa chambre. C'était normal d'être nerveuse dans ces circonstances ? Tant mieux, parce que je l'étais.

Mais ça devait être trop de gravir l'escalier avec moi sur l'épaule, parce qu'à la moitié, il m'a reposée doucement. Mon tee-shirt s'est relevé au-dessus de mon nombril tandis qu'il me faisait glisser. Nos visages se sont retrouvés à la même hauteur. C'était très triste que je sois plus petite que lui d'exactement une marche.

Nos nez se touchaient presque. J'aurais voulu détacher mon regard de lui, mais impossible. Le vert de ses yeux était intensément addictif. Son expression sérieuse n'a pas du tout aidé à calmer les battements de mon cœur.

J'avais une main sur son épaule. J'ai commencé à la retirer, mais James me l'a replacée au même endroit. Il m'a pris l'autre main et l'a mise sur son autre épaule. Et ensuite, il m'a entouré la taille, puis m'a attirée contre lui.

Waouh. Waouh. Waouh.

— Si je te dis que tu m'as manqué, ça fait trop fleur bleue ?

Ce mec allait me provoquer un infarctus.

Comme j'étais incapable de répondre, il m'a serrée plus fort avant de reprendre :

— Bah, je deviens peut-être un peu fleur bleue, avec toi.

Il a contemplé mes lèvres de longues secondes. Il a approché son visage, très lentement, ce qui me donnait le temps de le repousser.

Et c'est exactement ce que j'ai fait.

J'ai appuyé sur ses épaules et il a vite caché l'ombre de douleur apparue dans ses yeux sous un masque de neutralité.

— J'allais déjà chez toi avant que tu m'enlèves, ai-je commencé.

Il a affiché un air soucieux, puis s'est arrangé pour sourire.

— Je te manquais ?

Comme je ne l'ai pas suivi sur les blagounettes, il a repris une expression sérieuse. J'ai mis du temps à pouvoir parler. J'ai promené le regard sur le mur nu à côté de l'escalier et sur la rampe immaculée avant de revenir à James, qui m'a ordonné :

— Crache le morceau, Mackenzie.

Cette fois, je me suis lancée :

— Ce week-end, Mason a débarqué par surprise chez mon père. Il m'a embrassée.

James a reculé de quelques centimètres et je l'ai vu déglutir. J'avais trop de mal à le fixer dans les yeux. Surtout avec ce que je me préparais à ajouter :

— Et je lui ai rendu son baiser.

Je lui ai raconté avec tous les détails la visite de Mason et la filouterie de Leslie. J'étais la pire personne au monde pour donner des nouvelles, surtout si elles étaient désagréables. James m'a enlevé les mains de ses épaules avec douceur.

— Je suis désolée, ai-je murmuré.

Malgré tout, il n'arrêtait pas de me fixer, et ce regard me rendait folle.

— Pourquoi tu me demandes pardon ?

J'ai cherché une raison, vrillée par la profondeur de ses yeux verts.

— Je ne… Ben. C'est que je me disais… Parce que je suis désolée.

— Mais encore ? a-t-il insisté, incrédule.

— Je sais pas. T'es pas mon copain, je t'ai pas promis fidélité ni amour éternel…

— Mais… m'a-t-il encouragée en me relevant le menton pour que je le regarde.

— Mais je me suis sentie coupable, ai-je fini par avouer.

James m'a lâchée et m'a dévisagée d'un air grave.

— Alors tu devrais te demander pourquoi.

Je comprenais bien. Je me suis agitée et j'ai descendu une marche, ce qui m'a obligée à hausser la tête vers lui.

— Tu n'es pas fâché ? ai-je demandé, avant de regretter aussi sec.

Il a secoué la tête, les yeux fixés sur moi comme toujours.

— J'aime les gens qui savent pardonner. On commet tous des erreurs.

J'ai acquiescé, sans trop savoir à quoi m'en tenir. C'était sans doute bien qu'il ne soit pas en colère, mais bon, il était censé être fou de moi, tout ça, tout ça, et il n'allait même pas dire un gros mot ?

Non. Seulement une question non désirée :

— Tu es encore amoureuse de lui ?

Je n'ai même pas ouvert la bouche pour répondre. Je suis restée debout, en mode court-circuit. J'avais compris les mots, je les avais analysés et j'étais en capacité de formuler une réponse. C'est là que la panne de cerveau intervenait.

— Allez, Mackenzie, réponds ! a repris James en m'attrapant par les épaules. Tu l'aimes ?

Et j'ai finalement prononcé les mots qui voguaient dans ma tête :

— Je sais pas.

— Tu sais pas, a-t-il répété pendant que, lentement, un sourire revenait illuminer son visage. C'est plus que suffisant.

J'ai à peine eu le temps d'inspirer une fois que je me suis retrouvée plaquée au mur. Il m'a embrassée, avec brutalité, et j'en ai été tout étourdie. Quand il a reculé, il haletait presque comme un animal. Il m'a replacé une mèche derrière l'oreille et a déclaré :

— Si Carter veut la guerre, il l'aura.

CHAPITRE 16

Recalée.

C'est comme ça qu'a commencé mon lundi. Ce mot allait sûrement me poursuivre tout le reste de la journée. Je n'avais pas eu la moyenne en histoire. C'est vrai que j'avais un peu laissé tomber les cours en ce moment, mais avec tout ce qui m'était arrivé, ça se comprend, non ?

Le pire n'a pas été le regard déçu du prof. Ça a été mon angoisse. À quelques mois des examens terminaux et toujours sans aucune université qui m'ait acceptée, me planter à un partiel, c'était la dernière chose que je pouvais me permettre. À moins d'oublier la fac, évidemment.

Énervée, j'ai fourré ma copie dans mon sac en la froissant au passage. Je devais prendre ça comme un avertissement : soit je me saisissais, soit je ratais ma vie. Facile à dire, mais pas à faire. Comment me concentrer alors que James et Mason s'étaient déclaré une guerre sur le thème « qui va finir avec Kenzie » ? C'était à la fois surréaliste et débile. J'avais l'impression d'être un objet, un prix.

Non, décidément, ce que je devais faire, c'était rester loin des garçons et appuyer sur le bouton stop de mes hormones stupides et incontrôlées jusqu'à ce que les examens soient passés et que je reçoive une lettre d'acceptation d'une université, n'importe laquelle.

Voilà, trop facile !

— Courage, Kenzie. Si tu veux, on peut étudier ensemble.

J'ai souri à Alia pour la remercier. Un point positif dans toute cette histoire de liste, qui avait l'air d'être oubliée, c'est que j'étais devenue l'amie de Melanie et Alia. La première m'a posé une main sur l'épaule.

— Moi, je suis pas spécialement douée, mais tu peux toujours compter sur mes notes, si tu arrives à en tirer quelque chose.

On a quitté la salle et, grâce à elles, j'avais déjà un peu plus le moral. Le jeudi soir, on s'est réunies chez Alia pour terminer d'organiser la sortie entre amis de vendredi. J'ai eu beau essayer d'esquiver, il n'y a pas eu moyen. Melanie était prête à tout pour revoir Jack, et je n'allais pas m'interposer entre les deux.

J'ai envisagé la possibilité de leur raconter mes déboires avec Mason et James, mais chaque fois que j'ouvrais la bouche, je finissais par dire que j'adorais le chocolat. Elles devaient commencer à se dire que j'avais un sérieux problème d'addiction. De toute façon, on n'était pas encore très intimes et je soupçonnais toujours Alia de craquer sur Mason…

Merci l'adolescence.

Dans le couloir, il m'a soudain semblé croiser un visage connu. Surprise, j'ai dévisagé Eric comme une idiote complète. Heureusement, il était suffisamment poli pour ne pas faire de remarque et suffisamment correct pour me saluer.

— Salut, Kenzie, comment tu vas ?

Moi, par contre, je n'étais suffisamment rien du tout pour me taire.

— Alors, tu n'es pas en internat à Tokyo ?

Il a fait une tête stupéfaite.

— Moi, est intervenue Melanie, j'ai entendu dire que la mafia t'avait recruté pour vendre de la drogue à l'épicerie de tes parents.

— N'importe quoi, l'a reprise Alia, qui ajoutait son grain de sel. On t'a contacté pour faire doublure dans un film d'arts martiaux, non ?

Apparemment, aucune des trois n'avait raison.

— Ben dis donc, je suis plus populaire que je croyais, s'est-il exclamé en riant. En fait, j'ai une bronchite qui a dégénéré en pneumonie. J'ai même dû passer quelques jours à l'hôpital.

Aussitôt, je me suis sentie mal. J'avais fait ce que justement je critiquais toujours : me laisser embarquer par les ragots du lycée, et c'étaient toujours des mensonges. Je n'avais entendu personne dire qu'Eric était malade. J'ai regretté de ne pas m'être approchée de l'épicerie les deux samedis précédents. J'aurais pu poser la question à ses parents.

Je me suis éclairci la gorge.

— J'espère que tu vas mieux.

Eric a souri, ce qui le faisait fermer complètement les yeux.

— Entièrement guéri, merci.

La sonnerie a annoncé le début du cours suivant. J'ai replacé mon sac sur mon épaule et j'ai dit au revoir à Eric pour aller en cours d'anglais. En priant pour que mon résultat soit meilleur.

— À bientôt, j'espère, m'a répondu Eric. Et au fait, Kenzie… Je parle pas du tout le japonais.

Melanie a éclaté de rire pendant qu'il s'éloignait tranquillement. Toute rouge, j'ai dû donner un coup de coude à ma nouvelle amie pour qu'elle arrête.

— La honte, ai-je murmuré en me couvrant le visage de mes mains.

— Je le trouve très mignon, moi, a commenté Alia en me prenant par les épaules. Tu crois qu'il accepterait un poste de rédacteur au journal ?

J'ai rigolé avec Melanie quand Alia a remué les sourcils d'un air suggestif. Avec elles, c'était comme si les problèmes disparaissaient.

Comme si… Jusqu'au moment où j'ai trouvé Mason et James devant la porte de mon cours suivant, avec l'air de me guetter.

Parce que clairement, ils m'attendaient.

— Salut, James ! s'est exclamée Melanie en s'approchant de lui avec entrain.

— Salut, Mason ! s'est écriée Alia en lui souriant.

Salut, personne, ai-je pensé en ayant très envie de fuir. Ce que j'ai quasiment fait, mais sachant qu'aucune des deux filles n'était au courant de notre étrange triangle amoureux et que je ne voulais pas que ça change, ça ne l'aurait pas fait de me mettre à courir jusqu'aux toilettes.

Dommage, parce que quand ils m'ont regardée tous les deux sans faire attention aux filles qui leur parlaient, je n'ai pas pu m'empêcher de reculer d'un pas.

— Tu as anglais, maintenant ? a demandé Alia à Mason, qui continuait de me fixer.

— En fait, c'est Kenzie que je cherchais. Elle a laissé son blouson dans ma voiture ce matin.

Je ne me rappelais même pas l'avoir oublié tout à l'heure. Le trajet jusqu'au lycée avait été extrêmement bizarre. Mason s'était comporté comme si de rien n'était, pendant que moi, je n'arrêtais pas de me tordre les doigts et de me mordre les lèvres tellement j'étais mal à l'aise.

Je me suis obligée à garder les yeux sur Mason et mon blouson vert, que je suis lentement venue lui prendre des mains. Quand nos doigts se sont frôlés, il a eu un regard encore plus intense.

— Merci, ai-je marmonné trop bas, de peur que la voix me manque, en serrant ma veste contre moi.

Mason m'a souri et a cligné de l'œil. Il semblait tranquille, mais je savais que tout était calculé.

— BatMason à votre service.

Et là, il m'a embrassée sagement sur la joue.

— À tout à l'heure, m'a-t-il dit avec le sourire.

Il a tourné les talons, mais a gardé la tête orientée un moment vers moi, et celui qui était derrière moi. En effet, une main s'est posée sur mes épaules. Mason s'est assombri, mais n'a rien dit avant de disparaître au bout du couloir.

J'ai soufflé un coup avant de me retourner vers James, qui n'avait pas l'air content du tout.

— Salut, ai-je donc fini par dire très bêtement.

— Salut, a-t-il répondu après quelques secondes de silence.

Il a baissé la main et s'est éloigné, les yeux fixés sur moi.

Houlà.

Quand James a disparu et que les battements de mon cœur sont revenus à la normale, Alia et Mel m'ont prise par le bras, une de chaque côté, et m'ont entraînée dans la salle.

— Dis donc, Kenzie, a chuchoté Alia. T'aurais pas un ou deux trucs à nous raconter ?

*

Dans mon sac, mon téléphone vibrait. J'ai regardé l'écran sous mon bureau, en espérant que la prof d'anglais ne s'en rendrait pas compte.

JAMES : Coucou.

KENZIE : Coucou.

JAMES : T'es déjà allée à un concert ?

KENZIE : Non, pourquoi ?

JAMES : Tu préfères le rose ou le vert ?

KENZIE : J'aime bien le bleu,
pourquoi cette question ?

JAMES : Végétarienne ou carnivore ?

KENZIE : Je mange de tout,
sauf des insectes.
Pourquoi tu veux savoir tout ça ?

JAMES : Fraise ou chocolat ?

KENZIE : Chocolat !

JAMES : Comédie romantique,
thriller ou film d'action ?

KENZIE : Tu vas me dire ce qui te prend ?

JAMES : Ça dépend, tu vas me répondre ?

KENZIE : Comédie romantique.
T'es impossible.

JAMES : Je sais, mais je te plais quand même.
Sucré ou salé ?

KENZIE : Sucré. Tu me plais quand même ?
J'ai jamais dit ça.

JAMES : Pas directement.
Ville ou campagne ?

KENZIE : Ville. Ni directement ni indirectement.
Je ne l'ai jamais dit.

JAMES : Tu l'as insinué, et ça m'est utile.
Il ne te reste plus qu'à le reconnaître.
Livre ou film ?

KENZIE : Jeu vidéo.
Quand est-ce que j'ai insinué ça ?

JAMES : Jeu vidéo ?
Allez, Kenzinette, on sait tous les deux
que tu vaux rien avec une manette.

KENZIE : Ne m'appelle pas comme ça !

JAMES : Ça te plaît que je t'appelle Kenzinette.
Alors, livre ou film ?

KENZIE : Va te faire foutre.

KENZIE : Livre

JAMES : Je le savais. Sport ?

KENZIE : Sportive sur canapé.
Ça va s'arrêter, les questions ?

JAMES : Flemmarde. Future carrière ?

KENZIE : Millionnaire ?

JAMES : Ne m'oblige pas à venir
interrompre ton cours !

KENZIE : Juste parce que je pense
que t'en es capable : je sais pas encore.

JAMES : Des projets ?

KENZIE : Aller chez Alia ce soir.

JAMES : Tu as déjà été amoureuse ?
Vraiment amoureuse ?

KENZIE : Joker.

JAMES : Allez, Kenzinette, on est entre nous.

KENZIE : Ne m'appelle pas Kenzinette !

JAMES : Dis-moi de qui.

KENZIE : Dis-moi pourquoi
tu me poses toutes ces questions.

JAMES : Je suis allé à trois concerts,
le vert, tout sauf les insectes,
fraise, thriller, salé, campagne, livre, foot,
économie, ranger ma chambre ce soir... Et toi.
JAMES : Je voulais te connaître mieux.
Et que tu me connaisses mieux.

KENZIE : Objectif atteint.

CHAPITRE 17

KENZIE : Je vais chez Alia ce soir,
c'est elle qui nous emmène.
Désolée de te laisser en plan…

MASON : T'inquiète. Appelle si t'as besoin
que je vienne te chercher plus tard.

— Bienvenue dans mon humble demeure.

J'ai relevé le nez de mon téléphone et j'ai découvert la maison d'Alia. Le mot « humble » était de trop, avec notamment une surface deux fois plus grande que chez moi. Normal, il n'y avait que le salaire de ma mère pour payer le loyer.

— Ma chambre est en haut, a-t-elle ajouté en montrant l'escalier qui ornait le vaste vestibule. Vous voulez quelque chose ?

Mel m'a prise par le bras pendant qu'elle répondait :

— Un Coca, des crackers et le chocolat zarbi qui plaît à Jane. (Elle a baissé la voix.) Cette idiote sera furax quand elle verra que je l'ai fini.

Je n'ai pas pu m'empêcher de sourire. Melanie me rappelait pas mal Leslie : du caractère, peur de rien et honte de rien.

En passant dans le couloir lumineux qui menait aux chambres, j'ai bloqué sur les photos accrochées au mur. Pas parce qu'il y en avait beaucoup – ce qui était le cas –, mais parce qu'on n'y voyait que des filles : Alia, Jane, une femme blonde aux airs de mannequin et une autre plus petite à la chevelure noire magnifique. Mel a remarqué ma curiosité.

— C'est les mères de Jane et Alia. À cette heure-ci, elles travaillent. Tu pourras déduire par toi-même que la brune est la mère biologique d'Alia et la blonde celle de l'autre conne. Et qu'elles sont lesbiennes, évidemment.

La vie d'Alia était pleine de surprises.

— Maintenant, je comprends pourquoi elles se ressemblent pas du tout.

— Et c'est tant mieux ! a lancé Mel avec un grand geste horrifié. Je pourrais pas supporter deux Jane dans le lycée !

Maintenant que je connaissais mieux Alia, je pouvais voir que sa chambre était complètement dans son style.

Déjà, elle était hyper bien rangée. Avec une personnalité aussi obsessionnelle, rien d'étonnant. Même les deux affiches dans les tons gris qui décoraient ses murs étaient parfaitement assorties en couleurs et alignement. Et elles représentaient toutes les deux des villes cosmopolites.

Deuxio, le lit était petit et niché dans un coin, avec un coussin assorti aux murs blancs et aux draps sombres.

Ensuite, une étagère pleine de livres d'auteurs que je ne connaissais même pas. Alignés très serré tellement il y en avait.

Et puis son bureau, sans doute le seul endroit un tout petit peu désordonné de toute la pièce avec plusieurs tas de feuilles, des cahiers ouverts et attention, un stylo bille sans bouchon !

J'étais tellement occupée à tout observer que je ne me suis pas rendu compte qu'Alia était entrée. C'est Mel qui m'a fait revenir à la réalité en lui demandant, indignée :

— T'as pas rapporté le chocolat ?

— Pour devoir encore supporter les râleries de Jane ? a-t-elle répondu en posant un plateau de boissons et crackers sur le tapis. Non merci.

— T'es pas fun, a répliqué Melanie, qui est venue s'asseoir par terre et prendre un cracker.

— Vous excusez le désordre, a enchaîné Alia, hier j'ai écrit jusqu'à tard dans la nuit et je n'ai pas eu le temps de ranger.

J'ai failli m'étrangler avec ma première gorgée. Le désordre ? Partout où je regardais, tout était nickel. Je n'osais pas imaginer ce qu'elle aurait pu penser si elle était entrée dans ma chambre. Certains jours, on ne voyait même pas le sol sous les fringues. Pour tout dire, ce dernier mois, on n'avait pas beaucoup vu le sol.

— Pas de souci, ça nous arrive à toutes, ai-je répondu négligemment tout en prenant bien note de ranger ma chambre ce soir.

J'ai bien vu Melanie se retenir de rire. Elle a attrapé une poignée de crackers avant d'attaquer :

— Sinon, Kenzie, tu n'as rien à nous raconter ?

Ça ne pouvait pas durer. Elle n'allait rien lâcher…

— Ne lui mets pas la pression, a dit Alia avec un coup de coude. Tu n'es pas obligée de nous dire si tu n'as pas envie.

— … Mais ça créerait une faille irréparable dans notre amitié, l'a coupée Melanie, qui s'est mise à crier quand Alia lui a donné des tapes. OK, OK, tout dépend de toi… et de ce qu'on peut s'imaginer à partir de ce qu'on a vu.

— Qu'est-ce que vous vous imaginez ? ai-je demandé, plus détendue.

— Par exemple, a répondu Alia, que vous faites un ménage à trois.

Cette fois-ci, heureusement que je ne buvais pas, ou j'aurais tout recraché.

— Mason et James ne se supportent pas, je ne vois pas comment ce serait faisable, ai-je protesté.

Il y avait un million d'autres raisons, mais ça ne m'a pas paru utile de les énumérer. Alia a éclaté de rire et lancé un cracker vers Melanie, qui l'a rattrapé et englouti.

— Ou alors, ça pourrait être lié à la liste. Peut-être qu'ils te courent après tous les deux, a ajouté Melanie en sirotant une gorgée. Avant, je n'étais pas sûre, mais vu ta tête…

Comme d'habitude, on lisait en moi comme dans un livre ouvert. Je devrais prendre des cours de *poker face*. Alia et Melanie sont restées à me regarder, soudain très intéressées. J'ai tordu les doigts sur mes genoux et cédé à mon habitude de me mordre la lèvre. Alia s'est approchée et m'a saisi les mains pour me réconforter.

— Tu n'es pas obligée de nous dire, mais on est tes copines. On n'est pas là pour ça ? Pour te soutenir et te conseiller dans ces moments-là ?

— Je suis une grande conseillère, a ajouté Melanie d'un ton théâtral.

C'est vrai, j'avais bien envie de lâcher du lest avec quelqu'un, mais en même temps… Alia aimait bien Mason, non ?

— Vous allez dire que je suis une allumeuse, ai-je fini par chuchoter en baissant la tête.

Elles se sont regardées et ont répondu d'une seule voix :

— Dis toujours !

Alors c'est ce que j'ai fait.

— Et pour ça, tu crois qu'on va te traiter d'allumeuse ? a commenté Melanie quand j'ai arrêté de parler. C'est juste que tu es perdue, Kenzie.

Je ne le voyais pas comme ça.

Alia m'a passé un bras autour des épaules avec affection.

— On est au vingt et unième siècle. Les femmes n'ont pas à se réserver jusqu'au mariage ni à avoir un seul fiancé pour toute la vie. Réfléchis : si un mec aimait bien deux filles et qu'il était incapable de se décider, tu dirais que c'est un profiteur ? Attends, je n'ai pas terminé. Imagine qu'il leur ait dit comment il se sentait et que maintenant, elles n'arrêtent pas de lui faire des avances et qu'elles se disputent pour lui.

— Ah, tu parles ! s'est exclamée Melanie en prenant le dernier cracker. Dans ce cas-là, on dirait que ce sont les filles, les allumeuses.

— Tu veux dire que c'est James et Mason qui abusent ? ai-je fait, déroutée.

— Complètement, a approuvé Mel, qui a explosé de rire et s'est étranglée avec son biscuit.

Alia secouait la tête en lui donnant des tapes dans le dos.

— En résumé, ce n'est pas ta faute. Ils savent où ils mettent les pieds et ce que tu ressens. C'est à eux de respecter que tu ne puisses pas choisir en un claquement de doigts et que tu ne veuilles pas leur faire de mal.

Elle avait raison, je ne voulais faire de mal à personne. Y compris à elle.

— Et toi, tu n'es pas fâchée ?

— Pourquoi, fâchée ?

— Ben… je pensais que tu aimais bien Mason.

— Je le trouve mignon. Ça ne veut pas dire que je suis amoureuse de lui, doucement ! Je cherche pas spécialement quelqu'un, de toute façon.

Mel a écrasé sa cannette vide et l'a lancée sur le plateau, puis m'a regardée avec sérieux. Elle a joint les mains en position de prière et a commencé :

— Mon avis, Kenzie : ne te prends pas la tête pour eux. Laisse-les se débrouiller. Les garçons ne sont pas le centre du monde, même s'ils le croient. Pense à tes études et ne fais pas attention à eux.

On s'est mises à parler des tests de niveau pour l'université, qu'on devait repasser pour améliorer notre score et avoir un dossier valable. Pendant ce temps, dans ma tête, je rejouais la conversation en boucle. Et puis je me suis fait une promesse : Mackenzie Sullivan allait oublier le genre masculin.

Malheureusement, James et Mason n'allaient pas me faciliter la tâche…

*

Je déteste les enfants.

Bon, en fait, pas vraiment. Je déteste seulement les petits qui pleurent et sont incapables de te dire ce qu'ils veulent. Oui, c'est parce qu'ils ne savent pas parler, et alors ?

Et là, je me retrouvais avec une enfant comme ça sur les bras.

— Tu veux regarder la télé ?

Réponse : ouin.

— Un biscuit ? Au chocolat…

Réponse : ouin. Et plus fort.

— Tu as mal quelque part, Haley ?

La petite que j'avais dans les bras s'est arrêtée de pleurer et m'a scrutée de ses grands yeux inondés de larmes. Enfin, j'avais réussi à capter son attention !

Puis sa lèvre inférieure s'est placée par-dessus l'autre, d'une façon si mignonne et si horrible à la fois…

Et là encore, la réponse était ouin.

Je me suis mise à la bercer tout en maudissant ma mère de m'avoir trouvé un job de baby-sitter. Une collègue à elle avait besoin de confier sa fille à quelqu'un pour l'après-midi, et elle a pensé à moi : elle m'avait vue une fois me comporter de façon responsable avec ma sœur, et elle s'était dit que ça pourrait être une bonne idée. Ma mère a accepté sans même me consulter, et voilà comment je me retrouvais avec un bébé braillard sans avoir aucune idée de quoi faire.

Il n'y avait pas de meilleur moyen d'être convaincu du bien-fondé de la contraception que passer une soirée avec un bébé. C'était l'idée de ma mère, quand elle avait accepté ?

À l'autre bout de la maison, on a entendu un rugissement de fureur suivi de pas précipités. Leslie est apparue dans la cuisine et a croisé les bras, portable en main.

— Sors-moi ce truc hurlant de la maison, j'essaie de regarder la télé !

Je l'ai gratifiée d'un regard noir.

— Et si tu aidais, plutôt, et que tu préparais un biberon ? Elle a peut-être faim.

Ma sœur a arrêté de regarder le bébé blond qui se tortillait dans mes bras pour poser les yeux sur moi. Mon expression de désespoir a dû la convaincre, parce qu'elle a lâché son téléphone et la télécommande pour entreprendre de fouiller dans le sac laissé par la mère.

— Je me demande qui a eu cette idée dingue que tu fasses babysitter, a-t-elle râlé en s'activant.

Je ne pouvais pas lui jeter la pierre. J'étais bien d'accord.

J'avais toujours Haley dans les bras et je n'arrivais toujours pas à la calmer quand on a sonné à la porte. Ah non, un voisin qui venait se plaindre du bruit, ça n'allait vraiment pas m'aider ! Je n'avais pas envie d'ouvrir, mais la sonnette a retenti de nouveau avec insistance.

— Ne fais surtout pas attention à moi, hein, je prépare juste le biberon, a fait Leslie en mettant le lait au micro-ondes.

Je lui ai laissé la machine à pleurs pour me diriger vers la porte. On a encore sonné juste avant que j'ouvre. Le gros lourd qui était derrière venait peut-être pour quelque chose d'important…

C'était James.

— Salut, a-t-il lâché avec un sourire amusé.

Sans attendre de réponse, il est entré comme s'il était chez lui, il a refermé, puis il s'est arrêté pour considérer Haley avec curiosité.

— J'étais tranquille dans ma chambre, quand il m'a semblé qu'on maltraitait quelqu'un ici, a-t-il rigolé en baissant le visage vers la petite, qui le regardait avec des yeux malheureux. Elle te fait du mal, la vilaine ?

La vilaine ?

— Si tu viens pour te plaindre, tu peux au moins essayer d'aider, ai-je explosé en lui passant le bébé. Haley, ce demeuré, c'est James Smith.

Ce demeuré de James Smith a pris la braillarde avec aisance, et l'a calée de côté sur sa hanche. Ça m'a soufflée. Comment il se débrouillait pour que ce soit aussi naturel ? Et surtout…

— Comment t'as réussi à la faire arrêter ? ai-je demandé, incrédule. Je te la mets dans les bras et… et maintenant, elle pleure plus, mais avec moi…

James a souri avec bonne humeur. Soudain, les petites mains de Haley, qui exploraient avec soin le visage de James et tiraient sur ses cheveux, avaient remplacé l'activité de ses cordes vocales.

— Ne le prends pas mal, Kenzinette, les enfants m'adorent, a expliqué James en souriant à Haley. C'est mes cheveux.

C'est vrai qu'ils ont une couleur qui attire l'œil. Soulagée que les pleurs aient cessé, j'ai décidé d'en profiter pour guider James vers la cuisine, où Leslie avait réussi à se dépatouiller du biberon.

— Bon, voilà, a-t-elle dit en nous voyant entrer, avant de filer à toute vitesse. Salut, voisin !

— Salut, voisine ! lui a crié James.

Mais elle avait déjà disparu, en oubliant même son portable et la télécommande.

J'ai saisi le biberon. Je voulais en finir le plus vite possible, et je me suis approchée pour lui enfourner la tétine dans le bec.

— T'es malade ? m'a dit James en reculant le bébé. Tu n'as pas testé la température !

J'ai plissé le front sans comprendre. Il a poussé un soupir, m'a pris le biberon et m'a passé Haley, qui s'est automatiquement remise à pleurer.

C'était une mauvaise blague, ou quoi ? Les enfants me détestaient !

— Avant de lui donner, tu dois vérifier que le lait n'est pas brûlant ou trop froid, a expliqué James, qui a fait tomber une goutte sur son poignet. Cette zone du corps est plus adaptée que les doigts, parce que la température y est plus stable.

Mais comment il en savait autant sur les enfants ? Bon, pas d'importance. La seule chose que je voulais, c'était que Haley avale ce maudit biberon et qu'elle pionce jusqu'au retour de sa mère.

— Il faut attendre un peu, c'est bouillant.

James a secoué son poignet et s'est essuyé le lait avec la manche avant de reposer le biberon. Quand il a repris Haley, cette ingrate a arrêté de hurler direct. Je me sentais comme dans un film nul sur les parents adolescents.

Euh, non, je vais effacer cette pensée. Parents adolescents ? Avec James ? Le trop-plein de cris m'était monté au cerveau.

— Tu l'as vraiment entendue pleurer depuis ta chambre ? ai-je demandé en m'asseyant sur un tabouret en face de James et en regardant Haley lui tripoter le visage.

— J'avais la fenêtre ouverte. Je t'ai vue la promener dans toute la maison et je me suis dit que tu avais peut-être besoin d'aide. Comme tu vois, je m'en sors bien avec les enfants.

J'ai senti une chaleur involontaire dans mon cœur. C'était super gentil de sa part. Je me suis radoucie quelques secondes pour reconnaître :

— Merci, c'est vrai que j'avais besoin d'aide.

Nous nous sommes regardés en souriant. Il n'a pas détourné les yeux et moi non plus. J'ai senti des papillons dans mon ventre… c'était encore un de ces moments.

Je suis restée scotchée, sans arriver à faire autre chose. Mince, moi qui m'étais promis d'oublier les garçons et de me focaliser sur ma scolarité…

Le téléphone de ma sœur s'est mis à vibrer. Ouf ! Je suis descendue de mon tabouret et j'ai regardé l'écran.

Le chieur ? Qui avait-elle enregistré sous ce nom ?

J'ai quand même répondu. Avec ma sœur, on ne sait jamais, ça pouvait être notre père.

— Allô ?

Silence. Bizarre.

— Allô, il y a quelqu'un ? ai-je insisté. Si ce n'est personne, je raccroche.

Quelqu'un s'est raclé la gorge. Encore plus bizarre.

— Je… Ben… Leslie est là ?

On atteignait les sommets du bizarroïde. Je connaissais cette voix.

— Oui, un instant. Elle a laissé son téléphone dans la cuisine.

— Mackenzie ?

— Oh, c'est Blake ? Ah, attends, Hunter ?

— Je…

Je n'ai pas pu me retenir de rire. James me regardait avec curiosité en testant de nouveau la température du lait.

— Tu es l'un des jumonstres !

— Bon, Leslie est par là ? m'a demandé le garçon, qui semblait mal à l'aise. Je voulais…

— Non, attends ! Dis-moi qui tu es. Blake ou Hunter ? Ah là là, j'arrive pas à vous différencier.

— Je…

— Kenzie ! Donne-moi mon téléphone !

Ma voix s'était élevée sous le coup de l'émotion, ce qui a fait revenir Leslie.

— Dis-moi d'abord lequel c'est ! ai-je réclamé en reculant avant qu'elle puisse me prendre l'appareil. L'écran annonçait juste « le chieur ».

— Le chieur ? a protesté le garçon à l'autre bout du fil. Sérieux, elle m'a enregistré comme le chieur ?

J'ai ri encore plus fort.

— Remets-toi, mon gars. (À ce moment-là, ma sœur s'est jetée sur moi pour m'arracher le téléphone et s'est réfugiée dans le salon.) Tu ne m'as pas dit qui c'était ! ai-je crié à Leslie.

J'ai secoué la tête en souriant et je me suis retournée vers James, qui avait dû trouver la température convenable, vu qu'il donnait le biberon à Haley.

— Je te demande ce qui se passe, ou pas ?

— Ça dépend, tu as deux heures devant toi ?

Pendant que la petite buvait, j'ai raconté à James tous les démêlés de Leslie au cours du week-end chez notre père, Anna Banana et ses deux affreux. En omettant les détails qu'il connaissait déjà sur Mason, histoire d'éviter les moments de tension superflus entre nous.

Au final, James est resté m'aider toute la soirée. La petite s'est même endormie dans ses bras. On n'a pas réussi à monter son lit parapluie et il a dû la garder tout le temps sur lui, ce qui n'a pas eu l'air de le déranger plus que ça.

À leur retour, ma mère et celle de Haley nous ont tous trouvés dans le salon. Leslie regardait la télé, assise par terre, tout en pianotant sur son téléphone. James était à côté de moi, Haley sur les genoux, et tentait de m'expliquer un problème de trigonométrie incompréhensible.

— Bonsoir, James, a dit ma mère en me lançant un coup d'œil soupçonneux. Qu'est-ce que tu fais là ?

— Il m'aide, ai-je vite répondu pour éviter qu'elle l'interroge. Il sait s'y prendre avec les enfants.

— J'ai beaucoup de petits cousins, a déclaré James tout en rendant Haley à sa mère. Mon frère et moi, on est les plus âgés et, dans les fêtes de famille, c'est toujours à nous de nous en occuper.

Visiblement, ma mère avait bien envie de lui poser d'autres questions, mais je n'allais pas le lui permettre. Ce n'est pas que je cachais ma vie à mes parents, mais je ne voulais pas non plus qu'ils s'immiscent dans tout.

— Bon, James allait partir. Viens, je te raccompagne.

— Mais j'ai pas terminé de t'expliquer l'exercice…

Argh, qu'il était lent à la comprenette, des fois ! Ou pas, vu le sourire en coin qu'il m'a envoyé. Il avait très bien analysé la situation et il voulait me compliquer la vie. Le filou.

— Dehors ! Tout de suite.

— Kenzie ! s'est récriée ma mère. C'est comme ça que tu traites un invité qui, en plus, t'a aidée ?

J'ai foudroyé James du regard et je l'ai poussé hors du salon, sous les yeux ébahis de la collègue de ma mère. Avec un peu de chance, elle ne me confierait plus jamais sa fille.

— James n'est pas un invité, maman. C'est une sangsue.

Quand nous sommes sortis du salon, James a penché la tête pour me glisser :

— Tu dois quand même reconnaître que je suis très sexy, pour une sangsue.

Je n'ai pas approuvé, mais j'ai ri.

Je l'ai poussé encore plus fort pour le jeter dehors. La nuit était tombée et on voyait des ombres de nuages obscurs dans le ciel illuminé par quelques étoiles. James s'est arrêté devant moi et nos regards se sont croisés de nouveau.

— Si tu as besoin de mon aide, t'es pas obligée d'attendre que je vienne de moi-même, Mackenzie. Tu peux m'appeler quand tu veux, je suis à deux pas.

— Merci, j'y penserai.

— Merci ? a-t-il fait d'un air scandalisé. Je passe l'après-midi entier à faire la nounou et à t'expliquer la trigo, et c'est tout ce que tu trouves ? Merci ? Kenzinette, je crois que je mérite mieux.

— Mais je t'avais rien demandé. Tu veux quoi, un bonbon ? Et ne m'appelle pas Kenzinette !

Son visage est arrivé à quelques centimètres du mien et les pointes de nos chaussures se sont heurtées. J'ai retenu ma respiration.

— Tu adores que je t'appelle Kenzinette.

J'ai avalé ma salive, le regard noyé dans ses iris verts.

— Non.

— Tu mens.

Pendant un millième de seconde, j'ai cru qu'il allait m'embrasser. Pendant un millième de seconde, j'ai cru que j'allais l'embrasser aussi. Mais James a fait preuve d'une plus grande volonté que moi et il a reculé. C'est là que j'ai réagi : j'avais dit que je laissais tomber les histoires de mec !

— Je ne t'ai jamais expliqué pourquoi je te surnomme mamzelle Caramel.

J'ai froncé les sourcils.

— Et tu vas me le dire maintenant ?

— Non. (Marrant, je m'en étais doutée.) C'est le mystère qui me rend attirant.

J'ai ri sans pouvoir m'en empêcher.

— Sérieux ? Je pensais que c'était d'être idiot qui te rendait attirant.

En un éclair, James s'est collé à moi. Il a de nouveau approché son visage avec un sourire triomphal.

— Alors comme ça, tu le reconnais enfin, Kenzinette. Tu me trouves attirant.

— J'ai jamais dit le contraire.

Il a baissé le regard sur mes lèvres, assez longtemps pour que je le remarque, avant de revenir à mes yeux.

— Bonne nuit, Mackenzie.

Il s'est avancé un peu plus et m'a posé un baiser sur le front. J'ai fermé les yeux, le cœur à mille à l'heure.

Et j'ai senti l'air froid quand il s'est écarté.

— Bonne nuit, James.

CHAPITRE 18

— Qu'est-ce que tu fais là ?

Mason était dans ma salle de classe, appuyé à mon bureau, et me regardait ranger mes affaires. Sa frange lui tombait en dessous des sourcils, ce qui l'obligeait à ciller exagérément.

Il m'a envoyé un demi-sourire avant de prendre mon sac et de le mettre sur son épaule et d'adopter une voix plus aiguë pour suggérer :

— Salut, Mason, comment ça va ? Comme je suis contente de te voir dans ma classe !

Je lui ai tiré la langue et je l'ai suivi au-dehors.

— Tu ne te souviens peut-être pas, mais on s'est vus ce matin. Et on allait se retrouver dans cinq minutes, à la voiture.

Mason m'a ouvert la porte et m'a laissée passer en premier, hyper gentleman. Il a replacé les bretelles de mon sac à dos sur son épaule gauche, alors que le sien était sur la droite. C'était drôle de le voir lutter contre les deux sacs qui n'arrêtaient pas de se cogner, pendant qu'il faisait tout pour les reloger au bon endroit. J'aurais pu lui reprendre le mien, mais la situation était très comique et, ma foi, il avait voulu être sympa.

— Je trouvais qu'il s'était écoulé trop de temps depuis ce matin et je me suis dit, allez merde. Après tout, cette semaine, nos seuls moments ensemble, ce sera au lycée. Autant en profiter au max.

J'ai détecté la tristesse mal dissimulée dans son ton. Depuis que j'étais amie avec Mel et Alia, et surtout depuis que Mason et James étaient entrés en concurrence pour moi, j'avais à peine passé un moment seule avec mon meilleur ami, en dehors des trajets en voiture. Pendant le repas, on était toujours avec les filles. Je faisais des trucs avec elles après les cours et en plus, j'avais eu droit à l'épisode baby-sitting. Et vendredi, c'était la fameuse sortie entre amis, donc il n'y avait pas d'échappatoire.

— Qu'est-ce qu'on étudie ce soir, monsieur l'intello ? Maths ? Anglais ?

— Bio, et je suis pas au point du tout.

J'ai accéléré le pas pour le suivre dans les couloirs.

— Ce qui veut dire que tu ne connais pas encore l'emplacement de chaque point et chaque virgule dans le cours. T'es un génie de la bio, alors tu parles !

— Je m'en tire bien, c'est tout.

— T'es un intello, c'est tout.

— Jalouse.

Moi, je ramais partout, sans exception.

— Tu n'imagines pas à quel point. Quand tu seras un médecin célèbre, tu pourras secourir ta pauvre amie SDF qui n'aura pas réussi à terminer le lycée.

On est sortis et encore une fois, Mason m'a tenu la porte.

— Je sais pas, je me vois pas médecin. Je préfère être plus proche des gens. Et arrête d'être pessimiste, comme ça. L'année prochaine, t'es à la fac.

— Rappelle-toi tes paroles dans cinq ans, futur millionnaire.

Mason a levé les yeux au ciel. Sur le trajet, on a continué à parler de l'avenir. C'était évident que Mason pourrait entrer dans l'université qu'il voudrait, alors que je risquais de n'être admise à aucune, mais imaginer ma vie sans lui… je ne pouvais pas.

Absorbée par mes pensées comme je l'étais, j'ai remarqué assez tard qu'il avait pris le chemin de chez lui.

— Je croyais qu'on allait bosser chez moi… Je sais pas si je pourrai supporter encore un sermon de ton père sur l'usage des nouvelles technologies pendant que vos chiens essaient de m'avaler toute crue.

— Les chiens ne mangent pas les humains, Kenzie, a dit Mason en riant. Et mes parents ne sont pas là.

Cette précision était destinée à me rassurer, mais elle a eu l'effet inverse. C'était n'importe quoi. Mason et moi, on avait été seuls à la maison des tas de fois… mais la situation était différente.

Il a été le premier à descendre de voiture.

— On y va, les chiens sont loin, a-t-il dit. Viens, avant qu'ils viennent dire bonjour.

Il aurait pu m'annoncer qu'il y avait une bombe sous le capot. J'ai bondi de mon siège, pris mon sac à dos sur la banquette et foncé vers la porte d'entrée.

Je suis restée scotchée devant les nouvelles statues en céramique de sa mère, comme chaque fois. Et j'ai apprécié l'odeur sucrée de la pièce, les couleurs éclatantes de la déco.

— Prépare les affaires dans le salon, je nous cherche des trucs à grignoter.

Je suis passée à côté, où des canapés en toile avec des coussins au crochet étaient en angle face à une cheminée. Ni télé, ni téléphone, ni ordi. Des fois, je me demandais comment Mason survivait dans une maison pareille. Je connaissais déjà la réponse : il venait regarder la télé chez moi.

Je me suis laissée tomber dans un canapé, plus confortable qu'il n'en avait l'air. J'ai sorti mon livre de bio et enlevé mes chaussures pour être pieds nus sur le tapis moelleux. De la musique a résonné.

— De la musique pour travailler ? ai-je lancé, franchement étonnée.

Mason venait d'apparaître dans la pièce, et il passait *Give Me Love* de Ed Sheeran au lieu d'apporter un goûter. Qu'est-ce qui lui prenait ?

— Tu te souviens, quand je t'ai demandé d'aller au bal avec moi ?

OMG.

J'avais peur de comprendre…

— Plus ou moins.

Mason s'est avancé vers moi et il est resté au centre de la pièce.

— Et quand tu m'as dit non ?

J'ai avalé ma salive.

— Plus ou moins ?

— Je veux te montrer que je sais danser et comme ça, tu changeras peut-être d'avis.

Qu'il sache danser ou pas, ça n'avait aucune importance, et il le savait très bien. Pourtant, il a lancé son portable sur le canapé et s'est incliné cérémonieusement en me tendant la main.

— Mase, tu te rappelles la dernière fois que tu as dansé ? Leslie a passé une semaine à se foutre de toi.

Ma tentative de le déstabiliser par un souvenir traumatique n'a absolument pas fonctionné.

— Tu veux bien danser avec moi ? a-t-il demandé en relevant seulement la tête. S'il te plaît.

Il était humainement impossible que je lui résiste.

J'ai inspiré un grand coup en essayant de dissoudre la pierre qui venait de se former dans mon ventre, et je lui ai pris la main.

Le sourire aux lèvres, il m'a entraînée avec une énergie exagérée par rapport à la musique, ce qui m'a projetée contre son torse.

Ça méritait que je lui marche sur le pied.

— Désolée, ai-je murmuré pendant qu'il plaçait mes mains derrière sa nuque. Je suis vraiment maladroite.

C'était un slow, on n'allait pas se lancer dans du rock'n'roll. J'aurais dû réfléchir…

Mason a posé les mains sur mes hanches et on s'est mis à bouger au rythme de la mélodie, tranquillement.

— Je t'avais prévenue que je savais danser, a-t-il dit à voix basse. Cette fois-là, j'essayais juste de te faire sourire.

— Oui, parce que ce petit con de Matt Sanders m'avait collé du chewing-gum dans les cheveux et que le lendemain, j'allais débarquer en cours avec une coupe atroce, ai-je dit avec le sourire.

Malon a pivoté à cent quatre-vingts degrés. J'ai dû m'accrocher pour ne pas perdre l'équilibre.

— N'importe, tu serais belle avec n'importe quelle coiffure.

Je commençais à rougir, mais Mason n'a fait aucun commentaire. Il a promené le regard sur mes joues enflammées, mon nez, mes lèvres, puis enfin, l'a plongé dans le mien. Pendant tout le temps qu'on tournait dans le salon, il ne m'a pas quittée des yeux.

Avant la fin de la chanson, il a approché la bouche de mon oreille et a chuchoté, hésitant :

— Je peux te serrer dans mes bras ?

J'ai retenu mon souffle. Mason ne m'avait jamais demandé la permission de me toucher. C'est lui qui m'a fait pleurer de rire par ses chatouilles le jour où mon père est parti de la maison. C'est lui aussi qui a aidé ma mère à préparer des madeleines au chocolat le jour de mon dixième anniversaire, celui qui me tirait les cheveux quand je l'énervais, celui qui a attaché mon poignet au sien quand je n'ai pas voulu aller en cours de natation parce que ça me faisait peur…

Mason avait toujours été là, sans rien demander en retour. Et pourtant, je sentais que je le perdais.

Pour cette raison, j'ai fini par acquiescer.

L'air s'est échappé de mes poumons quand il m'a prise dans ses bras, les mains en haut de mon dos, et qu'il s'est approché autant que possible. Mon cœur s'est accéléré, en un cumul d'émotions qui a explosé dans ma poitrine. Confuse, prise de vertige, j'ai enfoui le visage dans son cou et laissé mes mains sur ses épaules.

Sa respiration était régulière et profonde. Très lentement, il a commencé à baisser les mains, de mes omoplates jusqu'au creux de mes reins. J'ai senti chacun de ses doigts sur ma peau, qui me caressait et m'attirait contre lui.

Je me suis souvenue de notre baiser chez mon père, de la sensation de ses lèvres sur les miennes et de ses cheveux entre mes doigts.

J'ai senti les larmes perler à mes paupières. Parce que c'était vrai. Parce que dans tous les cas, je perdais mon meilleur ami, pour le meilleur ou pour le pire, et je ne voulais pas que ça arrive.

CHAPITRE 19

J'ai enfilé un pull blanc, suffisamment long pour dissimuler la ceinture de ma jupe noire. J'ai chassé mes cheveux lâchés de mon visage et je me suis regardée dans le miroir. J'ai froncé les sourcils. Ma frange me gênait maintenant et me cachait les yeux. Je ne trouvais pas la jupe géniale. Je n'en portais pas souvent, et j'avais peur qu'on remarque mes fesses à chaque pas.

Pour ma défense, c'était une idée de Melanie. Impossible de contredire une fille qui fait une tête et demie de plus que vous.

— Tu es parfaite, arrête de te regarder dans le miroir.

Je me suis retournée vers Leslie, sans être pour autant convaincue. Elle était allongée sur mon lit à jouer avec son téléphone. Elle commençait à considérer ce truc comme une extension de ses mains.

— Mais la frange ?

— Ne t'inquiète pas, il va adorer.

— Il ?

— Oui, le mec qui te plaît, celui que tu veux impressionner avec ces fringues.

— Je ne cherche à impressionner personne. C'est Melanie qui m'a obligée.

— Mais bien sûr…

Leslie s'est poussée pour me faire de la place et je me suis posée pour enfiler mes bas noirs translucides. Elle s'est assise en tailleur et m'a regardée en laissant de côté son téléphone pendant plusieurs secondes. Incroyable.

— C'est vrai, ai-je insisté. C'est elle qui fait tout un plat de ce rendez-vous qui en réalité n'est pas un rendez-vous, mais une sortie entre amis. J'espère qu'elle ne va pas finir par faire peur à Jack, ou c'est Alia et moi qui devrons la consoler.

Ma sœur a ri et je me suis distraite ; j'ai failli filer les bas. De toute façon ils étaient hyperfins, donc s'ils terminaient la soirée entiers, je mériterais une médaille.

— Kenzie, tu sais que je suis ni bête, ni aveugle, ni sourde ? a fait Leslie en consultant son téléphone du coin de l'œil. Je sais qu'il se passe quelque chose avec Mason. Et avec James.

Les bas ont de nouveau couru un grand danger. J'ai dévié le regard vers elle à une telle vitesse que mes cheveux m'ont complètement recouvert le visage.

— Et tu sais quoi ?

— Allô ? Au cas où tu ne t'en souviendrais pas, je vous ai trouvés avec Mason dans la chambre en pleine conversation qui n'était pas de pure amitié, les oreillers pourraient en témoigner.

— Leslie !

— Et j'étais aussi là l'autre jour quand James t'a aidée à t'occuper de Haley. J'ai bien vu les regards entre vous deux.

Elle m'a envoyé un clin d'œil suggestif. Ma petite sœur était une affreuse créature. Quand avait-elle cessé d'être une gamine pour devenir une ado ?

J'ai sauté du lit et rabattu ma jupe. À ce moment-là, on a entendu la sonnette.

— Ça doit être Mason, va lui ouvrir, s'il te plaît, ai-je demandé en enfilant mes bottes en catastrophe.

Leslie a poussé un soupir sonore, mais elle m'a écoutée.

— Je sais que tu ne veux pas mon avis, mais tu devrais en finir avec tout ça dès que possible. Tu sais déjà lequel te plaît. Ça se voit quand vous êtes ensemble.

Ma sœur a disparu de ma chambre pour aller ouvrir à Mason. Je suis restée seule et pensive. Vraiment, je savais ?

Quand je suis apparue dans le salon, Mason m'a regardée d'un air incrédule. Comme je suis naïve, je m'imaginais que Leslie allait lui faire la conversation. Que dalle, elle était trop occupée à taper à toute vitesse sur son téléphone. Dire qu'elle n'avait même pas répondu sur l'identité du jumonstre !

— Je rêve ou tu portes une jupe ?

— Oh, arrête ! me suis-je exclamée en lui mettant une tape.

— La dernière fois que je t'ai vue en jupe, tu avais onze ans et c'était ton anniversaire. Non, attends, montre-moi encore. Tu es très jolie.

— Merci.

J'ai pris mon manteau et je l'ai suivi jusqu'à la voiture. Sur la terrasse des voisins, éclairée, on voyait très bien James, qui attendait Jack, adossé au mur. En nous apercevant, il a esquissé un vague salut. Je me suis mordu la lèvre avant de le lui rendre et de détourner le regard.

Mason, posté à côté de ma portière, me l'a ouverte avec empressement.

J'ai souri et je suis entrée. À l'intérieur, en revanche, je ne souriais plus. La tête me tournait dans tous les sens et j'avais la poitrine oppressée par l'angoisse.

Leslie avait raison. Il fallait que j'en finisse. Fini de jouer.

Je devais le faire, parce que je savais de qui j'étais vraiment amoureuse.

*

— Je croyais qu'on allait sortir manger, ou aller au ciné…

Melanie m'a dévisagée comme si j'étais la fille la plus demeurée et ingénue de l'univers.

— Tu crois que j'aurais autant insisté pour que tu mettes quelque chose de potable si on était allés au cinéma ?

— OK, mais en boîte ! ai-je protesté en regardant la porte du pub depuis la vitre de la voiture. Je porte même pas de talons hauts…

Alia, qui nous avait écoutées tout en pianotant rapidement sur son téléphone, s'est retournée vers nous depuis le siège avant. Elles deux, oui, elles étaient apprêtées. Alia portait une robe noire avec des chaussures vertigineuses, ses cheveux sombres ondulant en boucles enviables. Mel portait un pantalon serré et une tunique brillante. Elle n'avait pas de talons, mais avec sa taille, elle n'en avait franchement pas besoin.

— D'habitude, je te dirais que même en pull, on est toujours belles, mais là, je dois te donner raison. Mel, elle n'est même pas maquillée et on a toutes moins de vingt et un ans. Comment tu penses qu'ils vont nous laisser passer ?

Melanie a souri. Je n'aimais pas son air amusé quand elle s'est contentée de répondre :

— Tout a une solution.

Sans tenir compte de mes protestations, elle a balancé son sac sur mes genoux et allumé le plafonnier de la voiture d'Alia, qui était garée devant Mason et derrière James. Mason était allé retirer de l'argent pendant que James et son frère mangeaient un bout dans un bar, car Jack avait sauté le dîner pour être à l'heure. Nous trois, on avait préféré écouter de la musique dans la voiture.

— Marron ou noir ? a demandé Melanie en sortant deux crayons Khôl de son sac d'un geste vif.

— Euh…

— Marron, est intervenue Alia. Ça va avec ses yeux.

Mel a opéré une magie en express. Son sac était comme un puits sans fond : rouge à lèvres, mascara, ombres à paupières… Maintenant, je pouvais passer pour une étudiante.

— On peut rien faire pour les chaussures, mais au moins, tu as l'air plus âgée. (Elle a souri avec satisfaction en me tendant un mouchoir pour retirer l'excès de rouge à lèvres.) Embrasse-le comme si c'était James.

— Ou Mason, a lancé Alia en riant. Ou Brad Pitt, même si je trouve qu'il commence à être un peu vieux pour nous.

— C'est bien joli, tout ça, ai-je dit après avoir ajusté le rouge, mais si on nous demande nos cartes d'identité ? Comment on va entrer ?

Alia a consulté Melanie, qui a baissé le regard en rangeant tout le maquillage avec un peu trop d'énergie.

— On va dire que… Jack est un bon ami du patron.

— Je comprends pas bien… Tu voulais qu'on fasse cette sortie pour mieux connaître Jack. Comment tu peux savoir ça ?

— C'est lui qui me l'a dit ? a-t-elle répondu avec sa tête la plus innocente.

Ça n'a pas marché.

— OK, j'avoue, je lui parle au téléphone depuis notre premier rendez-vous.

— Quoi ? me suis-je étranglée. Quel premier rendez-vous ?

— Celui du week-end dernier, quand tu es allée chez ton père… En fait, moi aussi, je lui plais. Bon, c'est surtout que j'ai tellement pris le chou à James qu'il a accepté de jouer les intermédiaires avec son frère et j'ai retrouvé Jack l'autre jour. On s'est bien entendus, on a gardé contact et on a prévu cette sortie.

Elle a terminé ses explications les joues bien roses.

— Mais alors, pourquoi on fait ce plan aujourd'hui ? ai-je protesté, si vous n'avez pas besoin de nous pour « mieux vous connaître » ?

C'est Alia qui a répondu :

— Déjà, je ne suis au courant que depuis hier et je me suis pas mal énervée qu'elle me l'ait caché. Et ensuite, ben, c'était un peu un rendez-vous piège.

Depuis qu'on était dans la voiture d'Alia, beaucoup de choses me contrariaient. Comme l'expression « rendez-vous piège ». On avait l'impression que leur but était de caser ensemble deux personnes. Et bizarrement, je commençais à penser que ces deux personnes, c'était…

— Disons que Jack voudrait aider son petit frère, a soupiré Melanie. Il a envie que tu donnes sa chance à James.

Mes lèvres ont dessiné un « o » parfait. Depuis quand ma vie amoureuse s'était-elle transformée en une série télé avec autant de participants ?

Alia a senti ma surprise et baissé le volume de la radio, qui passait *Side to Side* d'Ariana Grande. Melanie m'a pris les mains et les a serrées.

— Ne te fâche pas. James n'est pas au courant. Il t'aime vraiment bien. Tellement qu'il parle de toi à son frère. Et comme Jack sait qu'on est amies, il m'a demandé de ne rien vous dire pour qu'on puisse maintenir la sortie en groupe. Il veut vous donner la possibilité d'être ensemble dans une autre ambiance. Tu sais, discothèque, musique, chaleur, danses suggestives…

Danses suggestives ? Il allait falloir que je prenne l'air.

J'ai ouvert la portière et je suis sortie. La brise fraîche de la nuit m'a fait frissonner et agité les cheveux. Alia et Melanie m'ont rejointe. Elles m'observaient d'un air vaguement inquiet, ce qui n'avait rien d'étonnant, vu que je regardais fixement dans le vide les bras croisés, les lèvres pincées.

Mais si, j'étais fâchée. C'était une embuscade dans les règles de l'art !

— Kenzie ? m'a dit Alia timidement.

Je n'ai pas répondu.

— Kenzie, je suis désolée, j'aurais dû réfléchir, a commencé à s'excuser Melanie.

— Oui, t'aurais dû réfléchir et m'en parler. Tu te rends pas compte ? C'est un rendez-vous forcé entre James et moi, avec Mason pour tenir la chandelle ! Qu'est-ce que vous voulez que je fasse, maintenant ? Les choses n'étaient pas assez compliquées ?

Une fois que j'ai fini, je me suis carrément assise par terre, sur l'asphalte glacé. Melanie et Alia sont venues à côté de moi. En fait, je ne leur en voulais pas. C'était contre moi-même que je m'énervais, mais c'était bien d'avoir quelqu'un qui s'intéresse à moi et m'écoute, y compris après avoir déconné.

— Je n'ai jamais voulu être dans cette situation, me suis-je plainte en enfouissant mon visage entre mes mains.

Alia m'a caressé l'épaule.

— On peut toujours aller ailleurs. Il y a sûrement un bon film au ciné.

J'ai refusé. Le problème, ce n'était pas elles ou le rendez-vous, mais Mason, James et moi. Les triangles amoureux ne fonctionnent jamais. Il fallait que j'y mette fin.

— Bon, a dit Alia, perplexe. Dans ce cas, on peut entrer dans la boîte.

J'ai presque ri de son insouciance exagérée. Presque.

— C'est pas ça, les filles, c'est que… (J'ai relevé la tête et je les ai regardées toutes les deux.) J'aime James.

Melanie a fait un signe affirmatif.

— On le sait, mais… tu l'aimes comme « tu l'aimes bien », ou tu l'aimes comme… ?

— Comme « je suis amoureuse de lui » ? l'ai-je interrompue avec un sourire forcé, avant de me rappeler que James détestait ça. Oui, exactement.

Pendant quelques secondes, un silence tendu a régné. Ma vie commençait à ressembler vraiment à un roman. Ou un film. Non, effacez ce que je viens de dire, ce n'était pas si dramatique. Vive l'arrogance dans les moments de panique ! C'est Alia qui a rompu le silence.

— Et avec Mason ?

Et voilà, le plus dur. J'ai soupiré profondément.

— J'ai été amoureuse de Mason super longtemps et il ne s'est rien passé. Je sais, c'est ma faute, je lui avais jamais dit, mais lui non plus, même avec la liste. J'en suis arrivée à lui crier ce que je ressentais, et aucune réponse. Et là, juste quand je me dis qu'il pourrait se passer quelque chose avec James, il se présente chez mon père pour m'annoncer qu'il est amoureux de moi et il m'embrasse.

— Et tu lui as rendu son baiser, a ajouté Melanie, comme si j'avais besoin de me sentir encore plus coupable.

— J'ai passé la moitié de ma vie amoureuse de lui ! C'était comme un rêve devenu réalité. Un peu tard, d'accord, mais qui peut rejeter un rêve devenu réalité après l'avoir désiré aussi longtemps ? Et j'en ai encore envie, mais c'est mon meilleur ami. Si on sort ensemble et que ça ne marche pas ? Je le perdrai pour toujours. Au moins, là, on peut arranger les choses.

Personne ne m'a répondu. J'ai grogné. C'était tellement frustrant… je n'arrivais pas à me décider. Quoi que je fasse, quoi que je dise, quelqu'un finirait par souffrir. Je ne pouvais pas vivre dans un monde où tout était bonheur, joie et félicité ?

Mel s'est accroupie et m'a tendu la main pour m'aider à me relever. Elle a souri avec une expression compatissante.

— Je crois que tu t'éparpilles et tu cherches des excuses pour expliquer pourquoi tu vas repousser Mason, mais tu as oublié la plus évidente.

Pincement au creux de l'estomac. Elle avait raison.

— Je vais repousser Mason parce que je ne ressens plus la même chose pour lui, ai-je articulé à contrecœur, la tête baissée.

Mel ne s'est pas estimée satisfaite.

— Et… ?

— Et parce que ce que j'éprouve pour James, c'est beaucoup plus intense.

Cette réponse lui a suffi, parce qu'un sourire espiègle s'est dessiné sur ses lèvres. J'aurais bien aimé me sentir comme elle. Elle m'a donné un coup de coude si fort que j'ai dû sauter pour garder l'équilibre.

— Et donc ? a-t-elle demandé en levant les sourcils. Qu'est-ce que tu attends pour te jeter dans les bras de ton beau rouquin ?

Cette réponse-là était facile à prononcer, mais pas à mettre en actes.

— D'avoir parlé avec Mason.

*

Entrer dans la discothèque a été aussi simple que prévu par Melanie. Il a suffi que Jack s'approche du videur et lui dise quelques mots. Quelques secondes plus tard, on était à l'intérieur.

J'ai décidé que je voulais un Jack miniature au fond de mon sac, pour l'emporter partout et le sortir en cas de problème pour être acceptée quelque part.

La boîte était vaste, avec un grand comptoir ovale au centre et la piste de danse tout autour, donc il y avait seulement à parcourir quelques mètres si la soif nous prenait. L'éclairage n'était pas mauvais. Tamisé, mais avec des tons blancs, verts et roses qui se mélangeaient, plus un pointeur laser. Il y avait aussi une machine à fumée qui s'activait toutes les cinq minutes environ.

— Vous voulez quelque chose à boire ? a demandé Jack en nous amenant au bar.

Mason et moi avons fait non, mais le reste de la bande a accepté. Nous avons cherché un coin pour nous et Jack a interpellé un serveur, qui nous a préparé six shots et deux bières sur le comptoir.

J'ai refusé quand Melanie m'a passé l'un des shots.

— Non, je bois pas ! lui ai-je crié par-dessus le brouhaha.

— Allez, un seul ne te tuera pas !

J'ai levé les yeux au ciel et pris le verre. Mason a fait de même. Ce n'était pas que je changeais d'avis comme de chemise, mais elle avait raison : un seul, c'était acceptable. Au moins, ça les calmerait pour la soirée, parce que la dernière chose qu'il me fallait, c'était me saouler.

On a formé un cercle bien serré. Jack a proposé un cul-sec et on a tous levé nos verres.

J'aurais dû y aller plus doucement, parce que c'était peut-être incolore, mais ce n'était pas de l'eau.

Je me suis mise à tousser comme une folle.

— C'est de la vodka ! ai-je crié tout en m'étranglant à moitié.

La gorge me brûlait et Alia, qui était à peu près dans le même état que moi, m'a pris mon verre et m'a scrutée d'un air soupçonneux.

— Comment tu le sais ? Je croyais que tu ne buvais pas.

J'ai cherché Mason et nos regards se sont croisés. Il avait entendu. On s'est mis à rire tous les deux en repensant à notre expérience à un de mes anniversaires.

Ma vie était pleine de moments vécus avec Mason. On avait passé le cap de beaucoup de premières fois ensemble, y compris celui de l'alcool. Je ferais tout ce que je pourrais pour qu'il reste mon meilleur ami, même si ça signifiait le laisser en zone « potes ».

— Allez, on danse !

Une bière à la main, Melanie m'a entraînée vers la piste, qui était à peine à cinquante centimètres de nous. Elle a remué, collée à moi, au rythme de la musique *caliente*, de haut en bas, en se tortillant de façon comique, ce qui m'a fait rire. Cette fille n'avait pas besoin d'alcool pour se désinhiber : elle n'avait aucune inhibition.

Quelqu'un m'a pris la main. Je me suis retrouvée face à Mason pendant qu'Alia se mettait à danser avec Melanie.

— Montre-moi ce que tu as en magasin, SuperKenzie, m'a soufflé Mason à l'oreille.

Je me suis détachée en souriant et je l'ai laissé me prendre les mains pour danser. C'était plus facile qu'avec Mel. Je le connaissais et je ne reculais devant aucune connerie avec lui. Il arrivait à me guider en rythme et éviter que je lui marche sur les pieds.

Avec lui, je n'étais pas si mauvaise sur la piste.

Pendant une heure, on a passé un super moment à bouger tous ensemble. J'ai dansé avec Mason, avec Alia, avec Melanie encore, et même un peu avec Jack. Comme je m'y attendais, il n'était pas du tout à l'aise et même s'il faisait son possible pour ne pas casser l'ambiance, il en restait à remuer la tête d'un côté et de l'autre et balancer son corps. Très triste. S'il arrivait à bouger, c'était parce que les gens autour de nous nous poussaient en permanence. Le seul à ne pas danser était James, qui nous observait depuis le bar avec sa bière.

Entre-temps, la boîte s'était remplie à bloc. On avait l'impression que l'air qu'on respirait était celui que venait d'expulser la personne d'à côté. Bon, je préférais ne pas trop y penser.

Soudain, quelqu'un m'a cognée violemment, j'ai perdu l'équilibre et j'ai été projetée loin de Jack, dans les bras de Mason. Il m'a rattrapée par les poignets et ne m'a lâchée qu'une fois que j'ai pu tenir debout.

— Ton sens de l'équilibre est toujours aussi inexistant !

Je lui ai donné un petit coup sur le coude, ce qui l'a fait rire encore plus. J'ai cru sentir l'alcool dans son haleine, mais je devais me faire des idées. On n'avait pas tant bu que ça.

J'ai contemplé ses fossettes, ses yeux plissés, son sourire, ses cheveux collés à son front par la sueur… et je me suis lancée :

— Mason, je dois te dire un truc.

C'était la pire amorce de conversation, hein ? Et comment enchaîner ? « Je suis désolée, mais je pars avec James et on reste amis » ?

Le minimum, c'était d'avoir un peu de tact. Mais Mason m'a devancée.

— Je veux pas l'entendre.

Paf, dans les dents. Que c'était difficile, tout ça !

J'ai inspiré en le regardant dans les yeux. C'était mon meilleur ami, la personne qui me connaissait le mieux. Je pouvais y arriver.

— Mason, si. J'ai vraiment besoin de te le dire.

Il m'a jeté un coup d'œil de côté.

— Et j'ai besoin que tu m'écoutes, ai-je ajouté en posant les doigts sur sa joue pour tourner sa tête vers moi. T'es mon meilleur ami.

Il a levé un sourcil, comme il sait si bien le faire. Il n'allait pas me faciliter la tâche.

— Mais je ne veux pas être seulement ton ami, Kenzie. Tu le sais.

Encore l'odeur d'alcool. Il avait vraiment bu. Et merde, pourquoi moi ?

— Ne me rends pas les choses difficiles, Mase. S'il te plaît.

Entre la musique à fond, la chaleur et les corps qui se cognaient les uns aux autres, je commençais à avoir la nausée.

D'un seul mouvement, Mason m'a prise par la taille pour me serrer contre lui. Il a posé les lèvres sur ma joue, mon oreille, s'est arrêté au lobe et a réussi à me faire frissonner pendant qu'il parlait. Avec lui, les choses étaient toujours trop intenses.

— Je veux que tu sois ma petite amie, Kenzie.

Je l'ai repoussé un bon coup, mais avec tout le monde autour de nous, ça ne l'a écarté que de quelques centimètres. Moi qui avais essayé la manière douce, je n'en pouvais plus. Il l'avait voulu : j'allais être directe.

— J'aime bien James. Je crois que je suis amoureuse de lui.

— Non, a-t-il simplement répondu, ce qui m'a grave déroutée.

— Pardon ? ai-je crié en crispant les poings.

Il ne pouvait pas décider de mes sentiments.

— Je vais pas laisser Smith gagner aussi facilement.

Et puis il m'a embrassée.

Ça n'a pas duré longtemps. Il a refermé les lèvres sur les miennes tout en me serrant contre lui. Choquée, je l'ai repoussé de toutes mes forces.

— Qu'est-ce que tu fais ? ai-je crié, furax. T'as pas entendu ce que je viens de te dire ?

Sans attendre de réponse, j'ai pivoté pour me mettre en quête de James, mais il n'était plus au comptoir. Le cœur à mille à l'heure, j'ai commencé à le chercher avec angoisse dans la foule, jusqu'au moment où j'ai repéré des cheveux roux qui s'éloignaient à toute vitesse.

Je me suis retournée vers Mason, des larmes de désespoir aux yeux.

— Tu as tout gâché ! ai-je crié avec rage.

Derrière nous, les autres avaient arrêté de danser et nous observaient, mais j'étais tellement gênée et furieuse que j'ai laissé Mason leur expliquer pour aller à la suite de James.

C'était le moment de lui parler.

J'ai zigzagué et trébuché pour foncer vers la sortie. Je me cognais aux gens et j'ai failli m'étaler plusieurs fois, mais à la porte, j'ai aperçu James qui entrait dans sa voiture.

Le cœur battant, hors d'haleine à cause de l'effort et de la chaleur de dedans, j'ai traversé la rue en courant, direct vers lui. Tellement direct que je n'ai pas vu le véhicule arriver. Heureusement, le conducteur, lui, avait les yeux en face des trous, et il a freiné à temps. Les pneus ont horriblement crissé sur la chaussée, mais j'ai réussi à me sortir indemne de l'accident.

— Mais regarde où tu vas ! m'a crié le chauffeur en levant le poing par la fenêtre.

Je suis restée paralysée, et il est passé à côté de moi.

J'avais failli mourir.

Parce que je courais après un garçon.

Si ma mère l'apprenait, elle me traiterait de tous les noms.

James m'a prise par le bras pour m'accompagner à sa voiture, et me faire remonter sur le trottoir. Bonne idée, d'autres véhicules pouvaient venir.

— Mais merde, Kenzie ! m'a-t-il engueulée, très en colère. T'aurais pu te faire renverser !

Je suis restée muette, n'osant pas affronter ses yeux pénétrants. J'ai inspiré.

— Je devais te parler.

— De quoi ? Je crois que c'était assez clair.

Courage, Kenzie. J'ai relevé la tête. Je ne pouvais pas avoir cette conversation sans le regarder.

— Et moi, je ne crois pas. Sinon, je ne serais pas partie en courant te rejoindre.

James m'a scrutée en prenant son temps. Il a soupiré et s'est appuyé à sa voiture.

— C'est gentil d'avoir pris la peine de me poursuivre pour me dire en face que tu t'es décidée pour Mason, mais c'était pas utile. Tu peux retourner le…

— C'est ce que tu penses ? l'ai-je interrompu. Que j'ai risqué ma vie pour venir te dire ça ?

James a plissé les yeux. Bon, d'accord, « risquer ma vie », c'était exagéré.

— Je vous ai vus vous embrasser.

Ah, mais il était pas fute-fute, parfois !

— C'est lui qui m'a embrassée.

J'ai contourné le véhicule pour ouvrir la portière passager et je me suis installée en attendant James. Si on devait avoir cette discussion, autant qu'elle ne se déroule pas dans la rue, devant tout le monde, pour que tous nos amis et Jack viennent assister à la scène. Merci, mais non merci.

— On va ailleurs, ai-je décrété quand il s'est mis au volant. N'importe où, mais roule.

Il m'a observée, encore en colère.

— Et pourquoi je devrais obéir ?

— Ne te comporte pas comme un con, s'il te plaît, lui ai-je dit en lui prenant les clés des mains pour mettre le contact moi-même. J'ai eu ma dose pour la journée, merci.

Il a froncé les sourcils, mais il a fini par m'écouter.

Il a conduit dans un silence complet, que je n'ai rien fait pour éviter. Je suis restée dans mes pensées, dans l'horreur de ce qui venait de se passer avec Mason. J'essayais de réfléchir à une solution, tout en détaillant James. Je ne savais même pas où on allait. Quoique…

— Tu veux m'user à force de me regarder ? Sérieux, tu me rends nerveux.

C'était nouveau.

— Depuis quand ça t'embête qu'on te regarde ? ai-je demandé avec un sourire moqueur.

Il n'a pas répondu.

— On va où ?

— À la maison, a-t-il lancé sèchement. La soirée est finie, Kenzinette.

S'il était suffisamment à l'aise pour m'appeler comme ça, j'avais peut-être encore une chance.

— Je veux pas rentrer, ai-je râlé comme une gosse.

— Trop tard, a-t-il dit d'un ton sans réplique. J'en ai eu assez pour aujourd'hui, à te regarder danser avec ton petit copain tout le temps.

J'ai froncé les sourcils.

— J'ai dansé avec les autres aussi. Si tu t'es ennuyé, c'est parce que tu as été bête de rester au bar plutôt que de venir avec nous. Personne t'a obligé à te mettre à part !

Je criais, mais je m'en suis rendu compte trop tard. J'étais encore en rage après la tentative de Mason. J'avais besoin de me défouler.

James a serré les mains sur le volant.

— Tu crois que ça m'amusait de rester au bord de la piste ? Réfléchis, Kenzie. Qu'est-ce qui se serait passé si je m'étais approché ? Tu aurais dansé avec moi, alors que Mason regardait ? Ou avec lui, alors que j'étais là ? T'es mal à l'aise depuis le début avec cette histoire de rendez-vous à plusieurs, je voulais pas te rendre les choses plus difficiles.

J'ai crisé intérieurement. Merde, je pouvais pas m'énerver contre lui s'il était aussi prévenant.

J'ai soufflé pour me calmer, mais James a ralenti au moment où j'allais me remettre à parler.

On était arrivés.

J'ai regardé l'horloge de la voiture. Il était à peine minuit, mais on ne voyait de lumière ni chez lui ni chez moi.

— James, si je t'ai suivi, c'est parce que…

Il est sorti de la voiture sans me laisser finir. Il n'a même pas attendu ce que j'avais à dire. L'énervement est aussitôt revenu. C'était quoi, ce numéro ? Je suis venue le rejoindre sur son paillasson pendant qu'il cherchait ses clés.

— Je dois te parler ! ai-je dit dans un sifflement.

— Un autre jour, Kenzie. Je suis fatigué.

Alors là, je n'allais pas me laisser jeter comme ça. Je suis entrée dans sa maison derrière lui. Il y a un mois, ça ne me serait même pas venu à l'idée que je pouvais me retrouver dans une telle situation. James m'a dévisagée, horrifié.

— Qu'est-ce que tu fais ?

Je me suis sentie un peu intimidée. On était en pleine nuit, si sa mère se levait et nous découvrait… Je ne me suis pas appesantie sur la question.

— Parler avec toi, idiot. C'est pas moi qui ai embrassé Mason.

J'avais besoin de le lui répéter. Tout était là ou, du moins, de mon point de vue. Mais il n'avait pas l'air convaincu.

— Mouais, enfin, quelle importance ?

— Bien sûr que c'est important !

Une seconde, j'ai oublié de parler à voix basse, ce qui nous a incités tous les deux à regarder vers l'escalier. On est restés silencieux quelques minutes pour être sûrs de ne pas avoir réveillé sa mère, puis James a repris :

— Rien d'important si c'est lui que tu as choisi. Je comprends, c'est ton meilleur ami, vous avez un passé. Le sujet est clos.

— Mais…

— Non. Laisse tomber, OK ? C'est suffisamment dur comme ça. Vaut mieux que tu rentres chez toi.

— Mais t'es vraiment neuneu !

Il m'a regardée, d'un air effectivement neuneu.

— Par…

Je ne l'ai pas laissé terminer. Cette fois, enfin, c'est moi qui ai agi.

J'ai bondi pour lui mettre les bras autour du cou et je l'ai embrassé. Rien à voir avec le baiser forcé de tout à l'heure. J'ai entrouvert sa bouche avec la mienne et j'ai savouré tout ce que James avait à m'offrir. Surpris comme il l'était, il n'a pas pour autant hésité à me rendre mon baiser.

Ç'aurait été vraiment embarrassant s'il m'avait repoussée.

J'ai senti ses lèvres, sa bouche, sa langue et ses dents se heurter aux miennes brusquement, et je me suis serrée contre lui. Ma respiration s'est précipitée et le rythme de mon cœur s'est accéléré à mille battements par seconde. Toute la fureur que j'avais ressentie pendant cette soirée se libérait dans ce baiser.

Quand on s'est un peu calmés, j'ai reculé de quelques centimètres, suffisamment pour le regarder dans les yeux, mais en permettant à nos lèvres de se toucher.

— Ce n'est pas lui que j'ai choisi, ai-je murmuré en faisant un petit pas vers l'avant, ce qui a fait trébucher James. C'est toi que j'aime, idiot.

Je me suis remise à l'embrasser, cette fois de façon plus douce, plus délicate, moins impérieuse.

Peu à peu, James a réagi. Il a passé ses bras autour de ma taille et m'a embrassée en me serrant plus près de lui.

— Tu dis ça sérieusement ? a-t-il demandé sans écarter ses lèvres des miennes.

Pourtant, ma façon de me presser contre lui ne laissait aucun doute. Ou alors, il avait peur à l'idée que s'il me lâchait, tout allait disparaître.

Je me suis éloignée de quelques centimètres pour regarder de nouveau ses yeux, qui brillaient dans l'obscurité.

— Je ne mentirais pas là-dessus, quand même.

J'ai souri.

Il a souri.

On s'est encore embrassés.

Et encore.

Et encore.

Nous avons tournoyé, enlacés, l'entrée, les yeux fermés, en se cognant contre les murs et en essayant de rire en silence pour ne pas réveiller sa mère.

Entre les baisers, les rires étouffés, les pertes d'équilibre et les coups dans les cloisons, on a terminé sur le canapé du salon. Il m'a tenue contre son torse, dos à lui, et m'a assise sur lui. J'ai frissonné en sentant son haleine sur ma nuque.

— J'arrive pas à y croire, a-t-il dit doucement.

J'ai ri et je me suis retournée dans ses bras pour qu'on se retrouve face à face, en mettant mes jambes entre les coussins. J'ai effleuré son nez du mien.

— Tu peux y croire.

— J'y arrive pas.

Il a pris son temps pour détailler ma bouche. J'ai rougi, mais ça me plaisait.

— Tu peux m'embrasser encore, a-t-il suggéré, avant de reposer les lèvres sur les miennes.

Je me suis laissée porter par le contact de nos corps, ses caresses. On s'est calés sur le même rythme, comme si on avait passé toute notre vie ensemble… On était tellement concentrés sur nos sensations qu'on ne s'est aperçus de rien jusqu'au moment où la lumière s'est allumée.

La mère de James nous fixait, avec une expression de colère plus qu'évidente.

D'abord, elle m'a regardée. De façon pas du tout amicale. C'est le genre de femme parfaite qui attend des autres qu'ils le soient aussi. Pour l'heure, je ne savais pas si elle avait envie de me tuer pour avoir séduit son fils ou de tuer le fils en question.

Lentement, elle a tourné la tête vers James.

— Euh… salut, maman, a-t-il dit d'une voix entrecoupée.

Elle s'est raclé la gorge et alors, je me suis rendu compte que j'étais toujours assise sur James. Le cœur battant, je me suis déplacée, mais de manière tellement maladroite que je me suis retrouvée par terre. Au moins, il y avait le tapis pour amortir le choc.

Je me suis redressée lentement en me frottant le coude et j'ai regardé sa mère. Une veine palpitait à son cou. J'ai avalé ma salive et commencé à compter.

Arrivée à cinq…

— James Aaron Smith ! Qu'est-ce que ça signifie ? Tu sais quelle heure il est ? Tu as trois secondes avant que j'aille sonner chez la mère de Mackenzie ou que je téléphone à ton père pour reparler de l'école militaire.

École militaire ? OK, je comprenais que la situation n'était pas reluisante, mais à mon avis, elle exagérait un tout petit peu. On ne faisait que s'embrasser.

— C'est pas ce que tu crois, a commencé James.

Très intelligent, Smith. Très adapté à la situation.

— Tu connais les règles de cette maison, a grondé sa mère.

Et James a réagi de la pire manière possible.

— Merde, pourquoi tu dois toujours imposer ta volonté ?

Au secours, où j'étais allée me fourrer ?

Je suis restée bouche ouverte, sans rien dire. Si je m'étais adressée comme ça à ma mère, elle m'aurait punie pour le reste de l'année au moins.

— Ne me parle pas de cette façon, a répliqué celle de James d'un ton sévère.

James a soufflé de nouveau, soupiré, et il s'est levé du canapé. Je me sentais comme un spectateur plongé dans une scène de téléfilm. Ils ne faisaient plus attention à moi.

— J'ai dix-huit ans, j'ai droit à un peu d'intimité.

— Tu vis sous mon toit.

— Attends quelques mois et ça sera réglé. Ou encore mieux, appelle mon père et ça sera réglé avant.

— Si tu veux tant lui parler, tu n'as qu'à l'appeler toi-même.

James a plissé les yeux avec colère, et ils se sont fixés en silence pendant une éternité. Et d'un coup, la mère de James a posé de nouveau le regard sur moi. Je n'étais pas forcément contente de redevenir visible.

— Mackenzie, tu veux boire quelque chose ? Tu as dîné ?

Mon visage devait être halluciné. Ce que je voulais, c'était sortir de là aussi vite que possible, et que ma mère ne sache jamais ce qui s'était passé.

— Merci, maman, a répondu James pour moi, mais je crois que Kenzie n'est pas très à l'aise, là.

Je l'ai regardé en haussant les sourcils, genre : « Vraiment, tu crois ? »

— C'est bon, raccompagne-la chez elle.

Elle a disparu d'où elle était venue, nous faisant entièrement confiance pour suivre ses instructions.

D'un bond, James s'est rapproché de moi. Il m'a replacé une mèche de cheveux en bataille derrière l'oreille et m'a souri.

— Bienvenue dans ma famille de fous.

— Moi qui pensais que la mienne était bizarre, ai-je murmuré, les yeux ronds comme des billes.

J'avais envie de lui poser des questions sur son père et l'école militaire, mais j'ai préféré remettre à un moment plus calme… où, tant qu'à faire, sa mère ne nous écouterait pas derrière la porte. Je ne suis pas si bête, je n'avais pas entendu de pas dans l'escalier.

— On dirait un petit veau, avec cette tête effarée, a-t-il remarqué avant de me tendre la main. Allez, je te raccompagne chez toi.

J'ai accepté sa main à contrecœur. Le choc m'avait coupé les jambes.

— À la porte, plutôt, ai-je dit à voix basse. Vaudrait mieux que ma mère ne te voie pas.

Comme je l'avais supposé, la mère de James était appuyée au mur de l'entrée quand on est sortis du salon. Je ne pouvais pas lui en vouloir. La mienne aurait fait la même chose, après avoir balancé un chausson à la tête de James et m'avoir imposé un couvre-feu à vie.

Je suis passée tête basse à côté d'elle, en regardant le sol comme s'il me captivait. Je détestais ce sentiment de honte. Je n'ai respiré tranquille qu'une fois sortie de la maison.

— Tout est éteint, je crois que tu peux rentrer sans problème. Ma mère ne dira rien, je t'assure.

J'ai regardé vers chez moi. Effectivement, il n'y avait même pas de lumière dans la chambre de Leslie.

— Je me sens comme une criminelle, ai-je chuchoté en riant.

— C'était si horrible que ça ? s'est-il moqué. Je suis pas un *bad boy*, tu sais.

— Oh, ai-je fait en battant des cils. Les vrais *bad boys* ne savent pas qu'ils le sont.

Il a penché le visage pour frotter le nez contre le mien.

— N'importe quoi. Un *bad boy* te caresserait comme ça ?

Il a effleuré ma joue, tout doucement. J'ai dû me mordre la lèvre pour réprimer un frisson. Il a eu l'air satisfait.

— Non, mais un gentil garçon ne me séduirait pas pour m'introduire de nuit dans son salon et nous faire pourrir par sa mère.

— J'ai essayé de te séduire ? a-t-il souri. Ne pas être le *bad boy*, ça me rend pas gentil pour autant, tu sais ? Et je te rappelle que c'est toi qui t'es introduite chez moi de nuit.

Je lui ai tiré la langue, mais il m'a interrompue d'un baiser maladroit et touchant. Quand je me suis détachée de lui, on riait tous les deux.

— Faut que je rentre, ai-je dit. À...

— À notre prochain rendez-vous, a-t-il dit. Tiens-toi prête, parce que ça pourrait être n'importe quand, mamzelle Caramel.

Je ne pouvais pas attendre.

— D'accord. (Et là, je me suis souvenue d'un petit détail.) À bientôt, Aaron.

— Oh, tais-toi.

— Comme tu veux, Aaron.

— Kenzie... m'a-t-il avertie d'un ton sérieux.

J'ai ri encore plus.

— Oui, Aaron ?

— Sérieusement, t'es odieuse.

Je lui ai montré toutes mes dents.

— Je sais.

— Mais je t'aime quand même.

Paf ! Une simple phrase et j'étais désarmée. Avec un sourire victorieux, il m'a donné un dernier baiser et m'a dit au revoir avant de retourner chez lui. Ah, lui, il était odieux !

Quand j'ai enfin réussi à arriver saine et sauve dans ma chambre, je me suis affalée sur mon lit. J'ai sorti mon portable, histoire de me distraire de la honte que je venais de me payer avec la mère de James.

Et là…

Quarante-cinq appels en absence.

Sept textos.

Tous de Mason.

J'ai fermé les yeux et les ai rouverts, mais le journal d'appels n'avait pas disparu. Pour ça, il a fallu que je touche l'écran pour tout effacer sans lire.

CHAPITRE 20

Leslie et moi sommes allées à l'épicerie après le petit déjeuner. J'avais sauté les dernières courses du samedi, et ça se voyait dans les réserves de nourriture, même si ma mère passait plus de temps à la maison en ce moment.

On était devant les surgelés quand la dispute a commencé.

— Je veux de la glace au chocolat.

— C'est pas sur la liste.

— Allez, on peut faire une exception. On en prend à la place du poisson.

— Non, et n'insiste pas.

— Pourquoi, non ?

— Le poisson, c'est sain. Pas la glace.

— Mais j'aime le chocolat…

— Kenzie, ça suffit. J'ai dit non.

Voilà. Ma petite sœur ne me laissait pas acheter de glace au chocolat parce que ce n'était pas sain.

Comme une petite fille capricieuse, je lui ai tiré la langue et j'ai sorti une boîte du congélateur.

— Désolée, Les, mais rien ne peut s'interposer entre moi et cette glace. On est nées pour ne faire qu'un.

— T'es incroyable, a-t-elle dit d'un air dépité.

Je lui ai envoyé un sourire moqueur, comme James le faisait souvent avec moi.

— Je sais.

Leslie a ronchonné et on a continué notre chemin dans le magasin sans plus de disputes, à part au rayon café. Apparemment, ma sœur s'était mise à en consommer et elle adorait, mais je n'approuvais pas du tout. Elle n'avait que douze ans. Il lui arrivait quelque chose, depuis qu'elle était entrée dans l'adolescence : elle avait un portable, elle commençait à avoir des problèmes au collège, elle avait planté un devoir de maths, elle embrassait des garçons à l'identité indéfinie et maintenant, elle buvait du café ! Mais comme avec ma glace au chocolat, personne ne pouvait s'interposer entre Leslie et quelque chose qu'elle aimait.

— Bon, Les…

— Oui ?

— Tu vas me dire lequel des jumonstres tu as embrassé ?

— Non.

J'ai soupiré.

— Bon, ça valait le coup d'essayer

— De toute façon, c'est du passé.

— C'était la semaine dernière !

— On a décidé qu'il valait mieux arrêter : on vit loin et… bon, on est un peu de la même famille. Si papa était au courant, il hallucinerait.

— Je crois que papa a assez halluciné avec toi… ai-je marmonné. Maman ne t'a toujours rien dit, pour la garde ?

Ce sujet était devenu tabou chez nous, alors qu'on savait qu'il était toujours d'actualité.

En milieu de semaine, une lettre du tribunal était arrivée, mais on a eu beau interroger maman, elle n'a rien voulu nous dire. On a envisagé d'appeler notre père, mais on ignorait comment aborder la question, et on vivait comme ça sans savoir ce qui nous attendait.

Quand enfin on est arrivées à la caisse, on avait deux autres parfums de glace et quatre paquets de café de différents pays.

Maman ne nous laisserait plus jamais faire les courses ensemble.

— Kenzie ! m'a saluée Eric tout en aidant une vieille dame à ranger ses achats. Ça faisait longtemps que je ne t'avais pas vue.

Je lui ai rendu son salut en sortant les produits du chariot.

— Oui, ces derniers samedis, je n'ai pas pu venir faire les courses.

J'étais surprise qu'il s'en soit rendu compte, quoique le plus surprenant, c'était qu'on ait réussi à survivre sans acheter de nourriture. Non seulement ma mère passait plus de temps à la maison, mais en plus, elle sortait beaucoup le soir et revenait parfaitement sobre. Joyeuse, même. Elle s'était mise à cuisiner et essayait d'être là pour préparer le petit déjeuner. Tout était très étrange, comme le fait de m'obliger à baby-sitter pour une copine à elle.

— Et ça va bien ? Pour la liste, ça s'est résolu ?

Je me suis sentie rougir. Sachant que son nom apparaissait sur la liste, c'était hyper humiliant d'en parler avec Eric.

— Plus ou moins, ai-je bafouillé en cherchant le porte-monnaie.

— Plus ou moins ? s'est indignée Leslie. C'est le truc le plus génial qui te soit arrivé, Kenzie. Sans ça, tu n'aurais pas de copain à l'heure qu'il est.

C'est qu'en plus d'être rebelle, elle était futée. Quel dommage qu'elle ne mette pas à profit son intelligence pour les maths.

Je venais enfin de trouver le porte-monnaie. Sous le coup de l'émotion, je l'ai saisi avec trop d'enthousiasme, et il est tombé par terre. Je me suis baissée maladroitement pour le ramasser, quand Eric a demandé, sans pouvoir dissimuler la surprise dans sa voix :

— Tu as un copain ?

J'ai maudit ma sœur à voix basse en me remettant debout. Elle riait, la vilaine !

— Plus ou moins, ai-je répété.

Eric m'a lancé un grand sourire heureux. Non, enthousiaste. Cette nouvelle le rendait heureux et enthousiaste. Il n'y a que moi qui trouve ça bizarre ?

Et puis il s'est exclamé :

— Je savais bien que toi et Mason, vous termineriez ensemble !

Leslie en a lâché son portable.

Mason ? On est restées figées. J'arrivais à peine à ciller en le regardant fixement, bouche bée, en digérant sa réplique. Pourquoi Mason ? Eric s'est rendu compte qu'il y avait un problème et son sourire s'est effacé peu à peu.

— Ce n'est pas Mason, c'est ça ?

J'ai fait non de la tête.

— C'est James, ai-je fini par déclarer.

Silence chargé. Et puis Eric, le garçon sympa, moitié japonais à l'accent anglais de l'épicerie, s'est mis à faire défiler les articles plus vite. Leslie m'a pris le porte-monnaie pour payer.

Pourquoi il pensait que j'allais finir avec Mason ?

Je ne pouvais pas sortir de là avec cette question, alors je la lui ai posée.

— Bah, c'était évident que Mason était amoureux de toi. Après ce qu'il m'a dit quand la liste a été affichée, j'ai cru que vous alliez terminer ensemble.

James m'avait dit avoir vu Mason s'adresser à Eric, mais je n'y avais pas attaché d'importance.

— Il m'a demandé de ne pas te parler de la liste. Il s'en faisait pour toi.

J'ai pensé à Mason et aux quarante-cinq appels en absence, et je n'ai pas pu m'empêcher de me sentir coupable.

Même si j'étais fâchée par son comportement, mon meilleur ami me manquait.

*

Le dimanche a été tranquille, en comparaison de l'agitation du vendredi. J'ai passé toute la matinée devant la télé avec Leslie. Le soir, James est venu regarder des films avec nous et, bien sûr, on ne s'est pas privés de s'embrasser dès qu'on était hors de vue de ma sœur.

J'ai encore reçu des nouvelles de Mason, même s'il a moins insisté que la veille. Cette fois, j'ai lu les textos. En gros, il me demandait pardon de m'avoir embrassée de force. Il l'avait fait sur l'impulsion du moment, il était saoul et il voulait me parler. Je ne vais pas nier, moi aussi, je voulais qu'on parle, mais je n'étais pas prête.

Le lundi matin, du coup, je me suis retrouvée nerveuse à attendre l'arrivée de Mason, dos à la porte d'entrée. Je me demandais s'il viendrait et, dans ce cas, si je monterais dans sa voiture.

Il m'avait toujours amenée au lycée, et je ne m'étais jamais imaginé que ça pourrait s'arrêter. Tranquillement, James est apparu dans le jardin de devant.

— Bonjour.

Il est venu me déposer un petit baiser sur les lèvres.

— Bon, il l'est mon jour, maintenant que je te vois, Kenzinette. On y va ?

Bon, j'allais partir avec lui. De toute façon, Mason ne faisait pas mine d'apparaître.

— Même alors qu'on est ensemble, tu vas pas t'arrêter de m'appeler Kenzinette ?

Il s'est penché vers moi, en me regardant d'une manière qui me faisait oublier où j'étais et ce que je faisais. Ses lèvres ont frôlé les miennes quand il a murmuré :

— Jamais.

De nouveau, il m'a embrassée, cette fois un peu moins chastement, et il m'a retiré mon sac à dos avant que je m'en rende compte.

— Hé ho ! me suis-je exclamée en le poursuivant jusqu'à sa voiture. Rends-moi ça !

James a ri et se l'est mis sur l'épaule.

— D'habitude, je pense que les filles sont aussi capables que nous de soulever une charge lourde, a-t-il dit en ralentissant. Mais avec toi, non.

— Ah ?

Il s'est arrêté et m'a souri, mais sans moquerie. Non, c'était un sourire que je lui voyais rarement, et que je surkiffais.

— Avec toi, j'ai envie de le porter.

Je suis restée paralysée. Le rythme de mon cœur s'est accéléré. James pouvait être si doux, sans même faire exprès…

James a continué vers la voiture, mais j'ai dû m'arrêter un instant pour me reprendre et arrêter de soupirer comme une petite idiote devant mon copain chevaleresque et admirable.

— T'es en train de me mater les fesses.

Ce qui me rappelait qu'il n'était pas si chevaleresque et admirable que je voulais l'imaginer, mais que c'était un voisin blagueur dont je ne me libérerais jamais. Par chance.

— T'es con, ai-je murmuré avec un sourire.

Je me suis mise en marche. Il avait raison, il fallait y aller. Même si, en y réfléchissant bien, comme il m'en avait accusée, rien ne m'empêchait de profiter de la vue.

Et quelle vue !

Dans la voiture, on s'est mis à parler de choses banales, comme par exemple, pourquoi je n'aimais pas qu'il m'appelle Kenzinette. James était convaincu qu'en réalité, j'adorais ça, parce que j'adorais me mettre en colère après lui. Je n'allais pas nier.

Le trajet s'est si bien déroulé que j'ai même commencé à oublier mes problèmes, jusqu'au moment où… James me les a rappelés.

— Au fait, Mason m'a téléphoné.

Je me suis retournée vers lui, sous le choc. Quand ça ? Il aurait pu me dire que sa mère, la femme parfaite, avait fait brûler du bacon ce matin, ou qu'il était expulsé du lycée, mais… depuis quand il communiquait avec Mason ?

Le monde était devenu fou et je ne m'en étais pas aperçue.

— Il m'a demandé de t'emmener aujourd'hui en classe, a-t-il continué en comprenant que j'étais incapable de parler. Il s'est dit que tu serais fâchée de le voir. Et puis, tu sais qu'on se serait engueulés pour t'amener.

En état de choc. J'étais en état de choc, mais je me suis arrangée pour dire :

— Je ne suis pas un objet.

James a détourné le regard de la route pour me scruter avec des yeux sérieux. Je détestais quand il se comportait comme le plus mûr des deux.

— Kenzie…

Je me suis enfoncée dans mon siège. Je ne recommande pas du tout les triangles amoureux parce qu'ils terminent toujours mal. Toujours.

— Je suis désolé de devoir te le dire, mais vous êtes amis. Vous l'avez toujours été. Je n'ai pas apprécié de le voir te bécoter, mais je ne supporterais pas non plus que tu te balades avec une tête d'enterrement en regardant ton téléphone comme si c'était la fin du monde parce que tu ne parles plus à ton meilleur pote.

Il a soupiré devant mon air contrit et m'a pris une main, l'a pressée entre ses doigts en un geste de confiance.

— Parle avec lui, OK ?

J'ai fermé les yeux et fini par acquiescer. Le week-end sans Mason m'avait paru trop long. J'allais le faire.

On est arrivés avec cinq minutes d'avance, temps mis à profit en nous embrassant dans la voiture pour éviter les curieux.

— J'ai pas envie d'aller en classe, ai-je murmuré sans décoller mes lèvres des siennes.

J'étais penchée sur le levier, dans une position un peu inconfortable, mais ce n'était pas grave.

— Ce serait un autre moment, je laisserais pas passer l'occasion et je t'enlèverais encore, a répondu James en chassant les cheveux de mes joues. Mais aujourd'hui, tu dois parler avec Mason.

J'ai râlé et je me suis rencognée sur le siège. Pourquoi devait-il me gâcher ce moment ? Je voulais arranger les choses, mais rien que d'y penser, j'étais en stress.

— Tu te rends compte que c'est toi, précisément toi, qui me demandes de lui parler ?

Il a froncé le nez. J'avais déduit depuis un moment déjà que c'était sa mimique dès qu'il était déconcerté ou fâché.

— Comprends-moi bien. J'ai toujours envie de lui foutre une raclée pour avoir embrassé ma copine comme ça.

Pendant qu'on traversait le parking, il est revenu à la charge.

— Mais je suis sérieux. Tu dois affronter tes problèmes plutôt que les éviter. Cherche-le, appelle-le s'il le faut et parle-lui.

J'ai soupiré et je me suis retournée pour être face à lui.

— Pourquoi ?

James a tout de suite compris.

— Je t'ai déjà dit. Je crois au pardon. On est humains, et c'est notre nature de commettre des erreurs. De pardonner aussi.

Il a ouvert la porte d'entrée et a voulu me laisser passer, mais je suis restée à le regarder comme si ce n'était pas mon idiot de voisin. Je le voyais comme ce qu'il était : mon copain, celui qui s'en faisait pour moi.

Sur une impulsion, j'ai laissé tomber mon sac par terre et je me suis dressée sur la pointe des pieds pour l'embrasser. J'ai entendu un sifflement, des commentaires obscènes et amusés derrière moi, mais tant pis. J'étais dans les bras de James Smith, qui m'embrassait avec la même passion que moi. Je ne pouvais pas l'aimer plus.

James s'est détaché de moi d'un bond quand quelqu'un s'est raclé la gorge à côté de nous.

Personne n'aime être interrompu au milieu d'un baiser, c'est une vérité universelle. On n'a pas besoin d'avoir un cher et tendre pour le savoir, alors il faudrait que quelqu'un pense à en parler à Silvia pour éclaircir ce point. Elle attendait, les bras croisés, avec un sourire affecté.

— Bonjour, vous êtes occupés ?

À ton avis ? On comptait les pâquerettes ?

Je me suis essuyé la bouche pendant que James baissait la tête.

— Il vous fallait quelque chose, madame ?

— Depuis quand m'appelez-vous madame, jeune Smith ? a-t-elle fait en se retenant de rire. Et si vous vous écartiez du passage pour laisser les autres élèves entrer ?

J'ai rougi en essayant d'afficher un air contrit.

— On est en pays libre, Silvia, a rétorqué James. J'ai le droit d'être dans le couloir ! Les revendications amoureuses ne doivent pas être freinées par l'autorité.

J'ai résisté à l'envie de lui en mettre une.

La professeure a serré les lèvres, soit pour réprimer un sourire, soit pour se retenir de le frapper, comme moi.

— James, je pourrais aussi vous envoyer chez la proviseure pour démonstrations d'affection en public.

Au lieu de se le tenir pour dit, James a contre-attaqué :

— Il est interdit d'aimer, peut-être ?

Allez, n'importe quoi…

— Non, mais si on prend en compte que la sonnerie est passée et que vous êtes en retard en cours…

Silvia avait raison, mais le problème, c'est que James n'était pas capable de le voir. C'était rigolo d'assister à ça, mais pas si drôle si je me retrouvais collée. Je l'ai tiré par la manche pour l'éloigner de la porte, avant qu'il se décide à sortir encore une énormité.

— Désolés, on partait en classe, me suis-je excusée avec mon air le plus innocent.

Silvia m'a examinée quelques secondes. Pas si longtemps, mais dans ces cas-là, on a l'impression que le temps se ralentit. Elle a fini par faire un signe de tête et elle nous a laissés passer.

J'ai tiré James par son blouson et je l'ai accompagné en classe. Je nous croyais libérés de Silvia, quand je l'ai entendue crier derrière nous :

— Arrange-nous ce garçon, Sullivan !

J'ai continué de pousser James, les joues enflammées, sans regarder en arrière, jusqu'à ce qu'on disparaisse dans un couloir désert. J'allais lui dire au revoir et me diriger vers ma salle, quand James m'a pris le poignet et m'a plaquée contre le mur.

Mon sac à dos a heurté les casiers avec un bruit catastrophique, ce qui est vite passé au second plan quand James a approché son visage du mien dangereusement.

— Alors comme ça, tu vas essayer de m'arranger, a-t-il murmuré en me chatouillant de ses lèvres. Tu as réussi ton plan D, et j'ai obtenu mon plan A.

Je me suis noyée dans ses yeux verts semés d'éclats ambrés, cette couleur qui me fascinait tant. Ils brillaient d'amusement. Essence de James cent pour cent.

— T'as rien « obtenu ». T'es pas devenu propriétaire. J'appartiens à personne.

— C'est un défi, Sullivan ? Dans ce cas, tu devrais savoir… (Il a penché la tête vers moi, et juste au moment où je pensais qu'il allait m'embrasser, il a changé de direction et m'a déposé un petit baiser sur la clavicule qui m'a électrisée.) Tu devrais savoir que j'adore les défis.

J'ai étouffé un râle quand il est remonté vers mon cou, lentement, pour arriver à l'oreille.

— Défi accepté, mamzelle Caramel.

Je luttais désespérément contre lui. Et puis il m'a embrassée, sur la bouche, avec la même avidité que quelques minutes auparavant, à la porte. Quand il a enfin appuyé son front sur le mien et qu'il m'a lâché le poignet, ç'a été pour me caresser la joue.

— Je serai à toi, Mackenzie Sullivan.

*

— Attention !

Trop tard. Avant de pouvoir détourner les yeux de mon téléphone, je me suis cognée à un mur dur et froid, et je suis tombée sur les fesses. J'ai retenu un cri de douleur.

— Ça va ? m'a demandé le mur.

J'ai fait signe que oui. J'avais mal partout, mais j'allais bien.

J'ai accepté sa main pour me relever, tout en observant son corps athlétique et viril.

« Ah, bonjour, Derek. Merci. » C'est ce qui aurait dû sortir de ma bouche, mais je n'ai rien pu dire.

— Ton téléphone est par terre, m'a signalé Derek en le ramassant.

— Merci, ai-je bafouillé.

J'ai regardé l'écran encore allumé. Le nom de Mason y brillait.

J'avais décidé de suivre le conseil de James et d'affronter mes problèmes, mais Mason avait disparu de la surface du globe. Ou du moins du lycée. Je l'avais appelé, je l'avais attendu devant chacun de ses cours, mais pas moyen. Je ne l'avais pas vu à midi. Alia et Melanie l'avaient aperçu, mais il leur avait à peine dit bonjour.

Une main s'est agitée devant mon visage. J'ai refocalisé sur Derek, en pleine confusion. Apparemment, il m'avait parlé.

— Tu es sûre que tu n'as pas de contusion ni… ?

Mais on a été interrompus.

— C'est que t'apprends vite, Sullivan ! Il y a quelques minutes on me disait que tu sortais avec Smith, mais là, je vois que tu retentes ta chance avec ton plan A.

J'avais le téléphone à la main, et je l'ai serré fort pour ne pas me jeter sur Jane, l'insupportable. C'était une impression, ou sa voix était extrêmement perçante ?

J'ai essayé de l'éviter et de me retourner vers Derek, mais j'avais à peine ouvert la bouche pour lui répondre que j'allais bien, que Jane est venue me mettre la main sur l'épaule. J'allais devoir brûler mon tee-shirt et bien me laver l'oreille, parce qu'elle s'est penchée dessus pour me murmurer :

— Mais bon, vous ne jouez pas dans la même cour, non ?

J'étais rouge de honte. Comment elle osait ? Il était juste là ! C'était vrai, on ne jouait pas dans la même cour, mais pas dans le sens où elle l'entendait.

J'allais répliquer, quand Derek m'a coupée dans mon élan :

— Si c'est pour faire ta pénible, tu peux aller voir ailleurs.

Bravo, Anderson !

Jane a retiré sa main de mon épaule. Si ç'avait duré moins de dix secondes, j'allais peut-être pouvoir sauver mes fringues.

J'ai fait un sourire forcé et, avec une voix de petite fille sage, j'ai murmuré à l'oreille de Jane :

— Au revoir, grosse conne.

Ensuite, je suis partie en courant, avec un regard reconnaissant à Derek.

Je suis sortie du lycée en ayant presque la nausée sous le coup de l'émotion. J'avais traité Jane Tyler de grosse conne en face ! Ce n'est pas correct d'insulter les gens, j'en étais consciente, mais… ce que ça faisait du bien !

Je souriais d'une oreille à l'autre, en traversant le parking, quand je l'ai vu.

Mason.

Bon, je ne l'ai pas vraiment vu, mais je lui suis rentrée dedans. Comme d'habitude, il m'a évité de tomber par terre.

C'était comme si le temps s'était arrêté. J'avais enfin Mason devant moi et je n'arrivais pas à décrocher un mot. Dans ses yeux, il y avait un mélange d'émotions indescriptible. Quand j'ai retrouvé mon équilibre, Mason s'est retourné et éloigné sans prononcer une parole.

Instinctivement, j'ai agrippé son blouson.

— Mase, je suis désolée d'avoir autant hurlé l'autre jour.

Il ne m'a pas regardée. Il n'a pas pour autant essayé de se dégager.

— Mason, s'il te plaît… l'ai-je supplié.

— T'as pas à être désolée, Mackenzie, a-t-il fini par répondre, si froid et tendu que j'en ai frissonné. Tu es avec Smith, tu l'as choisi, y a rien de plus à dire.

Je n'y comprenais plus rien, après son appel à James et ses milliers de messages d'excuse…

— Je t'ai vue embrasser Smith ce matin.

Tout s'expliquait… mais ça ne me plaisait pas.

— T'avais dit qu'on serait toujours amis !

Mason m'a regardée.

— Non, Mackenzie. Ça, c'est toi qui l'as dit.

J'ai commencé à paniquer. Ça ne pouvait pas être vrai. Il ne pouvait pas briser notre amitié à cause d'un garçon.

Comme je le tenais toujours par le blouson, il s'est libéré.

— Je n'aurai plus à m'embêter à te demander d'aller au bal avec moi, a-t-il lâché avec un sourire triste. Bonne continuation, Mackenzie.

Et il m'a laissée plantée là, seule.

*

Les chiffres se rejoignaient, se séparaient et se transformaient sous mes yeux. Saleté de maths, saleté de distraction. Mais qui pouvait m'en vouloir, alors que je venais de perdre mon meilleur ami ?

Nauséeuse, j'ai relevé la tête pour voir Alia concentrée sur ses exercices. On était assises par terre dans le salon, les livres éparpillés autour de nous. À côté d'elle, Melanie faisait tourner un crayon, le regard perdu dans le lointain. Je pouvais presque dessiner les cœurs autour d'elle et les bulles de pensée avec écrit Jack dedans.

C'était injuste, j'aurais dû être comme elle, à dessiner mes propres cœurs traversés de flèches et tout un tas de lettres qui formeraient le nom de James. Tout ça par la faute de Mason et de sa réaction stupide !

Longtemps, j'avais gardé pour moi ce que j'éprouvais, pour ne pas le perdre, et maintenant, notre amitié allait se briser parce que j'avais voulu la protéger et parce que j'avais choisi James. C'était injuste !

Et il me disait que lui aussi m'aimait, mais seulement au dernier moment : il avait eu un siècle pour se déclarer : même James l'avait su avant lui.

Eh bien, je n'allais pas lui courir après pour lui demander pardon. J'avais essayé et en fait, je m'étais pris l'équivalent d'une gifle en pleine face. T'es jaloux ? Souffre en silence, espèce de plouc insensible. Tu ne mérites pas une seule de mes pensées.

Pff, tu parles. Il me manquait vachement.

La mère d'Alia est apparue dans le salon. Elle lui ressemblait énormément, en plus grand et plus adulte.

— Je pars faire les courses, je vous rapporte quelque chose ?

— On a tout ce qu'il nous faut, t'en fais pas, a dit Alia sans quitter ses notes du regard.

— Mais je ne dirais pas non à des cookies aux pépites de chocolat, a ajouté Mel en lui donnant un coup de coude. Personne ne dirait non.

J'ai souri. Un peu de chocolat en ce moment, ça ne me ferait pas de mal. La mère d'Alia a levé les yeux au ciel d'un air amusé. Elle a pris son sac et son manteau avant de sortir.

Il ne s'est pas passé dix secondes que Melanie s'est mise debout.

— Bon, on est seules. Vous savez ce qu'il nous reste à faire, non ?

Ah bon... étudier ? Alia a soupiré et laissé tomber son crayon. Non, ça devait être autre chose.

— Hors de question, a-t-elle râlé en croisant les bras. Si on se fait prendre, on est dans la mouise.

— Ou plutôt, tu seras dans la mouise et, moi, je rigolerai, a dit Mel.

Alia a soufflé et fini par se lever à son tour. Si je ne posais pas la question, elles n'allaient clairement rien me dire.

— Qu'est-ce qu'on va faire ? Vider les réserves d'alcool ? Brûler nos livres de maths ?

Les yeux de Melanie ont brillé avec rébellion.

— Non, bien pire.

Effectivement, c'était bien pire que boire ou brûler nos livres : on est allées fouiller la chambre de Jane.

Sa chambre se trouvait à l'étage. Contrairement à celle d'Alia, elle n'était pas du tout rangée. Les fringues s'accumulaient sur la couette rose, par terre et même sur le bureau. Sans parler du maquillage, des produits pour les cheveux... Melanie regardait dans les tiroirs d'une commode pendant qu'Alia inventoriait avec curiosité le capharnaüm du bureau. Je restais sans rien dire, au milieu de la pièce. Je me sentais en territoire comanche.

— La semaine dernière, il y a un tee-shirt qui a disparu de mon armoire, a commenté Alia en prenant un vêtement bleu sous un cahier. J'étais sûre que c'était Jane.

— Et pourquoi tu n'es pas venue vérifier ? s'est étonnée Mel en allant fouiller un carton plein de papiers. Sérieux, Al, je déteste devoir toujours t'entraîner du côté obscur.

Oui, mais si Jane rentrait et nous surprenait ? Alors que ce matin, je lui avais dit ce que je pensais d'elle ? Je ne voulais pas songer aux façons nombreuses et diaboliques qu'elle aurait pour me le faire payer. J'ai tenté d'être la voix de la raison.

— Et si on retournait bosser au salon ? C'est pas bien, fouiner.

— Tu changeras d'avis quand tu verras ça, a murmuré Melanie, mais à voix si basse qu'un moment, j'ai cru l'avoir imaginé.

Aussitôt, Alia s'est approchée d'elle. Après avoir regardé la feuille que tenait Melanie, elle m'a soufflé :

— Je ne savais pas du tout, Kenzie.

C'était une feuille arrachée d'un cahier, en papier épais, imprimé de lignes bleues, avec un cœur à l'encre noire dessiné au dos.

Autour de moi, tout s'est ralenti. J'ai avancé à grands pas vers elles.

— Si j'avais su… disait Alia.

Mais je ne l'écoutais pas. J'ai pris la feuille des mains de Melanie. Elle était là.

Ma liste.

Et ce n'était certainement pas une photocopie.

Mel m'a mis une main sur l'épaule. J'ai respiré profondément.

— Ça mérite une vengeance, a-t-elle déclaré avec fermeté. Une vengeance à la Melanie Stuart.

*

Je n'avais pas l'intention de me venger. Bien sûr, je détestais Jane, et pas seulement pour avoir affiché ma liste dans tout le lycée. Ce qu'elle avait fait était méprisable. Elle avait réussi à me faire du mal, mais…

En y réfléchissant bien, si cet incident n'avait pas eu lieu, mes relations avec James n'auraient pas évolué.

Je ne me serais pas non plus fâchée avec Mason, mais je ne lui aurais toujours pas révélé mes sentiments.

J'aurais peut-être toujours bavé sur Derek sans savoir qu'il aimait les garçons.

Avec Eric… non, ce serait resté pareil.

En tout cas, la liste n'avait pas eu des effets si négatifs. J'ai tâché de l'expliquer à Melanie, mais je suis ressortie de chez Alia avec l'impression que je ne l'avais pas convaincue du tout.

Le lendemain matin, au lycée, quelqu'un avait mystérieusement forcé le casier de Jane pour renverser du soda fluo sur tous ses cours. Quand j'ai posé la question à Melanie, elle a rappelé que beaucoup de gens détestaient Jane et elle a prétendu n'y être pour rien. Pourtant, le mercredi, j'ai vu Jane s'acharner à retirer un chewing-gum de ses cheveux. Une nouvelle fois, Melanie a dit que ce n'était pas elle, comme le jeudi, quand on a vu passer Jane les vêtements pleins de terre, comme si quelqu'un était allé en mettre dans sa voiture.

Mais le pire, ç'a été le vendredi. J'étais déprimée parce que ça faisait une semaine qu'on n'avait pas parlé, avec Mason. J'attendais James à côté de la sortie, quand Jane Tyler est passée en courant, en regardant à peine où elle allait, en larmes.

Louche. Il allait falloir que j'en parle à Melanie.

— Coucou, la belle, m'a dit James en souriant avant de m'embrasser doucement. Tu m'as attendu longtemps ?

Après avoir fait signe que non, j'ai lancé :

— La belle ? Et où est passée « Kenzinette » ?

— Ah ! Je savais que tu aimais que je t'appelle Kenzinette, Kenzinette.

J'ai levé les yeux au ciel et me suis dirigée vers sa voiture. Il avait plu, tout sentait l'humidité. Je me suis bien emmitouflée dans mon blouson. Je pensais toujours à Jane. Je ne l'avais jamais vue dans cet état. Elle était du genre à dissimuler tout sentiment qui pouvait la faire paraître faible.

On partait vers la maison quand James a baissé la radio et m'a regardée avec sérieux.

— Bon, qu'est-ce qui se passe ?

Aussitôt, je me suis mise à stresser, parce qu'il n'avait pas l'air de surveiller la route autant qu'il l'aurait dû. Au bout d'une semaine à me faire amener par lui, j'aurais dû avoir confiance, mais c'était difficile. Surtout quand il s'ingéniait à ignorer totalement les limitations de vitesse.

— Rien, ai-je répondu.

Il s'est gratté le menton. Mauvais signe.

— C'est un des cas où la fille dit que tout va bien, alors qu'en fait, le monde est en train de s'effondrer, c'est ça ?

J'ai éclaté de rire malgré moi. James était trop. J'ai soupiré et appuyé la tête sur le siège. Je n'avais pas envie de tout déballer sur Jane et la liste, je voulais plutôt mettre toute cette histoire derrière moi. Je ne pourrais jamais l'effacer et, pour être honnête, je n'en avais pas envie.

Je lui ai juste raconté ce que je venais de voir.

— Pourquoi tu trouves si grave de l'avoir vue pleurer ? a-t-il demandé, un peu surpris, en prenant un virage trop vite. Vous êtes pas copines.

J'ai appuyé le pied au plancher, comme si j'actionnais un frein invisible. Les trajets en voiture avec James, c'était trop pour mes nerfs.

— Surtout pas, ai-je murmuré en m'imaginant pote avec Jane Tyler. Mais je l'avais jamais vue comme ça et… ça m'a surprise, voilà.

Il a réagi par un tout petit sourire et a marmonné quelque chose comme « trop gentille ». En fait, mon intérêt était égoïste. Je ne voulais pas me sentir coupable si Melanie avait fait quelque chose pour me venger.

— Je crois que je sais pourquoi, a dit James à voix haute. J'avais un cours avec Eric Abbot, et ce mec est au courant de tous les ragots avant le reste de la planète.

— Et… ? me suis-je impatientée.

— La rumeur court qu'elle a couché avec le prof de sport, le remplaçant beau gosse, et maintenant, la proviseure veut convoquer ses parents.

— Mais… c'est des mythos, non ?

James a garé la voiture devant chez lui.

— Apparemment, non. Ils ont déjà viré le prof.

Et merde. Maintenant, j'allais vraiment devoir parler à Melanie, et très sérieusement.

On est sortis de la voiture et James m'a suivie chez moi. Depuis que sa mère nous avait surpris sur le canapé, je n'osais plus entrer dans sa maison. Trop honte.

— Quand la réalité dépasse la fiction, a soupiré James.

Sur le seuil, James m'a prise dans ses bras.

— J'ai beaucoup réfléchi à une chose. Il y a un truc que j'aimerais beaucoup qu'on fasse. C'est en sept lettres et ça concerne juste toi et moi.

Mon esprit s'est mis à tourner à toute vitesse en comptant des lettres et j'arrivais à une seule conclusion.

Ses lèvres ont voyagé depuis mon lobe jusqu'à la naissance de mon cou, puis ont fait le chemin inverse, pour qu'il rajoute un mot :

— Seuls.

J'ai dégluti avec peine. J'étais sainte-nitouche, mais pas à ce point : sept lettres, lui et moi, seuls.

Coucher.

Il voulait qu'on fasse l'amour. Sans me demander si j'étais prête.

Tranquillement, James est retourné à ma bouche, où il a déposé un baiser profond et paralysant. Mes jambes se sont mises à flageoler, sous l'effet du baiser ou de ce qu'il venait de dire.

La porte s'est ouverte et on s'est séparés. La tête de ma sœur est apparue, curieuse.

— J'ai faim. Et mon repas, alors ?

— T'es pas assez grande pour cuisiner toute seule, maintenant ?

Leslie a eu une attitude qui commençait à devenir habituelle chez elle. Elle a toisé James de haut en bas avant de secouer la tête.

— C'est pas toi qui as collé un préservatif dans le dos de ma sœur, il y a quelques années ?

Je l'aurais tuée. Vas-y qu'elle déterrait un des moments les plus humiliants de ma vie !

James a éclaté de rire.

— Touché !

Leslie nous a regardés encore, a poussé un soupir et elle a refermé la porte. Je me suis détachée de James pour la suivre quand il m'a retenue par le poignet pour me donner un rapide baiser vorace.

— Attends, Kenzie. Sept lettres, toi et moi, seuls. Rencard. J'aimerais vraiment qu'on fasse une sortie tous les deux. Demain, ça te dit ?

Ah, de suite…

Bref ! Mon premier rencard avec James !

CHAPITRE 21

— Qu'est-ce que tu cherches dans mon armoire ?

J'ai sursauté avant de me retourner vers ma mère, une robe rouge à la main. Elle venait de me prendre en flag.

— Kenzie ? Ma robe de soirée ?

Je me suis mordu la lèvre, puis engueulée intérieurement. Comment j'allais embrasser James, si je n'arrêtais pas de me massacrer la bouche ?

J'aurais préféré me passer de cette discussion, mais il n'y avait pas moyen de revenir en arrière.

— J'ai un rencard, ai-je avoué.

Je ne sais pas pourquoi, je m'attendais à des cris de joie, des applaudissements et des confettis de la part de ma mère. En fait, elle s'est approchée pour me prendre le vêtement des mains.

— D'accord, mais j'ai besoin de cette robe. Moi aussi, j'ai un rencard.

Je suis restée stupéfaite devant l'armoire, pendant qu'elle sortait de sa chambre. Depuis quand les mères ont des rencards ? Elle n'avait fréquenté personne depuis que notre père était parti. Pourquoi tout d'un coup, aujourd'hui ?

Dépitée, j'ai recommencé à inspecter sa garde-robe. Bon, si j'y réfléchissais, c'était logique. Ces derniers temps, elle était toute joyeuse. Elle cuisinait, elle faisait le ménage, elle me demandait comment ça se passait au lycée, elle rentrait tôt… Je me suis collé une baffe. Comment je ne m'en étais pas rendu compte avant ?

Je mettais mon manteau quand on a sonné à la porte. J'ai regardé l'heure, mais James ne devait pas être là avant dix minutes. J'ai pourtant dû me précipiter au bas de l'escalier en entendant ma sœur :

— Salut, rouquin, t'arrives pas un peu tôt ?

J'allais la tuer.

Une fois à la dernière marche, ma coiffure était déjà défaite, annulant tous mes efforts pour me faire belle. Enfin, vu comme James m'a détaillée, il n'était pas vraiment de cet avis.

— Salut, ai-je dit en tentant de laisser tomber ma timidité.

James m'a prise par la main et l'a levée pour me regarder mieux. Je n'avais même pas réussi à dénicher une tenue correcte. J'avais enfilé une blouse blanche avec un jean sombre slim, mais il n'avait pas l'air d'y trouver à redire.

— Trop belle, a-t-il murmuré, les yeux dans les miens.

J'ai rougi.

Quelqu'un a fait semblant de vomir à côté de nous.

— Les ados, a grogné Leslie, qui était toujours là.

On a de nouveau sonné à la porte et elle est retournée ouvrir.

James en a profité pour mettre l'index sur mes lèvres et en effacer le maquillage. Il a souri.

— C'est mieux comme ça, a-t-il dit avant de m'embrasser.

— Vous pouvez pas attendre d'être dehors, pour faire ça ? nous a interrompus Leslie en nous séparant pour passer au milieu. Maman, quelqu'un pour toi !

J'ai regardé vers la porte en écoutant les talons de ma mère dans l'escalier. C'était un homme vieux sur le seuil, la cinquantaine. Grand, il portait un costume et apportait un bouquet. Il était beau pour son âge, mais moi, je lui aurais rasé la moustache.

— Tom, tu arrives tôt, a dit ma mère en passant devant nous comme si on n'existait pas pour prendre son manteau et son sac.

Tom a jeté un regard vers nous et a demandé :

— Je n'aurais pas dû ?

Maman a souri et secoué la tête. Elle a enfilé son manteau et accepté les fleurs.

— Pas du tout, j'étais pressée de te voir.

Elle se dirigeait vers la porte, quand d'un coup, comme si elle se rappelait qu'elle avait des filles, elle s'est tournée vers nous.

— Soyez sages, je rentre tard.

Et elle a fermé derrière elle.

— Qu'est-ce qui s'est passé ? a demandé James.

Leslie et moi nous sommes regardées, on a regardé James, puis on a recommencé.

— Tom la Moustache a embarqué maman, a finalement dit ma sœur.

Et puis elle nous a mis une main dans le dos à chacun pour nous pousser dehors.

— Maintenant, filez, j'ai des appels à passer.

J'ai haussé les sourcils.

— Des appels à qui ? Hunter ? Blake ?

Leslie a de nouveau poussé et réussi à me jeter de ma propre maison. Elle m'a regardée comme si d'un coup, j'avais deux têtes au lieu d'une.

— Mais non, idiote. Je t'ai dit que c'était fini avec lui.

— Fini ? Avec lequel des deux ?

Elle m'a claqué la porte au nez sans me répondre. Impossible, cette gamine ! Je n'aurais jamais le fin mot de l'histoire !

— Fais pas n'importe quoi toute seule ! ai-je crié avant de suivre James dans sa voiture.

James a refusé de me dire où il m'emmenait. Il voulait me faire la surprise, ce qui me rendait nerveuse. J'aime les surprises, mais quand il s'agit de James Smith, tout peut arriver. Du coup, quand on s'est garés devant une cafétéria blindée de monde, je n'ai pu que m'étonner.

— Qu'est-ce qu'on fait là ?

James m'a arrêtée avant d'entrer et a retiré les épingles de mes cheveux pour qu'ils me tombent sur les épaules.

— Je t'aime bien au naturel, comme ça, sans maquillage, a-t-il dit en me caressant la joue.

Joli, mais ça ne répondait pas à ma question.

— C'est l'Odyssey, a-t-il ajouté. Le bar où travaillait Jack avant d'avoir son entreprise. Le samedi ils font une soirée scène ouverte, et des étudiants viennent lire leurs nouvelles et leurs poèmes. Je me suis dit que comme tu aimes écrire, ça pourrait te plaire.

J'ai regardé à l'intérieur du local par les vitres. Il était vaste, peu éclairé, avec une scène vide au fond.

— Comment tu sais que j'aime écrire ?

James m'a saisie par les épaules, et j'ai détecté une certaine nervosité chez lui. Mon cœur s'est agité. Il voulait me faire bonne impression !

— Vu que tu es au journal et que tu fais option écriture créative, j'ai supposé.

J'ai pris un moment pour observer de nouveau la salle. Le stress de James augmentait de seconde en seconde, et il a fini par exploser :

— Dis quelque chose, Kenzie !

Je lui ai déposé un gros baiser sur les lèvres.

— J'adore, ai-je avoué sans le faire souffrir plus longtemps.

La tension a disparu des épaules de James et il m'a étreinte avec force. On a continué à s'embrasser quand quelqu'un a toussé derrière nous pour nous interrompre.

— Vous allez entrer ? Vous bloquez le passage.

Rougissants, on a laissé entrer un couple, qu'on a suivi en réprimant nos rires. Pourquoi James arrivait toujours à se fourrer dans des problèmes ? Il m'a guidée vers une table réservée, ce qui m'a surprise aussi.

Une serveuse s'est approchée. Elle était jolie, avec ses mèches blond platine aux pointes roses. Elle portait un tee-shirt noir aux manches déchirées et un jean, déchiré aussi. Ça envoyait, comme look. Mon estomac s'est retourné quand elle a souri à James.

— Mini-Jack ! s'est-elle exclamée en lui ébouriffant les cheveux. Ça fait combien de temps qu'on ne t'avait pas vu ?

Mini-Jack ? Je n'avais peut-être pas à m'en faire. James, lui, est devenu rouge tomate, en harmonie avec sa tignasse.

— Salut, Jess, lui a-t-il dit poliment en cherchant mon regard. Je te présente Kenzie.

Jess s'est tournée vers moi sans se départir de son énorme sourire. Maintenant que je la voyais de près, il était clair qu'elle avait quatre ou cinq ans de plus que nous.

— Enchantée, Kenzie. (En s'approchant pour me serrer la main, elle m'a murmuré :) Tu es sa meuf ?

Au départ, j'avais l'intention de dire que je n'appartenais à personne, et puis je me suis souvenue des paroles de James l'autre jour au lycée.

— Oui, je suis sa meuf, ai-je répondu.

J'ai lancé un regard rapide à James, qui a souri largement.

— Génial ! s'est-elle exclamée, à un tel volume que les gens de la table d'à côté ont sursauté. J'espère que tu arriveras à le ranger un peu. La dernière fois que j'ai entendu parler de lui, c'était parce que Jack devait aller le chercher…

— Et si tu nous apportais deux cafés ? l'a interrompue James avant qu'elle continue son histoire, qui promettait d'être drôle et embarrassante.

— Je comprends, a dit Jess. Deux cafés qui marchent !

J'ai ri en voyant James s'affaisser sur sa chaise, abattu, loin de son assurance habituelle. Il avait l'air plus normal, comme ça.

— Eh ben, ça a l'air d'être quelqu'un, Jess, ai-je dit pour relancer la conversation.

— T'as pas idée, a-t-il fait en fronçant le nez.

Qu'est-ce que j'aimais cette mimique.

— Ton frère avait dû venir te chercher où ? Enfin, t'es pas obligé de me dire…

— Pas de souci, a-t-il dit en prenant la carte des boissons, qu'il s'est mis à triturer nerveusement. J'avais reçu une punition au lycée et aucun de mes parents ne pouvait se libérer.

Aussitôt, j'ai regretté d'avoir posé la question.

— Je suis désolée, ai-je murmuré.

James m'a regardée sans comprendre.

— Pourquoi ?

Ah, mais je pouvais pas me taire, de temps en temps ? J'arrêtais pas de dire ce qu'il ne fallait pas. Je me suis un peu tortillée sur mon siège.

— Ben… pour tes parents. Le divorce, tout ça…

Il a posé la main sur la mienne. Quand j'ai relevé les yeux, il me souriait.

— Tu n'as pas à t'excuser, Mackenzie. Ce n'est pas ta faute.

— Et pas la tienne non plus.

Il m'a lâché la main. Je venais de redire quelque chose qu'il ne fallait pas ?

OK, Mackenzie, la prochaine fois, tu parles pas. Et tant qu'à faire, tu penses pas non plus.

Stressée d'être en train de gâcher mon premier rendez-vous amoureux, je me suis mise à chercher mon portable dans mon blouson, mais ma main a heurté quelque chose de dur derrière moi. Ou plutôt quelqu'un.

Jess avec les cafés.

J'ai fait voltiger le plateau par terre, ce qui a attiré l'attention de tous les gens autour. Je n'ai pas pu éviter de rougir et de me mordre la lèvre, au point de me blesser un peu.

Magnifique, le rencard commençait bien. Mais oui, mais oui, mais oui.

— Je suis vraiment désolée…

Je me suis levée pour aider Jess à ramasser, sous les yeux de la moitié de la salle. La température ne venait pas d'augmenter, d'un coup ? À ce moment, les projecteurs sur scène se sont allumés et quelqu'un a pris la parole au micro pour lancer la soirée.

— Ce n'est pas grave, m'a dit Jess avec le sourire. Je vous en rapporte tout de suite.

Je me suis rassise et j'ai enfoui la tête entre mes mains. Quand j'ai bougé les doigts pour voir à travers, James avait les yeux rivés sur moi. Il n'avait pas l'air énervé.

— Les gens ont arrêté de regarder ? ai-je chuchoté.

Il a jeté un coup d'œil hésitant autour de nous. Et puis il s'est penché sur la table pour me murmurer à l'oreille :

— Non, mais sincèrement, je trouverais bizarre que quelqu'un veuille arrêter de te regarder.

Et voilà, je n'arrêtais pas de me planter et lui n'arrêtait pas de me faire de belles déclarations. Voyons le bon côté : ça ne pouvait pas être pire, hein ? Jusqu'au moment où j'ai levé la tête pour l'observer et je me suis cogné la tête contre la sienne.

— Aïe ! ai-je crié en me frottant le front et en m'attirant des regards de reproche. Pardon…

James aussi avait la main sur le front. C'était possible d'être aussi maladroite ? La loi de Murphy avait été écrite pour moi : dès qu'un truc pouvait mal se passer, j'étais présente.

On nous a apporté de nouveaux cafés. Cette fois, Jess s'est approchée du côté de James. Ensuite, j'ai vu du coin de l'œil qu'il commençait à bouger sa chaise pour s'asseoir à côté de moi. Il m'a pris les mains pour les enlever de mon visage.

— Allez, c'est rien, m'a-t-il soufflé à l'oreille, ce qui m'a fait frissonner.

Il avait bien compris mon malaise. C'était le désastre complet. J'ai bafouillé :

— C'est que… Je suis pas… Et toi…

— Kenzie, c'est pas grave, m'a-t-il répété en m'obligeant à le regarder.

Ses yeux verts m'observaient fixement, calmes. J'ai poussé un soupir.

— Je ne fais que tout gâcher. Tu m'amènes ici, et j'arrête pas de faire des boulettes sur tous les fronts, et quand on se dit que ça ne peut pas être pire… Paf, je suis là pour montrer que je peux déclencher une autre catastrophe.

Un petit sourire s'est dessiné sur ses lèvres. J'ai reculé la tête. Ma maladresse était drôle ?

— Arrête, m'a-t-il dit en me caressant le visage du bout des doigts. Je savais à quoi je m'exposais en sortant avec toi. T'es un désastre, mais ça fait partie du charme, Kenzinette.

Je l'ai observé et mon voisin, le clown de la classe, n'était plus celui qui m'avait collé un préservatif dans le dos. Devant moi, en train de me contempler comme si j'étais la plus belle fille du monde, son attention entièrement sur moi, sans accorder d'importance aux cafés renversés ou aux coups de boule, c'était mon copain. Je pouvais faire ce que je voulais, James était toujours là.

Je l'ai pris par surprise en l'attrapant par le col de la chemise pour lui donner un baiser lent et insistant. J'ai rouvert les yeux quelques secondes avant qu'on se sépare, et j'ai adoré voir nos visages unis.

— Et maintenant, on profite de la soirée, OK ? ai-je demandé.

Il a hoché la tête.

*

Le spectacle qui a suivi était bien meilleur que le début du rendez-vous. Les étudiants étaient plutôt bons, même si je ne captais pas tout quand ils lisaient des poèmes. Ça me plaisait, mais je n'étais pas sûre d'en saisir les subtilités. Je préférais les textes narratifs. L'arôme de café imprégnait la salle.

James a commandé des parts de gâteau au chocolat que j'ai pratiquement mangées à moi toute seule. Pour le côté rester digne et déguster raisonnablement au premier rendez-vous, c'était loupé. Et puis, qui arrive à faire ça, sincèrement ? C'est déjà un miracle que je n'aie pas léché les assiettes !

À la fin du spectacle, Jess nous a envoyé un clin d'œil et on a filé. James n'a parlé qu'une fois dans la voiture.

— Alors comme ça… t'es ma meuf ? C'est ce que t'as dit à Jess, non ?

Je l'ai foudroyé du regard.

— Oh, la ferme !

Il m'a contemplée depuis le siège conducteur en se rapprochant, un sourire ironique aux lèvres.

— Allez, Kenzinette. Ne m'oblige pas à te supplier.

Au point où on en était, ça ne me dérangeait plus qu'il m'appelle « Kenzinette ».

— Te supplier ?

Son expression est devenu plus insistante.

— Je t'aime, Mackenzie. Je suis bêtement et follement amoureux de toi.

En quelques mots, James avait réussi à faire partir mon cœur au galop. Les secondes se sont figées, il m'a attirée dans un baiser doux et délicat, en me caressant la joue.

Peu à peu, le baiser a changé de tempo. C'est moi qui ai commencé à imprimer un rythme plus soutenu, à le mordre, le retenir entre mes dents, avoir besoin d'effacer l'espace entre nous.

J'ai quitté mon siège par des manœuvres plus ou moins adroites. J'avais bien fait d'opter pour un pantalon, parce que je me suis assise sur James, mes bras à son cou et ses mains sur mes hanches.

Le sang battait dans tout mon corps à une vitesse folle. J'ai enfoncé les doigts dans ses cheveux, noté les veines qui transparaissaient sous sa peau. Il a glissé les mains sous ma blouse. J'ai gémi à ce contact froid.

Il a été le premier à détacher sa bouche, mais ce n'était pas pour s'arrêter. Je suis revenue le chercher, jusqu'à ce qu'il me prenne les épaules pour me reculer. Nos respirations, unies, étaient agitées. Dehors, les rétroviseurs étaient embués.

— On devrait… on devrait arrêter, a-t-il murmuré d'une voix à peine audible.

J'ai fait oui de la tête, mais mon corps a quand même vaincu sa main et je me suis rapprochée pour l'embrasser encore.

— On devrait, ai-je répété contre ses lèvres.

— On devrait, a-t-il confirmé sans s'éloigner, caressant de nouveau la peau nue de mes hanches. Kenzie, c'est pas vrai…

Nous étions immergés dans un baiser passionné quand on a tapé à la vitre de la voiture. Je me suis détachée de James et en retournant sur mon siège, j'ai trouvé le visage de Jess collé à la vitre, que James a baissée.

— En train de faire des trucs malsains dans une voiture ? Pas bien, les enfants.

— Jess… a commencé James à voix basse.

— Et que se serait-il passé si, au lieu de moi, ç'avait été un flic ?

— Jess…

— Tu penses quoi d'une arrestation pour attentat à la pudeur ?

— Merde, Jess, je te jure que si tu te tais pas…

— Kenzie, ç'a été un plaisir de te connaître, l'a interrompu la serveuse. Pense à te repeigner avant de rentrer chez toi. Et toi, à remonter ta braguette, mini-Jack.

Noooon ?

Dès qu'elle s'est éloignée, j'ai commencé à me raplatir les cheveux en guettant James du coin de l'œil pour vérifier le coup de la braguette… qui, évidemment, était fermée.

— Tu profites de la vue, Kenzinette ?

Je l'ai de nouveau regardé en face. Il allait vraiment falloir que j'apprenne à être plus discrète.

— On devrait peut-être rentrer, ai-je proposé en attachant ma ceinture.

— J'aurai mon baiser pour me souhaiter bonne nuit ?

— Juste un ? Tous ceux que tu voudras.

Le trajet retour est passé vite et tranquillement. C'est James qui a choisi la musique, car, selon lui, mes goûts pop étaient trop pop. Le truc qui ne veut rien dire ! En tout cas, j'avais envie de rester encore un moment avec James, et je l'aurais fait si une surprise ne m'avait pas attendue à ma porte.

— Mais, qu'est-ce qui… ai-je commencé à demander, en me ruant hors de la voiture.

James est apparu à côté de moi, et il hallucinait pareil.

Tout était comme d'habitude, à part le camion de pompiers, la voiture de police et les deux agents municipaux qui se trouvaient devant la maison. Quelqu'un veut savoir ce qui s'est passé ? Ça a douze ans et ça s'appelle Leslie.

*

Le lundi suivant, je marchais dans les couloirs en repensant à ma petite sœur. Comment un être d'à peine douze ans pouvait se retrouver dans autant de problèmes ? Quand James et moi sommes arrivés devant chez moi, j'ai d'abord eu peur. Et une fois que j'ai parlé à la police, je suis passée à la colère.

Leslie avait reçu des copains et ils avaient essayé de distiller de l'alcool à la maison ! Ou du moins, c'est ce qu'ils avaient cru faire. Un certain Jordan avait apporté un bec Bunsen et sous le regard des autres, ma sœur en avait approché un verre plein de vodka. Comme on pouvait s'y attendre, l'alcool avait commencé à brûler, et Leslie, effrayée, avait lancé le verre contenant les flammes, qui avaient mis le feu aux rideaux.

Ce n'était pas allé plus loin parce qu'ils étaient dans la salle de bains. Ils avaient pu orienter le pommeau de douche sur la fenêtre et éteindre l'incendie, mais à ce moment-là, la mère de James avait déjà appelé les pompiers.

Bilan de l'opération : une paire de rideaux fichue et une Leslie punie à vie.

Au moins, les autorités ont montré de l'indulgence, même si le fait que le fameux Jordan soit le fils du maire avait dû jouer. Mais qui fréquentait ma sœur ? Il ne me plaisait pas du tout, ce Jordan qui se baladait avec des becs Bunsen et disait aux filles d'en approcher des verres remplis d'alcool.

Enfin bon, fallait pas trop que je m'excite. À tous les coups, l'idée venait de ma sœur…

— Ah, je te cherchais ! ai-je crié en apercevant Melanie, qui était à la porte de la salle avec Alia.

Elle m'a souri en écartant une mèche de cheveux blonds de ses yeux.

— Coucou, Kenzie. C'est pas une journée merveilleuse ? Le soleil brille, les oiseaux chantent et tes rideaux flambent…

J'ai soufflé en croisant les bras. Merci, Les. J'aurais cette rengaine en tête jusqu'à la fin du cours.

— Ma petite sœur et son nouveau copain sont des pyromanes, ai-je soupiré. Mais c'est pas de ça que je voulais parler.

— De l'exam de trigo, alors ? a demandé Alia en relevant le nez d'un livre. Ça se rapproche et, pour l'instant, je n'ai aucune réponse d'université.

Pff, moi non plus, mais ce n'était pas non plus le sujet que j'avais l'intention d'aborder. J'ai tenté d'adopter une attitude sérieuse pour poser ma question à Melanie :

— Je ne te le demanderai pas deux fois, alors dis-moi la vérité : c'est toi qui as fait ces trucs à Jane ?

Pour le coup, Alia a fermé son livre de maths. Melanie m'a regardée d'un air sincère.

— J'aurais bien aimé la faire chier, mais non. Je ferais jamais quelque chose d'aussi bas. Ma vengeance serait plus sophistiquée, genre lui mettre des laxatifs dans son verre.

Même si c'était très étrange, je l'ai crue. Melanie pouvait être beaucoup de choses, mais pas forcément une menteuse.

Alia a toussoté.

— En fait, c'était une suite de hasards. Avec le prof de sport, ils n'ont jamais fait très attention. Ils ne se sont jamais rendu compte qu'il y avait des caméras de sécurité dans la salle des profs.

— Des caméras dans la salle des profs ? s'est exclamée Melanie, qu'on a superbement ignorée. Ils ont fait ça en salle des profs ?

— Comment tu sais ça ? ai-je demandé avec curiosité.

— Ben, c'est quand même ma sœur, au bout du compte. Elle était en miettes. Ce week-end, elle est restée enfermée dans sa chambre à pleurer, alors j'ai pris mon courage à deux mains et je suis allée l'écouter. Elle l'aimait vraiment, M. Jones.

Pauvre Jane. Je ne souhaitais pas ça à mes pires ennemis qui, en gros, se réduisaient à elle toute seule.

— Et la fois où elle était couverte de terre ? a voulu savoir Mel.

— Il pleuvait et elle est tombée dans la boue.

— Et le chewing-gum ? a poursuivi Melanie.

— Elle était dans la rue quand quelqu'un l'a craché par la fenêtre. Dégueu.

— Et le soda dans son casier ? Ça, c'était fait exprès !

— Oui, a répondu Alia, mais ce n'était pas pour elle. C'était destiné à Jaden Foster, qui joue dans l'équipe de foot, mais l'élève a mal calculé et elle a sali le casier de Jane. T'imagines même pas comme Jane a engueulé la fille quand elle est allée s'excuser.

Mel et Allia ont commencé à parler de la réaction disproportionnée de Jane, et j'ai perdu le fil. J'ai aperçu quelqu'un qui marchait vers nous, les yeux scotchés à son téléphone.

— Qu'est-ce qu'elle fait là, ta sœur ? ai-je demandé à Alia.

— C'est vrai qu'elle a mauvaise mine, a dit Melanie. Pourquoi elle est venue ?

— Nos mères l'ont forcée, en disant que si elle était assez grande pour coucher avec des profs, elle était assez grande pour en assumer les conséquences.

J'aurais aimé ne pas me sentir désolée pour Jane, mais elle était tellement seule et triste à avancer dans le couloir que c'était impossible.

— Ça vous dérange si aujourd'hui, je l'invite à manger avec nous ? a chuchoté Alia. Je crois que depuis l'histoire avec M. Jones, ses copines l'ont laissée tomber.

On lui a fait signe qu'on était d'accord. Deux sœurs doivent se soutenir, même si elles se détestent. Un peu comme moi avec Leslie. D'ailleurs, grâce à mon intervention, ma mère lui avait permis de garder son portable… le week-end.

Quand Alia l'a appelée, Jane a répondu avec brusquerie :

— Qu'est-ce que tu veux ?

J'éprouvais de la compassion pour Jane… jusqu'au moment où elle ouvrait la bouche, ce qui me redonnait aussitôt envie de lui en coller une.

Alia lui a proposé sans y aller par quatre chemins et Jane nous a dévisagées lentement, tour à tour, avec un mépris évident.

— Avec la girafe et l'insulteuse ? Merci, mais ça me suffit de devoir te supporter à la maison.

Alia l'a laissée s'éloigner.

— Bah, j'aurai essayé.

— On va pas laisser les choses comme ça, s'est insurgée Melanie. Hé, Jane !

Jane est revenue. Elle avait rangé son portable et nous regardait avec un ennui manifeste.

— Qu'est-ce qu'il y a, la girafe ?

Ça n'a fait qu'encourager Melanie et, grande comme elle est, j'aurais eu peur à la place de Jane.

— Bon, je sais que c'est pas facile, ce qui t'est arrivé, mais t'as pas à le faire payer à ta sœur ni à nous. On essaie juste de t'aider.

— M'aider ? Ben tiens ! Vous voulez juste vous foutre de moi, comme les autres. J'ai pas b…

— Nous foutre de toi ? l'a coupée Melanie. Désolée, chérie, mais c'est pas toi qui as affiché la liste de Kenzie sur les murs ? Qui voulait se foutre de qui, à ce moment-là ?

Jane est restée en état de choc. Plusieurs élèves se sont regroupés autour de nous pour voir ce qui se passait. La sonnerie a retenti, mais aucun n'est parti.

— J'ai pas…

— Si, a contre-attaqué Melanie. On a trouvé la liste dans ta chambre, mais Kenzie, contrairement à toi, elle sait se montrer correcte et elle a rien dit.

— Je sais pas me montrer correcte ? Et elle sort pas avec James Smith, peut-être ?

Je me sentais comme une spectatrice.

— Quel rapport ? a fait Melanie.

Un sourire mauvais s'est dessiné sur le visage de Jane.

— Le rapport ? Demande-lui ! C'est lui qui me l'a donnée, la liste !

Non. Pas James. Elle n'avait pas dit ça. Je refusais de le croire.

— Oh, il ne te l'avait pas raconté ? a repris Jane avec une tristesse parfaitement simulée.

— Tu mens.

— Pourquoi j'aurais besoin de mentir ? T'as qu'à lui poser la question.

Je n'avais plus conscience de rien autour de moi. Tout semblait se trouver à des années-lumière de distance, et seules les paroles de Jane tournaient dans mon cerveau.

Demande-lui ! C'est lui qui me l'a donnée, la liste !

J'ai avalé un sanglot à grand bruit et je me suis mise à hoqueter sans réussir à retenir mes pleurs. Arrivée aux toilettes avec les filles, j'explosais déjà. Elles m'ont assise par terre, contre le mur.

Entre larmes et sanglots, j'ai commencé à balbutier :

— C'est pas possible. Elle doit mentir. Il pourrait pas... Il m'a rien dit...

Alia et Melanie me regardaient sans savoir quoi dire, parce que Jane avait raison : pourquoi aurait-elle menti ?

— Il va sortir de cours dans un moment, tu lui demanderas, m'a conseillé Alia d'une voix apaisante.

Elle m'a frotté le dos pendant que Mel séchait mes larmes avec du papier, et j'ai plus ou moins passé l'heure à pleurer. Quand la fin des cours a sonné, j'avais la vision trouble.

Je l'ai attendu à mon endroit habituel, à côté de la sortie, le cœur battant violemment. J'ai donné mon sac à Alia avant de m'approcher de lui. Il ne m'a vue que quand j'ai été tout près.

— Salut, ma Kenzinette. Prête pour... ?

Sa voix s'est perdue quand il a vu mon état. Si je montrais à moitié la douleur que je ressentais, je devais ressembler à un monstre.

James s'est écarté du mur et approché de moi.

— Kenzie, ça va ? Qu'est-ce qui se passe ?

— C'est vrai ? Tu avais donné ma liste à Jane ?

De tout mon cœur, je désirais qu'il réponde non. Mais quand son visage s'est assombri et qu'il n'a pas su répondre, mon cœur s'est brisé en un millier de morceaux impossibles à recoller.

J'ai reculé d'un pas chancelant. Je secouais la tête.

— Kenzie, attends…

Il a fait mine de me soutenir, mais j'ai reculé plus vite. Je sentais une énorme rage monter en moi, m'empêcher de respirer. Je laissais les larmes couler en serrant les poings si fort que c'en était douloureux.

— Je vais t'expliquer…

Mais James n'a fait que m'énerver encore plus.

— Nooooon ! ai-je hurlé. Je ne veux plus t'écouter, James ! Jamais !

Il a esquissé un pas vers moi, et j'en ai fait un en arrière.

Pendant qu'il tentait de me parler, j'ai commis l'erreur de regarder ses yeux, brillants, pleins de regrets, qui me cherchaient. J'y ai vu le reflet de mes propres prunelles, tristes et brisées, comme moi.

— Tu m'as menti, James ! C'était toi, depuis le début !

— Je savais pas que c'était ce qui allait se passer ! Je suis désolé, Kenzie, vraiment. J'ai jamais voulu…

— Bien sûr ! C'est pour ça que tu as voulu sortir avec moi. Par égoïsme, pour déculpabiliser après m'avoir gâché la vie !

James avait l'air désespéré, plein de remords, malheureux… mais j'avais encore plus mal.

— Tu te fous de moi depuis tout ce temps, James ? Dis-le.

— Mais non, pas du tout…

— Arrête. Je veux plus te voir.

J'ai détourné le regard avant que ses yeux parviennent à me faire me sentir encore pire. Le pas décidé et furieux, je suis allée reprendre mon sac à Alia. Un petit groupe s'était formé autour de nous.

J'ai observé, déconcertée, tous les visages qui m'observaient avec compassion, depuis celui de mes copines jusqu'à une figure connue. À la tristesse quasi pareille à la mienne.

J'ai fui le regard de Mason et, sans réfléchir, j'ai couru en passant à côté de James, qui n'a plus tenté de me retenir.

Dans la rue, il faisait froid. Je vivais loin et je n'avais personne pour me ramener, mais pas grave. J'en avais besoin. Besoin d'être seule. Besoin de sentir quelque chose, n'importe quoi, mais pas autant de douleur. Alors j'ai continué, je suis sortie du parking, jusqu'à la route et j'ai pris le chemin de retour à la maison avec l'air qui me fouettait le visage.

À mi-chemin, j'avais du mal à respirer, mes poumons brûlaient et chaque nouvelle goulée d'air me râpait la gorge. J'ai accéléré. J'ai dépassé le parc et la rue piétonne, toujours plus près de chez moi. Et de chez lui.

Quand je suis arrivée chez moi, j'étais complètement essoufflée. J'avais les jambes qui tremblaient et autour de moi, tout se remplissait de petits points noirs. Plus que quelques pas, et j'allais pouvoir me réfugier sous ma couette.

Je suis restée sur la terrasse sans avancer plus loin. Une silhouette masculine se trouvait là, assise sur le perron, à m'attendre. Quand il m'a vue, il s'est relevé, sans rien dire.

J'ai senti les larmes revenir. Je me suis mise à pleurer à gros sanglots, puis j'ai fait un dernier pas vers lui. Il m'a serrée et m'a emmenée à l'intérieur. Il m'a montée en silence dans ma chambre, s'est installé sur mon lit et m'a posée sur son torse comme si j'étais un bébé.

J'ai enfoui le visage au creux de son cou. Je me sentais faible, vidée.

Il m'a caressé les cheveux.

— Allez, pleure autant qu'il le faut, m'a murmuré Mason en me serrant fort. Je suis là avec toi, Kenzie. Toujours.

JAMES

Quelques semaines plus tôt…

Je suis sorti du bureau du CPE avec une nouvelle punition pour le week-end. J'avais mal joué mon coup en avançant la sonnerie de quelques minutes pour profiter d'un rab de liberté. Résultat, j'ai été dernier à quitter le lycée.

Je passais à côté des casiers quand je l'ai vue : Mackenzie Sullivan, la fille timide de mes voisins.

Mackenzie a toujours été une énigme pour moi. Elle était discrète, elle marchait dans les couloirs en regardant à ses pieds. Et puis elle retrouvait Mason Carter, et elle perdait toute trace de timidité. Comme elle était ma voisine, j'avais eu plein d'occasions de l'observer. Je ne suis pas un voyeur, mais la fenêtre de ma chambre donne directement sur sa maison.

Je l'avais vue danser en faisant le ménage, avec le balai comme micro. Se disputer avec sa petite sœur et se rouler par terre comme si elle avait cinq ans. J'étais là le jour où son père est parti et j'ai vu son visage triste, son expression de défaite, l'impuissance qu'elle ressentait. C'est la première fois que je me suis identifié à elle, que j'ai eu de la compassion pour elle. En fait, c'est la première fois que j'ai vraiment fait attention à elle.

Ce jour-là, Mackenzie était accroupie devant son casier, en train de récupérer des feuilles et cahiers qui avaient volé. Jane Tyler se moquait d'elle avec une copine. Ridicule. J'étais le seul à voir comme elle était charmante et innocente ? Penchée sur ses affaires, à essayer de masquer sa rougeur derrière ses cheveux ?

Elle s'est relevée en vitesse et a fermé son casier sans se rendre compte qu'elle avait laissé un papier arraché par terre. C'était mon moment, celui que j'avais attendu. Je pouvais aller voir Mackenzie, ramasser la feuille et engager la conversation.

J'étais son voisin, mais on n'était pas proches pour autant. Pour tout le monde, j'étais le clown de service. J'avais commencé par de petites blagues pour attirer l'attention de mes parents, qui passaient toute la journée à se disputer sans se préoccuper de moi ou de Jack. Et puis j'avais fini par me faire à mon rôle de révolté. Une fois, j'ai collé un préservatif dans le dos de Mackenzie, comme n'importe quel gamin qui cherche à se faire connaître de la fille qu'il aime bien. Elle s'est mise en colère, l'a raconté à ma mère et elle a répandu la rumeur que j'avais un herpès génital. J'ai été impressionné par son imagination.

Cette fois-là, j'avais réussi à attirer son attention, mais pas de la façon désirée. Du coup, j'avais du mal à l'aborder maintenant. Pour lui dire quoi ? Que je lisais le moindre article qu'elle publiait dans le journal du lycée ?

Je me dirigeais vers elle, quand j'ai dû m'arrêter. Derek Anderson venait de rentrer dans la course. Il demandait à Mackenzie de se pousser pour accéder à son casier. J'ai très bien vu la façon dont elle le regardait, hébétée, complètement sous le charme. Jaloux, moi ? Un petit peu.

Non, mais sérieux ! Le super sportif beau gosse ? Au secours, le cliché…

Quand ç'a été à son tour de parler, elle n'a rien dit. J'ai souri malgré moi, parce qu'elle était trop mignonne.

Jane et sa copine se sont remises à rire, puis elles ont avancé vers moi. D'un coup, Mackenzie est partie en courant, laissant Derek planté là, à la regarder sans comprendre.

J'ai soupiré et je me suis dirigé vers le casier de Mackenzie. La feuille était toujours par terre. Quand je l'ai parcourue, mon pouls s'est accéléré.

Plan A : Derek Anderson. Forcément.
Plan B : Mason Carter. Logique.
Plan C : Eric Pullman.
Plan D, mention « jamais de la vie » : James Smith.

Jamais de la vie ? J'ai laissé retomber le papier, super énervé, tout à coup. Jamais de la vie elle ne sortirait avec moi ? Elle aurait préféré mourir ? Bon, si j'avais un doute sur le fait que Mackenzie Sullivan me détestait, il avait disparu. Comme si le fait qu'elle m'appelle toujours mister Obsédé depuis tout ce temps n'était pas suffisamment clair.

— Qu'est-ce que c'est ?

Jane Tyler s'est penchée pour ramasser la feuille arrachée, et un sourire mauvais s'est dessiné sur ses lèvres quand elle l'a lue.

— James Smith, mention « jamais de la vie » ? a-t-elle dit tout haut en me regardant d'un air moqueur. Ben alors, James, ça en fait une qui te résiste.

J'ai grommelé en tendant la main vers la liste, mais elle a été plus rapide. Son sourire s'est agrandi.

— Tu veux bien ? ai-je demandé. J'aimerais la lui rendre moi-même.

Jane a pris un air de fausse surprise.

— Oh non, James ! Ne me dis pas que tu aimes bien Mackenzie Sullivan ? C'est un peu triste, non ? Sachant que tu es son plan « jamais de la vie », tout ça…

J'ai serré les lèvres pour ne pas lui crier des insultes, mais elle avait raison, c'était très triste. Une fille que je remarque, et j'arrive à m'en faire détester. Si c'est pas le karma…

Ce qui a suivi, je ne sais pas pourquoi je l'ai fait. Peut-être parce que c'était Jane Tyler et qu'elle allait raconter la scène à tout le lycée, ou parce que je me prenais une claque, de me dire que je ne pourrais jamais être avec Mackenzie… En tout cas, je me suis comporté comme le gros con que j'essaie de paraître devant les autres. Je me suis éloigné de Jane en lui disant :

— Va pas inventer n'importe quoi. Garde ta liste et fais-en ce que tu veux.

Et elle ne s'est pas privée.

Le lundi suivant, j'ai su qui était coupable que la liste soit affichée dans le couloir : moi, avant tout. Je n'aurais jamais cru que Jane Tyler irait faire un truc pareil. J'avais pensé qu'elle se ficherait de Mackenzie avec ses copines, mais sûrement pas qu'elle montrerait ça à tout le monde. J'ai envisagé d'aller lui dire deux mots, mais au fond, je savais que si je disais quoi que ce soit, elle raconterait que j'y étais pour quelque chose, ce qui réduirait à zéro mes chances avec Mackenzie.

Je n'allais pas non plus rester les bras croisés. J'allais faire rire Mackenzie pour lui changer les idées, la protéger comme je pourrais. C'était ma faute.

Je me suis promis qu'un jour, je lui dirais. Ce que je ne savais pas, c'était qu'il serait trop tard.

MASON

Kenzie a passé toute l'après-midi et la soirée à pleurer. Sa mère m'a permis de rester avec elle. Pas trop le choix, vu que j'étais le seul qu'elle avait l'air de supporter.

Elle s'accrochait à moi, désespérée, et les larmes coulaient sans fin sur ses joues. Elle n'a pas voulu parler avec sa sœur ni avec Melanie et Alia. Même Eric m'a appelé après m'avoir vu la raccompagner chez elle, pour prendre de ses nouvelles.

Mais pas de trace de James.

J'ai pris la voiture, mais je ne l'ai pas vue sur la route. Ma première pensée, ça a été que James aussi allait essayer de la retrouver. Mais il n'est pas apparu quand j'attendais devant chez elle, ni quand elle pleurait dans mes bras, ni le soir, quand elle a fini par s'endormir, épuisée par les sanglots. Alors, j'ai saisi qu'il la laissait tranquille, ce dont elle avait besoin.

Merde, je le comprenais pas, ce mec. OK, c'est un crétin qui aime faire chier le monde, et il a peut-être donné la liste à Jane, mais ensuite ? Pourquoi ne pas l'avoir avoué à Kenzie quand ils ont commencé à sortir ensemble ?

Ce qui lui a fait le plus mal, c'est d'être mise au courant de cette manière.

Aux premières lueurs du jour, Kenzie dormait encore. Elle respirait régulièrement, on était tout habillés dans son lit. Sa tête était posée sur moi, ses mèches ébouriffées sur mon tee-shirt.

Je lui ai lissé les cheveux.

Je n'aurais jamais cru que je me sentirais de nouveau comme ça avec elle, comme quand on était enfants. Mais ce n'était pas une amourette de gamins. J'imagine qu'on ne ressent pas la même chose à dix ans qu'à dix-huit ans.

Kenzie a commencé à bouger. La mèche que j'avais gardée entre mes doigts a glissé et elle s'est redressée sur le lit, les yeux somnolents.

— Bonjour, l'ai-je saluée en essayant de prendre un ton gai.

Je la voyais calculer et se rappeler tout ce qui s'était passé.

— J'ai dormi combien de temps ?

— Pas très longtemps, peut-être la moitié de la nuit.

Elle m'a examiné avec curiosité.

— Toi, tu n'as pas dormi, t'as une sale tête.

J'ai détourné le regard.

— Tu peux parler. Comment tu te sens ?

Je ne m'attendais pas à ce qu'elle me réponde. Au bout de quelques secondes, elle a demandé :

— Pourquoi t'es là ?

Je comprenais ce qu'elle voulait dire. La dernière fois qu'on avait parlé, je m'étais éloigné d'elle, fâché, jaloux, je pensais la virer de ma vie. Les gens font des choses bêtes quand ils veulent chasser la souffrance.

— Déjà, parce que j'ai été con.

Elle a eu un sourire faible, qui avait l'air de lui coûter.

— Et deuxièmement ?

— Parce que tu es ma meilleure amie.

Elle a acquiescé. Ce n'était pas grand-chose, mais ça voulait dire qu'elle me pardonnait.

— Merci, a-t-elle murmuré, les yeux droit devant elle. D'être resté avec moi. D'être avec moi. Toujours.

Je n'ai pas pu éviter de sentir un tiraillement nerveux dans mon ventre. L'image de la lettre que j'avais laissée sur mon bureau a clignoté dans ma tête. Il fallait que je lui dise ; il le fallait, mais… pas maintenant. J'aurais le temps plus tard.

On a entendu des pas dans le couloir et on a regardé tous les deux vers la porte de sa chambre, restée ouverte. Leslie nous a salués d'un geste de la main tout en se glissant vers le salon pour y remettre son portable, qu'elle avait pris pour la nuit malgré sa punition, ni vu, ni connu.

Kenzie a soufflé à côté de moi.

— Je pourrais avoir le cœur brisé, littéralement, et il faudrait quand même que la porte reste ouverte.

Je n'ai pas pu m'empêcher de sourire. Sa mère avait bien voulu que je passe la nuit avec elle, à condition que la porte soit ouverte.

J'étais content que Kenzie ait gardé son humour. Hier, elle n'avait même pas voulu manger un peu de chocolat. Au final, mes parents ont raison quand ils disent que le sommeil est réparateur.

— Tu veux descendre manger quelque chose ? ai-je demandé, un peu rassuré.

Un quart d'heure plus tard, on était seuls dans la cuisine, avec du chocolat chaud et des biscuits, au chocolat aussi. Je me serais senti mieux si les yeux de Kenzie n'avaient pas dévié tout le temps vers la fenêtre, qui donnait directement sur la maison de James.

Quand elle a terminé le dernier biscuit, je me suis armé de courage pour lui dire l'évidence :

— Tu devrais aller lui parler.

— Je veux pas le revoir, Mase.

J'ai soupiré. Consoler une Kenzie triste, c'était difficile. Raisonner une Kenzie énervée, c'était impossible.

— Il doit y avoir une explication, ai-je insisté pendant qu'elle reprenait sa contemplation de la fenêtre. C'est mieux d'entendre ce que l'autre a à dire.

Elle a marmonné, mais je savais qu'elle réfléchissait.

— L'autre, comme qui ? Jane Tyler ?

— Non, l'autre comme moi. (Elle s'est tournée vers moi avec surprise.) Si tu ne vas pas parler à James, c'est moi qui le ferai, et ça sera pas joli, parce que je risque de lui défoncer la tête.

Elle n'a rien dit, alors qu'elle semblait avoir envie de protester. J'ai eu un sourire tranquille.

— C'est toi qui vois, Kenz.

Au lieu de répondre, elle m'a scruté, sur la défensive.

— Je comprends pas. T'aimes pas James.

— T'as oublié le moment où je lui défonce la tête ?

Elle n'a tenu aucun compte de ma réplique.

— Tu te souviens, l'histoire comme quoi t'es amoureux de moi, tandis que je suis avec lui. Tu devrais pas essayer de me reconquérir ?

Sa franchise m'a laissé paralysé quelques secondes. Waouh, je savais qu'elle se sentait mal, mais là, il lui fallait d'urgence des cours de tact et de sensibilité.

Elle attendait ma réponse. Qu'est-ce que je pouvais lui dire ? La vérité ?

Oui, Kenzie. Je t'aime, sans doute plus que ce que tu crois. Mais c'est un peu tard, parce que tu es amoureuse de James, et même si ce petit con t'a fait pleurer, ce sera le seul à pouvoir te consoler. Alors, lève ton cul de cette chaise et va lui parler, parce que c'est la seule manière pour que tu sois heureuse. Et je veux que tu sois heureuse.

Merde, je devenais un romantique.

Mais j'ai juste répondu :

— Avant tout, je suis ton meilleur ami, Kenzie. N'oublie pas.

CHAPITRE 22

— Votre père et moi, on est parvenus à un accord.

Leslie et moi avons échangé un regard au-dessus de la table de la cuisine. Maman nous avait réunies pour qu'on dîne toutes les trois ensemble, ce qui n'arrivait jamais à moins qu'il y ait une télé dans le dispositif. On avait compris ce qui se passait, mais on croyait qu'elle allait aborder le sujet Tom la Moustache.

— En fait, ça fait un moment qu'on en a parlé, mais j'ai préféré attendre.

Elle a repoussé son assiette de pizza sans préciser pourquoi, mais je savais que c'était à cause de moi : ça faisait une semaine que je n'étais plus avec James.

Les premiers jours ont été horribles. Je les ai passés à pleurer, avec Mason pour me soutenir tout le temps. Je ne suis pas allée en cours, je ne voulais pas parler à James, encore moins le voir. J'ai été insupportable avec tous ceux que je croisais et j'ai dit des débilités. J'en voulais au monde entier. Et puis un soir, Leslie en a eu marre que je sois encore désagréable. Elle est venue me flanquer une gifle.

— C'est pour te réveiller ! a-t-elle crié avant que je puisse protester. Ton mec a déconné, et alors ? C'est pas la fin du monde !

C'est ce qui m'a fait réagir. Elle avait raison. James n'était pas le seul à avoir de l'importance dans ma vie. J'avais une famille, des amies. J'ai appelé Alia et Melanie, et on a organisé une thérapie de groupe : ciné et chocolat.

— Dis-moi qu'il ne faudra pas aller vivre chez lui.

Devant son assiette vide, Leslie avait les yeux vitreux, l'expression angoissée et, sur le moment, elle faisait plus que ses douze ans. Pourtant, ce serait bien la seule à être contente d'aller chez papa. Après tout, il y aurait Blake. Ou Hunter.

Bon, l'un des deux, quoi !

Mais apparemment, ce n'était pas ce qu'elle souhaitait.

— Non, pas vraiment, a répondu ma mère.

— J'aime pas cette phrase, a répliqué ma sœur, prête à exploser.

— Laisse-moi parler, Leslie. On est arrivés à un accord. Si vous voulez bien, vous allez rester avec moi.

On a de nouveau échangé un regard. Leslie avait l'air de se demander où était le piège. Moi aussi, je sentais quelque chose. Pourtant, il me semblait que ma conversation avec mon père avait servi à quelque chose.

Ma mère a poursuivi :

— Il s'est rendu compte que vous vouliez rester ici et moi… je me suis rendu compte que ces années loin de votre père étaient un immense gâchis. Vous êtes nos filles à tous les deux, et même si vous avez du mal à y croire, vous en avez besoin aussi.

Elle est repartie dans des explications déjà données au moment du divorce, comme quoi rien ne changeait… et finalement, il en est ressorti qu'on passerait juste les vacances scolaires chez notre père.

— Chez lui ? s'est étonnée Leslie.

— Et des week-ends, parfois, a ajouté maman.

Sincèrement ? Cette solution m'a paru géniale.

— C'est bien, ai-je dit en parlant pour nous deux. Pas de tribunal ?

— Pas de tribunal, a confirmé ma mère, ce qui constituait un gros ouf dans l'affaire. On a pas mal discuté depuis l'autre jour. On veut vous rendre les choses plus faciles.

J'ai souri pendant qu'on se levait de table. Finalement, la conversation avait eu son effet.

Un texto d'Alia m'a proposé de venir réviser une dernière fois l'exam d'histoire. Quand j'en ai parlé à ma mère, elle a dit :

— Passez une bonne soirée.

Je ne m'étais pas confiée à elle concernant James et moi. Comme Leslie, j'avais du mal à exprimer mes sentiments par des mots. Mais je savais qu'elle était contente que je me sente moins malheureuse.

— Bonne soirée ? a répété ma sœur avant que je sorte de la maison. Mais elles vont réviser de l'histoire !

Je riais de ce qu'elle venait de dire en refermant la porte d'entrée, mais mon sourire s'est figé. Une silhouette se découpait dans l'obscurité. Ses yeux ont scintillé à la lumière provenant de l'intérieur. Je l'aurais reconnu même dans le noir complet.

— Bonsoir, m'a dit James à mi-voix.

J'ai voulu ouvrir la bouche pour lui répondre. OK, Kenzie, ensuite, tu bouges les lèvres et tu fais sortir des sons de ta gorge.

À part que non, ça n'est pas arrivé.

Je suis restée muette à la porte, à regarder avec fascination mon voisin, mon ex, celui qui m'avait fait souffrir. Une fraction de seconde, j'ai tout oublié. Je nous ai juste vus seuls, dans le noir sur la terrasse, comme si rien n'avait changé.

Je me suis mordu la lèvre avec nervosité. J'avais beaucoup pensé à lui pendant la semaine. Trop, parce que j'avais beau essayer de l'éviter, c'était infaisable. Je m'étais aussi demandé à quoi ressemblerait notre prochaine rencontre. Je croyais que je crierais, que je le frapperais, ou que je l'ignorerais.

Mais non. Je suis restée paralysée, sans cesser de le regarder. Je voulais lui dire tant de choses que je ne savais pas par où commencer.

Et puis James a trébuché et il est tombé en se cognant la tête avec un grand bruit. Mais qu'est-ce qu... ?

Je me suis avancée pendant que la porte s'ouvrait. Alarmées, ma mère et Leslie sont sorties.

— C'est James ? a demandé ma sœur.

Il a entrepris de se relever, mais il a de nouveau perdu l'équilibre.

— Il va bien ? s'est enquise ma mère, d'un ton inquiet typique.

Leslie s'est rapprochée de moi et a observé James, qui se redressait encore. Comme moi, elle avait compris ce qui se passait.

— Il est bourré. Ouh, ça va être intéressant !

Je suis allée donner la main à James, qui a finalement réussi à se redresser, mais en vacillant.

— Alors, rouquin, t'as vidé le bar ? a continué Leslie pour bien mettre tout le monde mal à l'aise.

Je lui ai lancé un coup d'œil, fâchée.

— Juste une bouteille, a dit James d'un ton discordant.

Il est resté grave pendant qu'on le fixait et, comme s'il venait d'y penser, il a ajouté :

— De vodka.

Oh, putain.

— De vodka ! s'est exclamée Leslie avec un peu trop de joie. (Notre mère l'a fusillée du regard, et elle a levé les bras au ciel.) Oh, c'est bon, une petite tentative de distillation, et je suis alcoolique !

— Kenzie, je dois te parler, a articulé James d'une voix rauque.

Je me suis noyée dans ses iris un instant. Il était ivre, peut-être, mais ses yeux restaient toujours aussi ensorcelants.

— Je devrais peut-être appeler sa mère, a suggéré la mienne. Non ? Bon, Leslie, on les laisse seuls.

— Et on n'assiste pas au spectacle ? a protesté ma sœur.

Ma mère l'a entraînée à l'intérieur en précisant :

— Kenzie, si tu as besoin de moi, je suis juste là.

Une fois qu'elles sont rentrées, je me suis de nouveau adressée à James tout en sortant mon téléphone :

— Une bouteille de vodka ? Mais tu pensais à quoi ?

— Juste la moitié, s'est-il défendu en butant sur chaque syllabe. (Il est resté un moment à réfléchir.) Tu me manquais.

Sa façon de prononcer ces mots était trop douloureuse.

— James…

— J'ai été con, Mackenzie. Je regrette, vraiment. Ces jours sans toi. Sans te voir, sans te parler, sans te toucher…

— James…

Tout à coup, ses bras m'ont enlacée et attirée contre lui avec force. Pour quelqu'un d'aussi saoul, il avait le sens de l'équilibre, quand il voulait.

— Tu sais, quand t'es petit et que tes parents te disent toujours que t'es exceptionnel ?

J'ai fait signe que oui, sans savoir où il voulait en venir.

— Ils te font des tas de compliments, et puis il arrive un moment, quand t'es plus aussi petit, où c'est tout le contraire. Il te font bien sentir que t'as rien de spécial, que tu dois rentrer dans le rang.

Je n'y comprenais rien et je me sentais mal à l'aise, d'autant plus que ma mère et Leslie devaient nous espionner.

— En général, on ne s'apprécie pas assez soi-même, a-t-il poursuivi. On a besoin de quelqu'un pour le faire.

— Je te suis pas, ai-je avoué en le regardant fixement.

— Tu me manques, a-t-il répété. Je t'ai causé du tort, alors qu'il m'est jamais rien arrivé d'aussi génial que toi.

J'ai gardé le silence, son visage angoissé trop près du mien. Il me serrait fort, son cœur battait à toute vitesse dans sa poitrine. Je pouvais distinguer les taches de rousseur sur sa peau, ses yeux en amande, la chaleur de son souffle qui se mêlait au mien…

— À moi aussi, tu me manques, ai-je avoué, en murmurant plus faiblement que prévu.

James a titubé, comme s'il était surpris. Il a approché son visage, frôlé mon nez du sien, mon front, ma bouche…

Je me suis dégagée.

— Je vais appeler Jack, d'accord ? Je préfère pas savoir ce que fera ta mère si elle te voit dans cet état.

Il n'a rien dit. Il est resté à me regarder comme un enfant à qui on vient de reprendre un bonbon.

Je ne pouvais pas lui en vouloir, mon propre pouls s'était accéléré, et les lèvres me picotaient, dans l'attente d'un baiser qui ne viendrait pas. Même fâchée contre lui, j'avais toujours du mal à me contrôler en sa présence.

Ce n'était pas ma faute. Maudites hormones.

À la quatrième sonnerie, Jack a répondu. Je lui ai expliqué rapidement la situation sans détacher le regard de James, qui s'était écroulé par terre, la tête entre les mains. Mon estomac s'est noué.

Une fois que j'ai raccroché, je suis venue m'asseoir à côté de James sur la pelouse. Nos genoux se sont entrechoqués et j'ai eu le frisson.

Les hormones. Rien que ces saletés d'hormones.

— Ton frère arrive tout de suite, l'ai-je informé en baissant les yeux sur l'herbe entre nous. Espérons que ta mère n'aura pas l'idée de regarder par la fenêtre. Va essayer de lui dire que tu t'es endormi devant un film…

James a hoché la tête, pensif et triste. J'avais envie de lui caresser ses cheveux qui partaient dans tous les sens.

— J'aurais dû reprendre la liste à Jane quand elle l'a ramassée, a-t-il dit d'un coup. Si je l'avais fait, tout ça ne se serait pas produit… Rien de tout ça…

Ce n'est pas ce que Jane avait dit…

— Attends un peu. C'est elle qui l'a ramassée ?

— Ben… oui.

— Ce n'est pas toi qui la lui as donnée ?

— Bien sûr que non.

Mason l'avait dit, qu'il devait y avoir une explication.

*

Jane Tyler était une espèce de…

Ah, la conne !

Non seulement elle m'avait fait connaître dans tout le lycée comme on sait, mais en plus, elle m'avait fait croire que James lui avait donné ma liste exprès.

Ah, l'espèce de… !

— Je vais l'assassiner, ai-je craché en arrachant de l'herbe par poignées. Je vais lui enfoncer la tête dans les toilettes, et ensuite… je ferai encore pire !

James m'observait, moitié fasciné, moitié ivre.

J'étais convaincue que tout était la faute de Jane, même si c'était aussi un peu la mienne, d'avoir refusé de parler à James jusqu'ici. Je me serais épargné une semaine de souffrance.

Je restais fâchée contre lui. Il le savait depuis le début et ne m'avait rien dit. Mais ce n'était pas la même chose que d'avoir aidé Jane Tyler à tapisser le couloir de ma liste.

Les phares de la voiture sont arrivés en plein sur nos visages. Le moteur s'est arrêté et Jack est sorti au pas de course.

— Merci d'être v…

Je me suis interrompue. Jack soulevait son frère du sol avec fureur et, sans attendre qu'il reprenne son équilibre, il s'est mis à le secouer.

— Tu débloques, ou quoi ? a-t-il chuchoté. Tu penses arriver à quoi, en te bourrant la gueule ? Je croyais que t'avais un peu de tête, James !

J'ai cligné des yeux. Je n'avais pas prévu ça.

Jack, hors de lui, a repoussé James, qui a reculé et a gardé le silence, honteux.

— Merde, si j'avais su, j'aurais plutôt appelé ta mère, ai-je bafouillé, sciée par la réaction du frère.

Si je traitais Leslie comme ça, il était probable que je me retrouve avec la moitié des cheveux rasés le lendemain matin.

Quand Jack a pris conscience que j'étais là, il s'est retourné, plus détendu.

— Ah, désolé, Kenzie, je savais pas… Je vais l'emmener à mon appart, il ne va plus te déranger.

Bien sûr, il venait pour le chercher.

Mais je voulais encore parler avec James… Au bout d'une semaine, on avait trop attendu pour faire la paix. Tellement attendu que l'un des deux s'était noyé dans la vodka.

— Je pourrais peut-être me charger de lui, ai-je réfléchi, les dents serrées.

Jack m'a regardée sans comprendre.

— Pardon ?

— C'est que… je dois discuter avec James. Je vais m'occuper de lui, t'inquiète.

Jack avait l'air d'halluciner.

— Tu viens de me faire conduire une demi-heure au milieu de la nuit pour qu'en fait je retourne chez moi et que je laisse mon frère bourré ici ?

Vue comme ça, ma proposition n'était pas logique…

— Chuis pas si bourré, a bafouillé James, en faisant de gros efforts pour rester à peu près droit.

Son frère nous a dévisagés tour à tour. Je savais bien qu'il était forcément au courant. C'est sans doute pour ça qu'il a fini par soupirer :

— Bon, OK, mais je vous laisse pas seuls non plus. Montez tous les deux, on va manger quelque chose.

Pendant qu'il amenait James à la voiture, j'ai couru chez moi pour avertir ma mère que je n'irais pas chez Alia, à qui j'ai envoyé un message pour lui dire que j'annulais.

Au moment d'entrer dans le véhicule, j'ai sursauté.

— Mais qu'est-ce que tu fais là ?

— Salut, Kenzie ! s'est écriée Mel. Moi aussi, je suis contente de te voir ! Tu dis que tu me remercies d'être venue, comme l'amie géniale que je suis, pour offrir mon soutien moral ? Que je suis fabuleuse et que tu ne saurais pas quoi faire sans moi ? C'est trop gentil !

J'ai rougi tout en lui souriant. Elle m'a embrassée, ce qui m'a un peu réconfortée, avant que Jack nous rappelle d'attacher nos ceintures.

— Alors comme ça, le rouquin s'est mis une tête et s'est pointé chez toi, a dit Mel, installée derrière Jack, les bras autour du siège conducteur. Si c'est pas romantique !

J'ai haussé les sourcils en la voyant jouer avec les pointes des cheveux de Jack. Je ne savais pas qu'ils étaient allés aussi vite dans leur relation. Pourtant, le conducteur a paru se détendre et a souri avant de déposer rapidement un petit baiser sur les doigts de sa copine.

Les yeux sur la route, nom de nom !

Ça faisait cinq minutes qu'on roulait quand James a commencé à bouger dans le siège passager.

— Je crois que je me sens mal…

Jack l'a regardé avec de gros yeux.

— Si tu fais une galette dans ma voiture neuve, je te garantis que je te jette sur la route sans m'arrêter !

— Ta voiture aussi a un nom ? ai-je demandé, curieuse.

— Oui, elle s'appelle Tornado, a rigolé Melanie. L'autre jour, j'ai fait tomber deux gouttes de café sur le tapis, je te dis pas dans quel état il s'est mis.

Jack a grogné, mais n'a plus rien dit à James. Il a continué de conduire en silence, les doigts de Melanie emmêlés dans ses cheveux, jusqu'au moment où on est arrivés dans un bar. Il a aidé son frère à descendre et on est entrés tous ensemble.

Le lieu sentait le bacon et le café, mélange qui m'a paru réconfortant. On s'est assis à une table près de la fenêtre. James et moi face à Mel et Jack. On a commandé trois cafés, un milk-shake au chocolat et un hamburger pour James.

En attendant, James est passé aux toilettes, en nous répétant qu'il pourrait se débrouiller seul. Et franchement, si c'était pour aller dégobiller, aucun de nous n'avait envie d'y assister. Jack en a profité pour me parler.

— James t'a déjà raconté pourquoi nos parents se sont séparés ?

Prise de court, je lui ai fait signe que non. Melanie a toussoté et a prétendu qu'elle avait un appel pour nous laisser seuls.

— Tu as dû remarquer que James a toujours été un peu... hyperactif. Petit, il était incapable de s'arrêter ou de se concentrer longtemps. Nos parents, ça les rendait fous.

— Quand il avait huit ans, James jouait à un jeu vidéo dans le salon. Il a perdu, et ça l'a tellement énervé qu'il a jeté la manette, et elle a fait tomber l'écran.

J'étais complètement larguée, mais j'ai fait signe que je suivais. Qu'est-ce que ça avait à voir, un caprice d'enfant, avec le divorce des parents ?

Jack a continué calmement :

— Ce soir-là, mes parents ont parlé de la punition à donner à James. Notre père voulait l'envoyer en école militaire et notre mère, évidemment, était contre. (Jack a froncé le nez de la même façon que son frère avant de me sourire.) James le nie farouchement, mais il a toujours été son chouchou.

Je lui ai rendu son sourire. Une serveuse nous a apporté nos boissons avec l'assiette. J'ai goûté mon milk-shake et Jack a continué :

— Ils se sont engueulés, très fort. Ce soir-là, mon père a pris ses affaires et il n'est pas revenu. James s'est toujours reproché leur divorce. Il ne le dira jamais, mais il s'imagine encore que s'il n'avait pas cassé la télé, nos parents seraient encore ensemble.

J'ai laissé ma boisson sur la table. Elle était amère. J'ai repensé au délire de James sur les parents qui font sentir à leurs enfants qu'ils pourraient mieux faire… Je comprenais mieux, maintenant. James n'avait pas grandi en enfant gâté, bien au contraire.

— Mais il était petit… Je suis sûre qu'ils avaient d'autres problèmes avant cette dispute.

— Bien sûr, a confirmé Jack. Mais il ne s'en souvient pas.

Je l'ai regardé boire son café, froncer de nouveau le nez parce qu'il était trop chaud.

— Tu me racontes des choses très personnelles… pourquoi ?

— J'aimerais que tu comprennes un peu mieux mon petit frère. Ses blagues, c'est pour attirer l'attention. Il n'est pas aussi idiot qu'il veut bien le laisser paraître.

— Ben, évidemment !

J'étais la première surprise d'en être aussi convaincue. Jack a gardé le silence un moment en me regardant intensément. Au fait, quand allaient revenir les autres ?

— Il t'aime, a-t-il fini par affirmer. Tu le sais, non ?

On a entendu un grand bruit de chute du côté des toilettes. James sortait en titubant. Quand il nous a vus, il a souri et levé les deux pouces pour montrer qu'il gérait.

Jack s'est pris la tête entre les mains de désespoir pendant que je renvoyais son sourire à James.

— Moi aussi, je l'aime.

*

Quand on est rentrés chez Melanie quelques heures plus tard, James avait à peu près décuvé. Le père de Mel travaillait de nuit et sa mère ne vivait pas avec eux, donc elle n'avait pas de problème pour rentrer tard. J'avais expliqué vite fait la situation à ma mère par téléphone, et elle avait fini par accepter que je reste dormir chez Melanie.

Mel et Jack étaient en train de se dire au revoir dans la voiture (avec beaucoup de baisers à l'appui) quand James a proposé qu'on aille à la porte. Il marchait droit et sa voix était redevenue ferme.

J'étais nerveuse, et je me mordais la lèvre comme si c'était un carré de chocolat. James l'a remarqué et a levé le pouce sur ma bouche pour m'obliger à relever les dents.

— Arrête, tu vas te faire mal.

Tout mon corps fourmillait, et ce n'était pas les morsures. Le froid de ses doigts, étrangement, me chauffait la peau. J'ai cherché son regard, je m'y suis perdue et j'ai tout oublié.

James a retiré sa main.

— Désolé pour le tintouin. J'avais pas l'intention de m'effondrer devant chez toi.

Je me suis appuyée au mur en souriant.

— Bah, au moins, c'était drôle. Mais t'aurais pas dû boire.

— Je voulais te donner du temps. Je savais que tu avais besoin que je te laisse tranquille avant de t'expliquer, mais… j'ai pas pu tenir.

Je me suis mordu l'intérieur de la joue. James était l'un des rares à comprendre quand j'avais besoin de souffler, il savait respecter mon envie de solitude.

— Une semaine, ça suffit, ai-je conclu.

— Tu m'as tellement manqué. Chaque jour sans pouvoir être avec toi, c'était… (Sa voix s'est réduite à un murmure.) J'avais besoin de m'excuser, mais je savais pas comment faire. Je voulais te raconter ce qui s'est passé, pourquoi je ne t'avais rien dit avant, mais j'étais un peu paumé.

J'ai donné de petits coups dans la terre du bout des pieds, pour la mettre sur ceux de James.

— Tu sais quoi ? C'est ça qui m'a le plus fait mal. Que tu ne dises rien. Surtout maintenant que je sais que c'est Jane qui avait pris la liste, pas toi qui la lui avais donnée par méchanceté.

— Je comptais te le dire un jour, mais j'avais pas trouvé le courage.

J'ai encore souri à James. Il captait mon regard dès qu'il le pouvait, intense.

— James Smith avait peur ? me suis-je moquée.

L'expression sérieuse, il m'a répondu :

— Oui, Kenzie. J'avais peur de te perdre.

— C'est pour ça que tu me dis que tu crois au pardon ? Tes grands discours sur les erreurs, les secondes chances… ?

— Ce n'étaient pas des grands discours, j'y crois vraiment.

J'ai adouci mon regard. Je le sentais dans tous les muscles de mon visage, qui se décrispaient sous ma peau.

— James…

— Je sais que tu ne vas pas me pardonner si facilement, mais je ne peux pas te perdre.

— James…

Il s'est avancé vers moi, a pris une mèche de mes cheveux. Je ne le sentais plus guidé par l'alcool. Je voyais quelque chose de très différent.

— Je ferai tout pour que tu me pardonnes.

— James…

— Je sais, il n'y a pas d'excuse pour ce que j'ai fait, pour ne pas t'en avoir parlé avant…

— James… ai-je de nouveau tenté.

— Merde, Kenzie. Je t'aime tellement que j'avais peur. J'ai été égoïste, mais j'ai trop souffert. Je…

— James !

Cette fois, il m'a regardée comme s'il n'avait pas du tout eu conscience de m'avoir ignorée.

— Quoi ? a-t-il fait à mi-voix.

J'ai souri.

— Rien du tout.

Et je l'ai embrassé.

Je l'ai attrapé par le col de son tee-shirt, comme Jack quand il l'avait relevé tout à l'heure, et je l'ai attiré contre moi pour un baiser pressé, vorace, désespéré. James, pris par surprise, a mis du temps à réagir, puis il m'a enlacée avec vigueur.

Tellement de vigueur qu'il m'a soulevée de terre. Je me suis retrouvée entre lui et le mur. J'ai noué les bras derrière sa nuque et on a continué de s'embrasser avec ardeur.

Les mèches de mes cheveux se sont mélangées aux siennes. J'ai enroulé les jambes autour de sa taille, toujours plus près de lui, et pourtant, plus on se rapprochait, plus j'avais besoin de lui. Il m'avait trop manqué.

Quelqu'un s'est raclé la gorge à côté de nous. On s'est détachés suffisamment pour voir Melanie, qui nous regardait avec une fausse désapprobation. J'ai reposé les pieds au sol, le visage écarlate.

— Allez, les tourtereaux, demain, vous pourrez échanger autant de salive que vous voudrez.

James m'a pressée plus fort contre lui et ses lèvres ont négligemment descendu sur ma joue.

— Deux secondes et je te la rends, a-t-il dit à Mel. Laisse-moi juste à notre belle réconciliation, s'il te plaît.

Jack a klaxonné et Melanie s'est tournée vers lui pour lui faire signe d'attendre. Elle a soupiré :

— C'est parce que tu as dit s'il te plaît et que ça n'arrivera qu'une fois.

— T'habitue pas, lui a crié James pendant qu'elle retournait à la voiture avec Jack, prête à refaire comme nous.

James s'est remis à m'embrasser, m'emportant dans le monde de bonheur où je m'embarquais chaque fois qu'on était ensemble. J'ai retenu un râle quand ses dents m'ont mordillé la lèvre.

— Ça ne signifie pas que je t'ai pardonné, ai-je murmuré, haletante. D'abord, je veux que tu rampes à mes pieds. Tous les jours.

— Tous les jours sans exception ? a-t-il demandé d'un ton effrayé, mais trahi par son sourire. Même le week-end ?

— Oui. Ça te gêne ?

James s'est emparé de mes lèvres pour un autre long baiser.

— Pas du tout.

CHAPITRE 23

— Dites cheeseburger !

— Cheeseburger ? a répété Alia sans conviction.

Juste à ce moment, le flash a crépité pour la vingt-troisième photo de la soirée.

Jack a souri en observant le résultat sur son appareil, mais a fait disparaître l'image avant qu'on puisse la voir. Il avait prétendu ne pas vouloir qu'on perde notre temps à se plaindre de nos têtes en train de nous embrasser, mais on savait tous que c'était pour se moquer quand il irait imprimer des photos où on faisait des grimaces atroces.

— On va danser, ou bien ? s'est impatientée Melanie en s'approchant de son mec et en le tirant par la manche de sa veste noire. C'est pas toujours la joie de sortir avec un entrepreneur célèbre, tu sais ?

Jack a retiré la sangle de l'appareil photo de son cou et l'a regardée avec suffisance.

— Enfin tu reconnais que tu ne m'aimes que pour mon argent, Melanette.

J'ai porté la main à la bouche pour étouffer mon rire en voyant Melanie lui assener un grand coup sur le bras. Sa robe bleue vaporeuse a ondulé en vaguelettes. Ces dernières semaines, Jack avait suivi l'initiative de son petit frère et s'était mis à appeler sa copine Melanette, en sachant que ça l'énerverait autant que moi. C'était assez drôle de la voir se fâcher.

Après la séance photo sur le parking, près de la voiture de Jack, où notre chauffeur assigné nous a torturés à nous faire poser tant et plus, on a commencé à marcher vers le gymnase du lycée.

Alia s'est approchée en resserrant une veste sombre sur ses épaules. Depuis le début, on l'avait prévenue que sa petite robe bustier courte, toute rose qu'elle soit, n'était pas un bon choix, mais elle ne nous avait pas écoutées.

— Tu sais si Mason va venir ?

James m'a pressé la main en entendant la question sans arrière-pensée d'Alia. En fait, je n'en savais rien. Mason avait dit être content que je sois de nouveau avec James, mais je le sentais distant. Il continuait de m'amener au lycée, il plaisantait avec moi et restait manger de la pizza froide ou des hamburgers, mais on n'avait jamais reparlé du bal.

En plus, je lui en voulais. Ça m'avait fait un choc d'entendre le nom de l'université annoncé par la proviseure à la cérémonie de l'après-midi. Mason ne m'avait rien dit. Seul James était conscient de mon anxiété.

— Il va bien passer, j'imagine, ai-je répondu en arrivant aux portes du gymnase, dans le bruit et la musique.

Mon portable a vibré. C'était un message de mon père, qui me félicitait pour mon diplôme et me recommandait de me comporter de façon responsable ce soir. Il me l'avait déjà dit en personne pendant la cérémonie, mais avec lui, une seule conversation ne suffit jamais.

— Tu me rends ma veste, s'il te plaît ? a demandé gentiment Eric à Alia.

Il a tendu le bras comme s'il était un majordome, ce qui a fait rire mon amie.

Ils voulaient se servir à boire, mais James m'a vite pris la main pour m'amener au centre de la piste de danse. Jane Tyler, qui était assise dans les gradins avec ses copines, nous a regardés. Elle portait une robe de la même couleur que celle de sa sœur, mais bien plus moulante. On a aussi aperçu Derek qui parlait avec son copain à côté de la piste, mais sans oser danser avec lui.

La salle était décorée de guirlandes et de ballons qui finissaient par tomber et se faire piétiner.

Au fond, une scène avait été montée pour recevoir un groupe formé par des élèves. Ils alternaient les slows et les derniers succès pop. Ça agaçait sérieusement James, mais il n'a rien dit. Il s'est contenté de me prendre dans ses bras pour bouger avec la musique.

— Tu te rends compte que cette fois, on ne danse pas pieds nus ? m'a-t-il dit au bout d'un long moment, au début d'un slow.

J'ai ri au souvenir de la fête de Jack. Cette fois-ci, j'avais été plus prévoyante : j'avais caché tous les talons hauts de la maison et je m'étais acheté des ballerines noires assorties à ma robe. Du coup, j'étais irrémédiablement plus petite que les autres filles, mais au moins, je me sentais à l'aise.

— Je t'avais jamais dit pourquoi je t'appelais mamzelle Caramel, pas vrai ?

Le souvenir de la première fois où il m'avait appelée comme ça m'a frappée. C'est vrai que ça m'avait fait bizarre, et il ne s'était jamais expliqué.

— Tu es comme un caramel : tu es sucrée, tu sens bon et, une fois qu'on t'a goûtée, on ne peut plus se passer de toi. Une fois que je t'ai connue plus sérieusement, je n'ai plus réussi à te sortir de ma tête. Jamais.

Je l'ai regardé sans trop savoir si je devais me sentir flattée.

— Dans ce cas, tu es un garçon nougat.

— Sucré et délicieux ?

— Caillou et collant, j'aurais dit.

James a ri en prétendant que ça n'avait aucun sens, mais d'un coup, il a cessé de bouger et a retiré ses bras. Il examinait quelque chose derrière moi.

Ou plutôt quelqu'un.

— Mason, ai-je dit par-dessus la musique. Tu es venu.

Il m'a souri timidement. Il était au milieu de la piste de danse, ce qui gênait les couples en place, qui n'hésitaient pas à lui donner des coups de coude pour l'obliger à se pousser. Pourtant, il restait là. Il portait les mêmes vêtements que sous sa toge à la remise des diplômes, jean clair et chemise blanche. Il n'avait jamais été du genre à enfiler un costume.

James a toussoté.

— Bon... Je vais chercher à boire.

Comme toujours, il avait un bon radar pour savoir quand il devait s'effacer. Mason est venu me prendre la main. On a commencé à danser en silence, sans savoir trop comment lancer la conversation.

Pendant un refrain, il m'a fait tourner, ce qui a fait virevolter mes boucles bien mises en forme chez le coiffeur. Quand je me suis retrouvée face à lui, il souriait en regardant ma robe noire.

— Très belle, comme d'habitude, a-t-il murmuré en me rapprochant de lui.

— Pourquoi tu ne m'as rien dit ? ai-je demandé d'une voix faible.

— J'ai jamais trouvé le moment...

Je lui ai serré le bras en essayant de freiner mes larmes.

— Tu pars étudier en Espagne et tu m'avais rien dit.

La voix m'a manqué et les larmes se sont échappées doucement de mes yeux.

J'ignorais pourquoi je prenais son départ aussi mal. On savait tous les deux qu'on ne se retrouverait pas dans la même université. Il allait étudier pour être infirmier et je ne savais pas trop vers quoi m'orienter. James aussi allait fréquenter une autre fac, mais ce n'est pas la même chose d'être sur un autre continent, séparés par un océan.

Ma poitrine était soulevée par des sanglots silencieux que je ne parvenais pas à éviter. Mason a cherché mon regard.

— Kenzie, a-t-il murmuré d'un air soucieux en essuyant mon maquillage qui coulait.

J'ai eu un hoquet. Il allait partir. À la fin de l'été, il prendrait l'avion et irait vivre loin d'ici. C'était impossible de ne pas avoir mal.

— Tu m'avais dit que tu resterais toujours avec moi, ai-je protesté d'une petite voix.

Il m'a caressé la joue, une immense tristesse dans les yeux.

— Et je le ferai, Kenz. C'est seulement quatre ans.

Je ne sais pas s'il essayait de m'encourager ou de se consoler lui-même.

— Et il existe Internet, le téléphone, la webcam...

J'ai secoué la tête et détourné le regard.

— Les relations à distance, ça ne marche jamais.

— On n'est pas un couple, Kenzie.

Après cette phrase, le silence est retombé. Malgré ses efforts pour la masquer, j'entendais bien la douleur dans sa voix. Je me suis de nouveau approchée, cette fois en posant la tête sur son épaule. Il m'a serrée dans ses bras et a joué avec les pointes de mes boucles.

— Arrête, tu vas me faire pleurer aussi.

J'ai ri et pleuré en même temps.

— C'est juste que... j'ai du mal à m'imaginer la vie sans toi.

— Moi aussi, mais c'est le mieux. Enfin, je crois.

Je comprenais bien. Mason était toujours amoureux de moi et il avait besoin de distance. Et moi aussi, je l'étais peut-être encore un peu.

Ne me jugez pas, j'aimais James et il le savait. Mason aussi. Mais mon meilleur ami, mon premier amour, je ne pouvais pas l'oublier comme ça. Il ne cesserait jamais d'être quelqu'un d'important pour moi, peu importe le temps et la distance.

Un morceau plus rock a commencé, je l'ai reconnu tout de suite et je savais que James allait revenir.

Je me suis détachée de Mason et j'ai séché mes larmes. Il gardait le sourire, mais un sourire plutôt forcé.

— Ce ne sont que des kilomètres, m'a-t-il dit. Pour SuperKenzie et BatMason, c'est rien du tout.

— Que des milliers de kilomètres, tu veux dire.

James m'a signalé son retour en me touchant l'épaule.

— C'est notre chanson, tu te souviens ?

Un groupe d'ados massacrait les Killers, mais James avait raison, ça restait notre chanson.

Mason m'a embrassée sur la joue et m'a conseillé de goûter le punch avant que les autres y ajoutent de l'alcool. Il a tapé sur l'épaule de James au passage.

— Je t'avertis, Smith, si tu la fais pleurer une seule fois, je reviens d'Europe juste pour aplatir ta belle bagnole. Avec toi dedans.

— Toi, avec combien de potes ? a fait James d'un air sceptique.

Le ton est resté à la blague, et Mason a quitté la piste. James m'a attirée fort contre lui en prenant mon visage entre ses mains.

— Ça va, Kenzie ?

J'ai fait signe que oui, mais ce n'était pas vrai. Malgré tout, je savais qu'avec le temps, tout allait s'arranger.

S'éloigner des amis, de la famille, s'aventurer dans le monde, tout ça faisait partie de la vie. Plus on grandirait, plus on connaîtrait de gens et plus on en perdrait. Est-ce que j'allais rester avec James, alors qu'on allait se retrouver dans deux villes différentes ? Je ne savais pas, mais ça ne m'empêcherait pas de tout faire pour que notre relation marche.

— Tu sais que je suis en train de faire une nouvelle liste ?

James avait descendu les mains sur mes hanches et il s'est visiblement retenu de rire.

— Vas-y, surprends-moi.

— Mes plans pour les vacances : plan A, m'éclater avec des potes. Plan B, apprendre à conduire. Plan C, découvrir quel jumonstre a embrassé ma sœur. Plan D, profiter de mon copain génial, sexy et trop bête.

— J'arrive toujours en dernier, alors ? Je t'avais pourtant dit que je deviendrais ton plan A.

Je me suis mise sur la pointe des pieds pour l'embrasser. Au moment du refrain.

— Et même en D, tu restes mon meilleur plan.

Découvrir ce que nous réservait l'avenir à tous, ce serait une grande aventure.

CHAPITRE BONUS

— Je suis toujours pas convaincue…

James a ri et m'a entraînée avec détermination. Je le soupçonnais de connaître mes intentions : faire demi-tour et partir en courant. Pour être sincère, je ne savais pas comment j'avais fait pour rester jusqu'ici. C'était une folie. Un suicide. Mais pourquoi j'avais dit oui ? James m'avait prise au dépourvu dans un moment d'enthousiasme, l'estomac plein, en train de faire des projets pour une journée libre…. Et j'avais accepté.

Je regrettais énormément cette décision irréfléchie.

— Tu sais que c'est pour ton bien, Kenzinette, a-t-il essayé de m'encourager, sans arrêter d'avancer vers le lieu maudit. Je te promets que tu ne risqueras rien du tout.

En fait, rationnellement, je le savais. Je me doutais que les images produites par mon cerveau ne correspondaient pas à la réalité : des hordes de chiens enragés qui m'encerclaient. Sans laisse, en plus.

— Jess est au top avec les animaux, m'a répété James pour la troisième fois de la matinée. Et les chiens ne sont pas des monstres qui ne pensent qu'à mordre.

Mais il n'y avait pas que les morsures. Ils pouvaient aussi me griffer, me faire tomber, m'aboyer au visage…

— Ah, voilà Jess, a annoncé James.

Dans un coin du parc, une jeune fille qui tenait quatre laisses nous faisait signe.

— C'était pas prévu à mon programme, ai-je marmonné en suivant James sans enthousiasme. Pourquoi je me suis laissé convaincre ?

— Ton truc, c'est de planifier, faire des listes, et tout, a-t-il dit avec un sourire maléfique. Moi, j'aime passer à l'action.

Et malgré ma résistance, même si mon cœur s'est emballé comme celui de quelqu'un qui aperçoit un lion prêt à lui foncer dessus, je ne suis pas partie en courant. Même quand l'un des chiens, celui qui avait l'air le plus jeune et le plus joueur, a été suffisamment près pour monter sur mes genoux. Et qu'il l'a fait !

— Vas-y, m'a encouragée Jess avec un grand sourire. Touche-le.

James m'a pressé l'autre main avec force. J'ai inspiré un grand coup, sans arriver à croire ce que j'allais faire. J'ai tendu les doigts vers la tête du chiot et j'ai caressé son pelage.

*

— Tu m'as impressionné aujourd'hui, m'a avoué James ensuite. Pendant un moment, j'ai bien cru que tu allais filer et me planter là avec Jess.

C'était enfin le soir du 4-Juillet. On était assis sur une couverture au sommet d'une montagne, avec vue sur la ville, prêts à assister au feu d'artifice pour la Fête nationale. On était bien là, entourés d'arbustes. Les gens préféraient voir de plus près, donc je n'étais pas étonnée qu'on soit seuls.

J'avais encore du mal à croire que ce matin, j'avais réussi à toucher plusieurs chiens. L'adrénaline imprégnait encore mon corps.

— Et risquer que des milliers de cabots furieux me poursuivent ? J'allais surtout pas tenter ça.

James m'a regardée et caressée sous la couverture.

— Tu as changé, miss Glaçon.

Dans d'autres moments, j'aurais pu me vexer, mais son ton était doux et mélancolique.

— En mieux, a-t-il ajouté. Tu es plus forte, maintenant.

J'ai senti ma température augmenter. L'été…

— Toi aussi, tu as changé, mister Obsédé.

— En quoi ?

— Tu t'es ouvert au monde. En mieux.

En fait, James n'avait jamais été le clown pour qui on le prenait tous. Il nous montrait l'image qu'il voulait bien : drôle, rebelle, insouciant, un peu enfantin. Mais en fait, il était patient, stable, mûr. Même s'il gardait le côté rigolo qui le caractérisait, il commençait à se révéler aux autres sous son vrai jour.

— Ah, qu'on est guimauve, a-t-il ri avant de me caresser la joue. Mais je crois que ça me plaît comme ça.

J'ai hoché la tête. J'étais entièrement d'accord.

J'aimais l'évolution qui avait eu lieu, pas seulement entre nous, mais dans notre monde. Il m'avait appris à m'aimer moi-même, à m'apprécier à d'autres titres que la fille maladroite qui fait des listes. J'étais fan de nos conversations pointilleuses. J'étais contente qu'il m'oblige à dépasser mes limites, comme ce matin avec les chiens.

— Je t'aime, gros bêta, ai-je murmuré quand il a approché les lèvres.

J'ai attendu le baiser qui n'arrivait pas. J'avais déjà fermé les yeux, mais je les ai rouverts quand il a arrêté de me caresser. Il me regardait avec indignation.

— Gros bêta ? C'est mon nouveau surnom ?

J'ai masqué mon rire tant bien que mal.

— Il te plaît pas ?

— Il ne me va pas.

J'ai fait mine de réfléchir en me grattant le menton, les yeux vers le ciel sombre. Et puis je l'ai attiré vers moi.

— Dans ce cas… (J'ai frôlé ses lèvres des miennes.) Je t'aime, grand tigre.

Cette fois, il ne s'est pas dégagé. Il m'a rendu le baiser avec une telle fièvre qu'on aurait dit que les feux d'artifice avaient déjà commencé.

En fait, ils avaient vraiment débuté. Je me suis éloignée de lui de quelques centimètres pour admirer le ciel illuminé de milliers de lumières colorées, puis je les ai regardées se refléter dans les yeux de James.

— Je t'aime, grand tigre, ai-je répété par-dessus le vacarme.

James a arrêté sa contemplation pour se retourner vers moi, le sourire aux lèvres.

— Je t'aime, Mackenzie.

Et il s'est remis à m'embrasser. Au loin, les détonations continuaient de retentir, ajoutant à notre fièvre.

Je n'avais pas conscience du temps qui passait. L'obscurité nous entourait, les explosions m'isolaient du monde et avec le contact du corps de James contre le mien, plus rien d'autre n'avait d'importance. Parfois, je pensais que ce qu'on vivait, notre été magique avant la fac, se terminerait et que je me réveillerais d'un rêve génial qu'on oublie avec le temps. Mais non, c'était notre moment, nous devions le vivre au maximum.

Mes cheveux se sont déployés sur l'herbe, les fleurs blanches et la terre. J'ai savouré le poids de James sur moi, sur chaque parcelle de ma peau, comme si tout le reste était de trop.

— Je t'aime, m'a-t-il susurré à l'oreille, avant de se mettre à m'embrasser dans le cou.

J'ai enfoui les mains dans ses cheveux, fermé les paupières.

Avec toute la lucidité que je pouvais, j'ai réussi à poser les mains sur ses épaules pour l'écarter. Assez pour que nos regards se rencontrent. J'ai suivi doucement les traits de son visage de mes doigts et j'ai souri.

— Moi aussi. Je veux être avec toi.

Avec la chaleur ambiante, la pénombre et nos respirations haletantes, le double sens de ma réponse était évident.

Et comme toutes les histoires qui arrivent à leur fin pour laisser la place à d'autres, notre relation est passée à une nouvelle étape. Cette nuit-là, sous la lumière des feux d'artifice, j'ai terminé d'ouvrir mon cœur à James Smith. Et cette nuit, sous l'obscurité d'un 4-Juillet torride, James a terminé de m'ouvrir le sien, pour toujours.

ÉPILOGUE

JAMES

— … Et c'est comme ça que j'ai failli rentrer dans la fille qui sortait des toilettes.

Je n'ai pas pu m'empêcher d'éclater de rire en imaginant Kenzie se cogner dans une pauvre étudiante sans défense de sa fac. Et j'ai aussi visualisé son expression fâchée de m'entendre rire, de cette façon si mignonne qui donne envie de lui caresser la tête comme si c'était un chaton. Un chaton aux griffes et aux dents bien affûtées.

— James, arrête de rire ! a-t-elle protesté à l'autre bout du fil. Je te raconte pas ça pour que tu te moques de moi !

Mais c'était vrai. Ça lui plaisait, que je lui montre que ses maladresses n'avaient rien de grave.

— Ah, désolé, ai-je lâché. Et sinon, pas d'autre épisode périlleux dans ta vie dont je devrais être au courant ?

— Ah, ah. Très drôle.

— Oui, mais tu n'as pas répondu à ma question.

J'adorais vraiment l'énerver, même par téléphone.

— T'es trop con, a-t-elle grommelé.

— T'es trop belle, ai-je répliqué du tac au tac.

Je l'ai imaginée devant moi, les joues roses, en train d'essayer de se recouvrir le visage de ses cheveux. Mais j'ai dû me contenter d'entendre son soupir.

— Je suis dégoûtée qu'on puisse pas être ensemble. Avec la Saint-Valentin, en plus…

— Ah, que t'es romantique ! ai-je lancé en prenant un ton moqueur.

— Et c'est là que je dois dire que tu es beau aussi ? s'est-elle plainte. Parce que j'ai d'autres adjectifs en tête, genre clownesque, obsédé, insupportable, puissant…

— Puissant ??

J'aurais tout donné pour être avec elle plutôt qu'au téléphone.

— Parce que tu es puissant. Puissant, beau gosse, sexy…

J'ai fermé les yeux et souri.

— Arrête, tu vas finir par me faire rougir.

— Tu parles, ça m'étonnerait. (Derrière elle, j'ai entendu un gros bruit de fond et une voix féminine qui criait son nom avec insistance.) Désolée, faut que je raccroche, sinon je vais être en retard en cours.

J'ai rouvert les paupières et regardé mon reflet dans la vitre.

— OK, mais ne bosse pas trop, ou tu vas te transformer en petite intello surmenée.

— Moi aussi, je t'aime, James, a-t-elle répondu, sarcastique, mais tendre.

— Je te rappelle plus tard. Et je t'aime aussi.

J'ai raccroché en serrant les dents. C'était trop énervant d'être aussi éloignés, séparés par ces fichus kilomètres entre ces fichues universités. C'est la vie, tout ça, OK ; mais j'en avais trop marre qu'on soit toujours à une telle distance l'un de l'autre.

— C'était ta chérie, mon p'tit gars ?

Je me suis retourné vers la dame âgée assise à côté de moi dans le bus, qui avait les yeux rêveurs. Clairement, elle avait écouté toute notre conversation.

— Oui.

— Je me trompe, ou tu la rejoins pour lui faire la surprise ?

Je me suis mordu la langue, mais j'ai avoué d'un signe de tête. En sortant de l'autoroute, le bus a ralenti.

— J'espère qu'elle sera contente de me voir, ai-je murmuré.

La dame m'a pris le poignet. Des rides profondes autour de ses yeux trahissaient son âge, mais son regard était pétillant.

— Oh, avec un garçon aussi beau que toi, ne t'en fais pas, elle sera contente !

Je comptais les secondes.

MACKENZIE

— On est samedi soir, c'est la Saint-Valentin, tu as dix-huit ans… et tu préfères rester chez toi plutôt qu'aller t'amuser avec tes copines célibataires ?

J'ai dévisagé Poppy et j'ai acquiescé. Elle faisait la moue comme un petit chiot déçu.

— J'ai pris rendez-vous avec James pour qu'on s'appelle.

Je me suis retournée sur ma chaise de bureau pour allumer l'écran du portable.

Ma coloc a soupiré et relevé sa longue chevelure blonde pour passer la lanière de son sac. Elle s'avouait enfin vaincue.

— J'aime pas quand tu te mets en mode romantique, a-t-elle décrété. Au moins, si tu restes là, tu n'auras pas à supporter Henry. D'après Sara, il a demandé à Jean si tu serais à la fête.

J'ai froncé le nez. Henry était sympa. On s'était rencontrés à la bibliothèque quand, par accident, j'avais fait voler toute une étagère de livres et qu'il avait réussi à la rattraper avant que je me fasse mal. Bizarrement, il ne s'était plus déscotché de moi depuis.

— Sois pas méchante, si tu le vois, ai-je averti Poppy.

Elle m'a lancé un clin d'œil avant d'ouvrir la porte.

— S'il arrive un truc imprévu, tu viendras payer ma caution en prison.

Elle était impossible. Et ce n'était pas une blague. La dernière fois, j'avais dû appeler ses parents pour qu'ils viennent la chercher :

elle avait tenté des manœuvres de charme sur un agent de police pour échapper à un alcooltest.

Mon téléphone a vibré.

JAMES : J'attends...

J'ai souri comme une idiote avant d'allumer l'ordi. Au bout de quelques secondes, j'ai pu commencer une visioconférence avec James. J'étais contente de voir son visage constellé de taches de rousseur sur l'écran, mais je n'ai pas pu m'empêcher de me sentir triste. J'aurais voulu qu'il soit avec moi. La distance devenait vraiment un gros problème, et j'avais du mal à l'admettre.

— Qu'est-ce que tu portes ? Un énorme nid d'oiseau ?

Ah, tant d'amour dès les premiers mots de mon copain...

— Bonsoir, James. Toi aussi, tu as bonne mine. Tu dis que la couleur de mon tee-shirt fait ressortir mes yeux ? Comme c'est gentil de ta part...

Il se marrait déjà comme une baleine au milieu de la phrase. Avec le temps, j'avais appris à apprivoiser sa façon d'être, un clown jusqu'au bout, et il avait fini par me contaminer.

— Pff, je dirais jamais ça, a-t-il marmonné en s'appuyant à un mur. C'est trop gnangnan.

J'allais répliquer, mais j'ai repéré quelque chose qui m'a étonnée.

— Ah, tu m'appelles depuis ton téléphone ? T'es pas sur l'ordi, comme d'habitude ?

James a haussé les épaules et les pointes de ses cheveux ont touché son tee-shirt. Il les avait laissés pousser pendant l'été et j'avais eu beau le supplier de les couper, il ne m'avait pas écoutée. S'il continuait comme ça, d'ici peu, il pourrait se faire des tresses ou une queue de cheval.

— Je t'ai dit, j'attends.

J'ai froncé les sourcils.

— Tu attends quoi ? Un réparateur d'ordi ?

Un sourire a fait briller mon écran.

— Non, je t'attends, toi.

— Eh ben, je suis là. De l'autre côté de l'écran.

Le sourire s'est élargi.

— J'attends toujours.

Là, je commençais à ne plus rien comprendre. Il avait bu ? Fumé un truc pas clair ?

— James, j'ai déjà allumé l'ordi. C'est évident.

— Tu ne vois pas ce que je veux dire…

Il s'est mis à bouger et l'image a montré un couloir désert. Un couloir trop familier.

Mon cœur a bondi dans ma poitrine. Ce n'était pas possible, il fallait que je consulte un ophtalmo…

— Je t'attends, Kenzie.

Et j'ai entendu trois coups à ma porte. Au moment même où le bras de James s'écartait de l'écran.

J'étais incapable d'assimiler ce qui se passait, mais ça ne m'a pas empêchée de foncer vers la porte à une vitesse supersonique. J'ai trébuché en chemin et je me suis accrochée à la poignée pour ne pas me viander. Et quand j'ai ouvert…

— James.

C'était plus un petit soupir que le grand cri que j'entendais dans ma tête, pendant qu'intérieurement, je faisais une danse de joie. Il était là, devant moi, ses cheveux roux, ses yeux verts, ses dents de travers…

Il a avancé d'un pas et m'a serrée si fort que je ne pouvais plus respirer. Son odeur a envahi mes narines et j'ai enfoui le visage au creux de son cou, tandis que mes bras répondaient à son étreinte de maman ourse.

— Oh, ce que tu m'as manqué.

Il m'a effleuré l'oreille de ses lèvres. J'ai senti un chatouillis dans mon ventre, qui s'est répandu au reste de mon corps à mesure que je prenais conscience de la situation : il était vraiment là.

Quand je me suis rendu compte que je pleurais, il était trop tard.

— J'arrive pas à y croire. Je…

Il m'a fait taire en m'embrassant, comme lui seul savait le faire. J'ai gémi, incapable de me rappeler la dernière fois que j'avais eu sa bouche chaude sur la mienne.

J'ai chancelé en reculant et James a passé le dos de la main sur mes joues pour les essuyer. Je me sentais bête, mais je ne pouvais pas contenir mon émotion.

— Je t'aime, Mackenzie Sullivan, a-t-il murmuré sans s'écarter de mes lèvres. Je t'aime comme un taré.

J'ai à moitié hoqueté, à moitié ri. Nos bouches se sont de nouveau unies et je l'ai entraîné dans ma chambre.

— Je t'aime aussi, James Smith.

REMERCIEMENTS

Quand j'ai commencé à écrire *Mon plan D* sur Wattpad, je ne rêvais même pas de le voir publié un jour. En fait, c'était un peu mon secret. La motivation pour continuer à rédiger chaque chapitre m'est donc venue de toutes ces personnes anonymes qui le lisaient sur la plateforme et m'incitaient à poursuivre. Je dois les remercier pour leurs commentaires et mots d'encouragement, qui ont rendu cette histoire possible.

Merci également à Lata (oui, Lata avec un t) et Ángel, les premiers à avoir lu les mésaventures de Kenzie, avant même Wattpad. Je me souviens encore des mails où je joignais des chapitres et de l'importance que j'accordais à vos avis avant de continuer. C'est avec vous qu'a commencé la guerre team Mason vs team James.

À Chime, mon amie malgré la distance. On se comprenait comme écrivaines, sur la frustration et l'émotion qui accompagnent chaque chapitre. Je t'ai donné des renseignements que personne ne connaît et j'ai gardé tes secrets à venir. Nos conversations par WhatsApp tard dans la nuit ne cesseront jamais.

À mon éditeur, Neo, de m'avoir donné cette première opportunité professionnelle dont j'espère profiter au maximum. Miriam et Anna, je vous suis reconnaissante de votre jugement, de votre aide et de votre patience. J'espère ne pas vous décevoir.

Laura, je sais que si ton nom n'apparaît pas ici, en bonne petite sœur, tu vas me le reprocher à vie. Je suis sûre que tu liras ce livre quand tu seras plus grande, et même si tu n'es pas tout à fait comme

Leslie, tu as été ma source d'inspiration pour créer une sœur cadette (et vraiment énervante).

Enfin, à toutes les personnes croisées qui m'ont motivée pour écrire, même si elles ne sont pas mentionnées ici pour ne pas m'étendre à l'infini.

Merci.

hachette s'engage pour l'environnement en réduisant l'empreinte carbone de ses livres. Celle de cet exemplaire est de : 500 g éq. CO_2 Rendez-vous sur www.hachette-durable.fr

PAPIER À BASE DE FIBRES CERTIFIÉES

« Pour l'éditeur, le principe est d'utiliser des papiers composés de fibres naturelles, renouvelables, recyclables et fabriquées à partir de bois issus de forêts qui adoptent un système d'aménagement durable. En outre, l'éditeur attend de ses fournisseurs de papier qu'ils s'inscrivent dans une démarche de certification environnementale reconnue. »

Composition et mise en pages : Nord Compo

Achevé d'imprimer en Espagne par Industria Grafica Cayfosa
Dépôt légal 1re publication juillet 2018
20.3826.6 – ISBN : 978-2-01-626925-1
Édition : 01 – Dépôt légal : juillet 2018

Loi n° 49-956 du 16 juillet 1949
sur les publications destinées à la jeunesse